상위 0.001% 랭커의귀환 14 완결

2024년 3월 14일 초판 1쇄 인쇄
2024년 3월 19일 초판 1쇄 발행

지은이 유우리
발행인 김관영

기획 박경무 강민구 임동관 조익현
책임편집 김홍식
마케팅지원 유형일 장민정

발행처 (주)로크미디어
출판등록 2003년 3월 24일
주소 서울시 마포구 마포대로 45 일진빌딩 6층
Tel (02)3273-5135 **Fax** (02)3273-5134
홈페이지 rokmedia.com **E-mail** rokmedia@empas.com

값 9,000원

ISBN 979-11-408-2112-9 (14권)
ISBN 979-11-408-0799-4 04810 (세트)

CONTENTS

세계야? 동료야?

문이 열리자마자 눈앞에 드리운 건 광활한 우주였다.

별들이 장식처럼 걸렸고 그 아래로는 오직 단 하나의 빛으로 이루어진 길.

이곳은, 선택의 기로.

재앙의 탑 상층부에 마련된 '이스터 에그'로 세계를 재건할 기회가 주어지는 유일한 공간이었다.

일전에 제레브의 무의식에서 보았던 것과 똑같은 풍경에 강서준은 저도 모르게 침음을 흘렸다.

'드디어 여기까지 왔어.'

머릿속으로 여태 해 온 모든 플레이 과정이 파노라마처럼 빠르게 스쳐 갔다.

새벽 택배 알바를 하던 중에 갑자기 마주했던 망치 고블린과 던전화 과정.

이후로 튜토리얼을 공략하고 쉴 틈 없이 달려야만 했던 드림 사이드 2.

불과 1년 남짓의 시간이 지났을 뿐인데도, 벌써 수십 년은 된 옛날의 일처럼 느껴졌다.

그만큼 많은 일이 있었고 변해 버렸다는 거겠지.

'백수였던 내가…….'

어느덧 세계의 운명을 결정짓는 자리에 서 있다.

강서준은 호흡을 가다듬으며 미리 그를 기다리던 사내를 발견할 수 있었다.

"결국 네가 들어오는군."

관리자 샛별.

그가 강서준의 뒤편에 선 유리나와 진백호도 확인하더니 차분하게 입을 열었다.

"두 명이나 데려올 줄은 몰랐는데."

"안 됩니까?"

"그럴 리가. 아주 훌륭해."

순수한 감탄 뒤로는 늘 장착하고 있던 특유의 쾌활함 따위는 보이지 않았다.

그는 꽤 진중한 얼굴로 말했다.

"하지만 선택해야 할 거야."

"네?"

"솔직히 너의 대답이 궁금하거든."

잠시 입을 다물었던 샛별은 질질 끌지도 않고 바로 본론으로 들어갔다.

"결정해. 세계야? 동료야?"

'세계냐, 동료냐.'

별다른 설명 따위도 없는 질문이었지만 그 의미를 파악하는 건 어렵지 않았다.

'어떤 이유인지는 몰라도 시스템은 주요 인물을 원하고 있어.'

세계를 재건하기 위해서는 시스템에게 '주요 인물'을 제물로 바쳐야 하는 조건이 있다.

반대로 '주요 인물'을 제물로 바치질 않는다면 세계의 재건은 물거품이 된다.

이는 '두 명'을 데려온들 바뀌지 않는 조건인 듯했다.

샛별의 의도는 명확했다.

'양자택일의 함정이로군.'

샛별은…… 아니, 시스템은.

강서준에게 두 가지 선택지를 보여 주고 있었다.

눈앞으로 메시지도 나타났다.

[퀘스트가 도착했습니다.]

메시지는 그게 끝이 아니었다.

[선택지가 주어집니다.]

1. '주요 인물(진백호 혹은 유리나)'을 포기하고, '데이터'를 복원한다.
2. '데이터'를 포기하고, '주요 인물(진백호 혹은 유리나)'과 함께한다.

"……."

예상했던 내용이 현실로 다가오자 강서준은 잠시 말을 잃을 수밖에 없었다.

너무나도 노골적인 문장.

게다가 '고르시오'라는 문구가 적힌 걸 보면 이 두 개의 정답 이외에는 그 무엇도 선택할 수 없다는 걸 말하고 있었다.

샛별도 강서준의 생각을 짐작했는지 그의 눈을 똑바로 바라보며 입을 열었다.

"노파심에 하는 말이지만 이것 말고 다른 선택지는 없어. 두 개를 전부 가질 수는 없을 거야."

문득 제레브가 떠오른다.

주요 인물이던 동생을 희생시키고 세계를 재건하는 데엔 성공했던 비운의 마왕.

당시의 제레브도 지금 강서준이 느끼는 것과 비슷한 심정이었을까?

'거지 같군.'

제레브는 여기서 결정한 선택을 후회하며 오랜 전생을 반복하고 말았다.

뒤늦게 깨달은 그는 강서준에게 이기적인 선택을, 세계를 포기하란 말도 했었다.

그 사례를 본다면 확실히 '데이터'를 포기하는 게 옳은 선택일지도 모른다.

누군가를 희생시켜 얻는 보상 따위가 값진 것은 아닐 테니까…….

'하지만 무시하기엔 걸린 게 너무 크다.'

데이터 복원은 단순히 부서진 도시를 복구하는 걸로 끝나는 문제가 아니다.

여태 죽은 사람들의 부활…….

그러니까 '드림 사이드'로 인해 희생된 모든 이들을 살릴 유일한 기회였다.

누군가에겐 '부모'였고, '가족'이었으며, '친구'였을 소중한 사람들을…….

오작 단 한 명의 희생으로 부활시킬 수 있는 것이다.

"선택은 신중하게 하도록. 시간은 많아."

강서준이 선택을 머뭇거리는 것처럼 보였을까? 샛별은 아예 테이블과 의자를 만들어 내 홀로 티타임을 즐기기 시작했다.

이에 강서준이 눈살을 찌푸렸고, 여태 조용히 있던 진백호가 앞으로 나섰다.

그가 대뜸 말을 꺼냈다.

"아뇨. 고민할 것도 없어요."

"응?"

"제가 희생하겠습니다. 데이터를 복원해 주세요."

이건 뭔 개소리야?

"강서준 님. 보내 주세요. 제가 해야만 하는 일입니다."

강서준은 말없이 진백호의 눈을 바라봤다. 이미 결심이 굳은 눈은 흔들림이 없었다.

"제가 왜 특별했고 주요 인물로 선정됐는지…… 그런 특혜를 받은 이유는 바로 오늘을 위해서겠지요."

"……."

"저는 세계를 되돌릴 겁니다. 그러기 위해 제가 존재하는 거예요."

하지만 의연해 보이는 얼굴 뒤로는 사시나무 떨리듯 흔들리는 그의 몸이 있었다.

그 누가 죽음을 두려워하지 않을까. 꽉 쥔 주먹이 애써 불안한 감정을 숨겼다.

한편 가만히 듣고 있던 유리나가 입을 연 건 그때였다.

"아니, 그건 당신이 할 일이 아닙니다."

"네?"

"희생은 어른이 하는 거죠. 아이는 그러면 안 돼요."

유리나는 심호흡을 하더니 진백호의 앞으로 나섰다. 앳된 진백호에 비해 조금은 더 어른스러운 유리나.

"제가 희생하겠습니다."

기껏해야 20대 중반에 불과한 유리나를 보면서 강서준은 짧게 한숨을 뱉었다.

그리고 아침 드라마를 보듯 초롱초롱한 눈으로 이쪽을 응시하는 샛별도 확인했다.

절로 쓴웃음이 나왔다.

관리자…… 본래 주요 인물인 자.

분명 그에게도 같은 과거가 있었을 테지만, 과연 단 한 줄의 기억조차 없는 걸까.

강서준은 혀를 차며 말했다.

"둘 다 그만해. 뭐 하는 거야?"

옥신각신 서로 희생하겠다고 주장하던 두 사람은 강서준을 바라봤다.

"누구 마음대로 희생하래?"

"네?"

"난 두 사람 모두 희생시킬 생각은 하지 않아. 그딴 결론을 납득할 것 같아?"

이에 샛별이 눈을 빛내며 물었다.

"그럼 '세계'를 포기하는 거군. 역시 케이야. 너라면 이런 선택을 할 거란 예상을……."

"아뇨. 그쪽도 포기하지 않습니다."

"?"

"난 주요 인물을 희생시키지도, 그렇다고 데이터를 포기하지도 않을 겁니다. 애초에 제가 고민한 건 이딴 선택지가 아니니까요."

이 대답엔 샛별마저 잠시 벙 찐 얼굴을 했다. 입술을 머뭇거리던 샛별은 이해가 안 된다는 말투로 말했다.

"내 말을 아직 이해하지 못한 거야? 분명 다른 선택지는 없다고 했을 텐데?"

"네, 알아요. 없겠죠."

강서준은 확고한 말투로 입을 열었다.

"그런데 어떡합니까. 선택지 중에 정답은 없는 걸요."

"뭐?"

"전 아무것도 포기하지 않아요."

강서준의 짧지 않은 인생에서 바뀌지 않은 단 하나의 명제는 이것이다.

'N포는 정답이 아니다.'

무언가를 희생해서 원하는 걸 얻는다는 건, 결코 해피 엔딩으로 닿을 수 없다.

양손에 꽉 쥐어잡을 손이 없다면…… 입으로라도 잡아채야만 원하는 결말에 다다를 수 있다.

'그래서 N무 세대가 된 나야.'

물론 포기한 건 아니다.

모든 걸 가지기 위해서…… 잠시 주춤대더라도 반드시 공략법을 찾을 것이다.

그게 '강서준'이 내린 결론이고.

그것이 '케이'의 원동력이다.

"골라야 할 선택지가 없다면 만들어서라도 선택할 겁니다."

그리고 그 굳은 의지가 무언가에 닿았을까. 돌연 공간이 부르르 떨리기 시작했다.

드드드드!

"……?"

당황하며 주변을 둘러보니 '우주'로 보였던 것들이 지진이 난 것처럼 흔들리고 있었다.

별들은 나무의 열매가 떨어지듯 바닥에 툭툭 널브러졌고 멀쩡하던 빛의 길에 금이 갔다.

'……뭔가가 오고 있다.'

그리고 의문을 해소하기까지는 오랜 시간을 필요로 하진 않았다.

강서준의 인벤토리에서 제멋대로 밖으로 튀어나온 하나의 아이템이 있었으니까.

"블랙 카드?"

몬스터 파크의 용의 시험을 공략할 적, 인내의 성물 '해왕 아드리안'이 그에게 건넨 아이템.

훗날 찾아올 '도깨비의 왕'에게 맡긴 정체불명의 아이템은 여전히 그 쓸모를 알 수 없었다.

단 하나 추측해 볼 만한 건…….

'아이템의 출처.'

이 아이템은 아무래도 이루리의 무의식에서 만났던 '관리자'로부터 전해졌을 가능성이 있다.

이루리를 '도깨비 장비'로 만들었듯, 대개의 도깨비 장비는 그로부터 비롯됐으니까.

'그렇다면 블랙 카드로부터 발생할 만한 현상은…….'

찬란한 빛무리를 토해 내며 블랙 카드로부터 엄청난 마력이 증폭하고 있었다.

반마력, 마기, 신성력…… 섞일 리 없는 각종 에너지가 한

곳으로 뭉쳐졌다.

그리고 별안간 나타난 남자.

강서준은 누군지 단박에 알았다.

-네 말이 맞다. 오답 중에 정답을 고르라니 이 무슨 괴랄한 시험이란 말이냐.

도깨비의 비사에 숨었던 관리자.

-안 그러냐?

그 질문에 강서준은 낮게 탄식하며 이름 모를 관리자를 향해 입을 열었다.

"설마 본인이 등판할 줄은 상상도 못 했는데……."

-그건 나도 예상하지 못했어. 사실 넌 아직 자격을 갖추질 못했거든.

"네?"

-이건 말하자면 '변수'야. 시스템도 많이 노쇠했단 증거지.

무슨 소리인지 잠시 고민해 봤지만 답을 알 도리는 없었다. 불현듯 차원 서고에서 저절로 봉인이 풀렸다는 제레브의 말이 떠오를 뿐이었다.

'시스템이 무너지고 있어.'

즉 블랙 카드로부터 과거의 관리자가 형상을 갖출 수 있게 된 건…… '우연'과 '필연'이 뭉쳐 만든 결과라 할 수 있었다.

그는 혀를 차며 중얼거렸다.

－근데 당장 중요한 건 아니지.

잠시 말을 잃은 샛별과, 무슨 상황인지 도통 이해하질 못하는 유리나와 진백호.

그리고 강서준의 시선을 차례로 마주한 남자는 차분하게 말을 이어 나갔다.

－선택의 기로. 플레이어에게 강요되는 두 개의 선택지…… 근데 그게 오답뿐인 시험지라면.

그는 다시 샛별을 돌아보았다.

－과연 무엇이 잘못된 걸까?

갑작스러운 상황에 당황하던 샛별도 겨우 정신을 차리더니 그에게 말을 걸었다.

"몰모트…… 살아 있는 줄은 알았지만 이 정도로 멀쩡한 줄은 몰랐다."

－날 알아?

"모를 리가 없지. 넌 우리들의 '치욕스러운 과거'이자, '그럴듯한 미래'니까.

－……꽤 고평가로군.

턱을 쓸던 몰모트는 이내 샛별에게 시선을 거두고 강서준을 똑바로 바라보았다.

－그래서 강서준. 넌 뭐가 잘못된 건지 대답할 수 있겠어?

머릿속으로 수많은 의문이 떠올랐다. 대관절 '블랙 카드'의 정체는 무엇이고 눈앞의 관리자는 뭐란 말인가.

하지만 모두 배제하기로 했다.

그의 말마따나 당장 중요한 건 '몰모트'로부터 비롯된 미스터리가 아니다.

지금 여기서 중요한 건.

"오답뿐인 시험지라면…… 당연히 그 기출문제가 잘못된 거겠죠."

선택의 기로에서 주어진 시스템의 퀘스트를 어떤 방식으로 풀어 가냐는 것.

몰모트는 씨익 웃었다.

ㅡ정답이다.

그러더니 몰모트로부터 막대한 마력의 흐름이 파생되기 시작했다.

이내 우주 같던 배경을 완전히 깨트리고 그 뒤에 숨겨진 어떠한 풍경을 드러냈다.

['알 수 없는 힘'에 의하여, '선택의 기로'가 큰 손상을 입었습니다.]

['알 수 없는 힘'에 의하여, '소우주'가 파괴되었습니다.]

['알 수 없는 힘'에 의하여…….]

몰모트는 소름이 끼칠 정도로 강대한 마력을 용의 숨결처럼 내뱉더니 말했다.

ㅡ그럼 정답을 유추해 내려면 과연 우린 무얼 해야 할까.

강서준은 그 기운에 대항하며 바로 대답했다.

"······기출문제를 변형해야죠."

─이 또한 정답이다.

크콰카카카카카캉!

몰모트의 힘에 의해 주변이 완전히 깨져 나가고 '선택의 기로'는 형태조차 남질 않았다.

어느덧 드러난 풍경 너머로 불에 타오르는 인공위성의 형상이 보였다.

몰모트는 재차 물었다.

─기출문제를 변형하려면 해야 할 건?

"그건······."

─내가 답하지.

불타 버린 인공위성을 둘러보며 몰모트는 나지막이 입을 열었다.

─시스템을 파괴해야겠지.

❖

몰모트.

돌연 강서준의 인벤토리에서 튀어나와 공간 자체를 부수기 시작한 무뢰한.

샛별은 그에 대해서 잘 알았다.

'어떻게 모르겠어?'

오랜 드림 사이드의 역사에서도 가장 빈번하게 등장하는 이름이자, 나올 때마다 온갖 사건 사고를 일으키는 존재가 아닌가.

막말로 관리자들 사이로 '몰모트'는 모르려야 모를 수가 없는 이름이었다.

샛별은 쓰게 웃었다.

'시스템을 파괴하겠다니…… 정말 여전하군.'

당당하게도 '시스템을 파괴해야 한다'고 말하는 태도는 도깨비의 아이덴티티와도 같다.

오늘날 도깨비가 되는 조건인 '존속살인'은 사실 바로 저 태도로부터 비롯됐으니까.

'시스템으로부터 만들어졌으면서 제 부모를 죽이기 위해 변절한 관리자.'

그게 바로 '도깨비'였다.

'비록 무참히 실패해서 몬스터의 역사로 탈바꿈되긴 했지만…….'

일개 몬스터가 되어 버린 관리자라는 '치욕스러운 과거'는 그저 예전의 일이었다.

샛별은 관리자들 사이로 몰모트를 지칭하는 또 다른 수식어에 주목했다.

'그럴듯한 미래.'

과연 관리자들은 어째서 시스템을 죽이고자 하는 도깨비를 '그럴듯한 미래'라고 말할까?

여기엔 단순한 이유가 있다.

'어쩌면 그 또한 시스템의 의도일지도 모르니까.'

드림 사이드는 115번을 운영했으며, 114번은 공략에 실패한 게임이었다.

솔직히 이게 정말 공략할 수 있는 게임인지조차 의문이 들 정도로 어려운 난이도인 것이다.

'물론 몇 번은 공략에 가까운 엔딩을 맞이한 적도 있어. 세계의 재건도 나름 성공적인 엔딩이니까.'

하지만 그 어떤 엔딩도 진정한 의미로의 공략이라 할 수는 없을 것이다.

세계를 재건한다는 건 고작 과거의 데이터를 활용하여 아무도 건들지 못하는 '새로운 던전'을 만들 뿐이니까.

'드림 사이드'는 다시 시작된다.

'설령 재건의 포기하고 주요 인물을 지키는 선택을 한다고 해도……'

플레이어에게 주어질 운명은 오직 '멸망'이었다.

이후 시나리오는 황당하겠지만 '배드 엔딩'만이 가능했다.

이미 몇 번의 세계를 관리해 본 전적이 있는 샛별은, 모든 것이 초토화되어 버린 세계를 두 눈으로 보았다.

'선택의 기로에 들어오지도 못한 세계는 아예 엔딩조차 못

보고 섭종이 되는 구조고.'

몇 번을 생각해도 '드림 사이드'란 게임은 망겜이 맞다.

그리고 끝이 멸망뿐인 게임을 두고 샛별은 무어라 더 말을 잇기란 무리였다.

강서준은 황망한 눈으로 몰모트에게 질문을 던졌다.

"……시스템을 정말 파괴할 수 있는 겁니까?"

그리고 그들의 대화를 들으며 샛별의 눈이 총명하게 빛났다.

'정답은, 여기에 있다.'

오답뿐인 시험지라면 기출문제에 잘못이 있다.

정답을 도출하려면 기출문제를 변형해야 한다.

그들이 말한 것처럼 드림 사이드를 공략하려면, 전제부터 바꿔야 하는 건지도 모른다.

여태 단 한 번도 생각해 보지 않은 터무니없는 방법.

'정말 그럴듯한 미래……'

시스템을 파괴해야 한다는 극단적인 결론이야말로, 관리자들이 몰모트를 높이 평가하는 이유였다.

하지만.

'공략이 잘못된 거라면……'

어쩌면 되돌릴 수 없는 끔찍할 결말을 초래할 수 있을 것이다.

섣불리 시도조차 하기 어려운 일이겠지.

자칫 기회조차 날리는 꼴이다.

-파괴할 수 있냐라…….

몰모트는 강서준의 눈을 똑바로 바라보았다. 돌부처처럼 단단하고 확신이 가득한 시선.

그는 힘이 가득한 목소리로 말했다.

-이미 알고 있지 않나?

"?"

-시스템은 진즉에 망가지고 있었다는 걸.

❈

'시스템은…… 망가지고 있었다.'

강서준은 그 말을 섣불리 부정할 수 없었다. 솔직히 그가 생각하기에도 최근에 겪은 일들이 수상했기 때문이다.

'유난히 버그가 많았어.'

후쿠오카 던전에서 밀트를 만난 것부터 이곳 재앙의 탑에 오르기까지.

물론 밀트의 능력이 대단할 정도로 뛰어났기 때문에 시스템의 눈을 피했는지도 모른다.

그는 전(前) 기록자였고 오랜 세월을 살아온 바퀴벌레 같은 전승인이었으니까.

문제는 다른 쪽에 있다.

'차원 서고에서 스스로 각성한 제레브…… 3층의 퀘스트 삭제.'

과연 밀트와 관련 없이 생겨난 이쪽의 버그는 어떻게 설명한단 말인가.

그저 아이템을 차원 서고에 넣어 놨을 뿐이고, 파괴되면서 복구되는 과정이었다.

여기서 봉인이 해제되고 퀘스트가 삭제되는 건은 아무리 생각해도 이상했다.

해서 진즉에 시스템에 뭔가 문제가 생겼다는 것만은 예상하고 있었다.

'정말 시스템이 망가지고 있는 건가.'

몰모트는 강서준의 침잠한 시선을 어찌 받아들였는지 고개를 주억거리며 말했다.

―걱정할 건 없다. 너희들에게 파괴하라고 시키진 않을 테니까.

무어라 말릴 틈도 없이 몰모트로부터 발출한 막대한 힘은 다시 주변을 갉아먹었다.

불타는 인공위성은 연쇄 폭발을 일으키더니 사방으로 그 파편이 흩어졌다.

혹시 저 인공위성이 '시스템'의 본체라도 되는 걸까?

['알 수 없는 힘'에 의해, '시스템'이 공격을 받고 있습니다.]

['알 수 없는 힘'에 의해, '시스템의 일부'가 손상되었습니다.]

['알 수 없는 힘'에 의해…….]

……진짜 파괴된다고?

그때 몰모트가 제멋대로 힘을 폭주시키니 곧 그들의 앞으로 새로운 인기척이 느껴졌다.

느껴 본 적이 있는 음산한 기운.

['시스템'이 도깨비 '몰모트'를 경계합니다.]

이루리의 무의식에서도 마주했었던 얼굴이었다.

그리고 무미건조한 표정을 한 시스템은 별다른 말은 꺼내지 않았다.

그저 몰모트를 향해 '백신'을 소환해 제거하려는 움직임을 보일 뿐이었다.

-기다리고 있었다. 스템아.

몰모트는 입꼬리를 씨익 올려 가며 사방에 나타난 백신들을 향해 무자비한 폭격을 이었다.

닿는 걸 모조리 소멸시키는 백신들, 소환되는 백스페이스, 일대를 지워 버리던 쉬프트의 행렬…….

하지만 모두 소용이 없었다.

솔직히 놀라울 정도였다.

'강하다.'

몰모트는 생각했던 것보다 훨씬 강했고, 시스템은 속수무책으로 밀려나고 있었다.

……아니.

'시스템이 약해진 거야.'

예전엔 보는 것만으로도 소름이 끼치고 절로 위기 감지가 뜨질 않았던가.

근데 지금의 시스템은 어째 그보다 못한 듯했고, 이빨 빠진 호랑이처럼 겁에 질린 것처럼 보였다.

어쩌면 '뇌신'을 극성으로 발동한다면…… 그도 몰모트처럼 할 수 있지 않을까?

백신도 결국 증폭된 데이터는 버텨 내질 못하는 법이다.

충분히 가능할 것만 같았다.

-상황을 분석합니다.

-3, 2, 1…… 완료.

-바이러스를 제거합…….

투콰아아앙!

밀트를 압도하던 백신의 3단계 또한 단칼에 그 형체를 알아보기 어려울 정도로 망가졌다.

이미 몰모트는 전투의 화신이었다.

다가오는 공격은 모조리 무효화시켰고 그가 휘두르는 공격은 전부 유효타였다.

이후로도 시스템이 소환하는 그 어떤 능력도 몰모트의 발끝에도 미치질 못했다.

무자비한 폭력은 시스템의 형체마저 조금씩 지워 나가고 있었다.

터무니없지만 정말…… 시스템은 파괴되는 모양이다.

-강서준.

한창 공격을 잇던 몰모트로부터 나지막이 한마디가 이어졌다.

-고맙다. 날 여기로 데려와 줘서.

"네?"

-덕분에 상황을 반전시킬 수 있게 됐어.

대답할 틈은 없었다.

그 말을 끝으로 막강한 에너지의 충돌과 소음은 신기루처럼 사라졌으니까.

꿈이라도 꾸는 걸까?

폭격의 여파로 인해 형체가 뭉개져 버린 시스템만이 증거처럼 남았다.

그리고 어느덧 흐릿해진 몰모트가 나지막이 말했다.

-진짜 자격을 갖춰. 그래야만 널 구할 수 있어.

츠으으읏.

그렇게 몰모트는 블랙 카드로 돌아갔다.

강서준은 황당함에 말없이 그의 손아귀로 돌아온 블랙 카드를 내려다봤다.

그리고 순식간에 변한 상황에 적응하기도 전에 눈앞으로 새로운 메시지가 드리웠다.

['알 수 없는 힘'에 의해, '시스템의 일부'가 작동하지 않습니다!]

강서준은 황망한 눈으로 조금 전까지 전투가 펼쳐졌던 허공을 응시하며 중얼거렸다.

"……그리고 사라져 버리면 뭘 어쩌라는 거야?"

솔직히 선택의 기로가 잘못되었다는 건 그도 잘 아는 사실이었다.

그걸 바꾸기 위해선 새로운 공략법을 찾아야 한다는 것도 납득했다.

근데 시스템을 파괴해 버린다니?

제 할 만만 하고 사라진 몰모트의 행동은 섣불리 판단하기 어려울 정도로 곤란하기만 했다.

'너무 갑작스럽잖아.'

하지만 의외로 침착하게 입을 연 건 바로 관리자인 '샛별'이었다.

"어떡하긴. 던전을 공략해야지."

"하지만 시스템이……."

"걱정 마. 망가지진 않았으니까."

"네?"

"몰모트가 부순 건 시스템의 의지야. 말하자면 'AI'지. 시스템 자체는 이곳에서 부술 수 없는 걸로 알아."

강서준은 그를 바라보던 시스템의 시선을 떠올렸다.

인격이 있는 형체.

그는 '시스템'보다는 '인공지능'이 더 어울릴 것이다.

강서준은 고개를 주억거렸다.

"근데 괜찮습니까?"

"뭘?"

"……옛날 관리자가 튀어나와 대뜸 시스템을 부순 꼴인데요."

그리고 그 상황에서 관리자 '샛별'은 아무것도 하질 않았다.

시스템을 도와 몰모트를 막으려 하지도, 몰모트를 따라 행동하지도 않았다.

그저 방관하며 상황을 주시했다.

그는 왜 그랬을까?

샛별은 어깨를 으쓱였다.

"내 역할은 그저 0115 채널을 관리하는 거야. 선택에 개입해선 안 될 일이지."

"네?"

"시스템의 파괴는 몰모트의 의지만으로 이루어진 게 아니거든. 결국 너의 아이템이고, 너의 선택이 관여한 결과니까."

강서준은 몰모트가 문답을 던졌던 순간을 상기했다.

그저 몰모트의 화법이 조금 독특한 줄만 알았는데…….

그조차 이유가 있었던 건가.

아무래도 그 질문답을 통해 얻은 대답이, 플레이어의 선택으로 비춰진 모양이다.

샛별은 씨익 웃으며 말했다.

"무엇보다 이건 내 신념이야. 이번 채널을 운영하는 방침은 쉽게 바꿀 생각은 없어."

"……."

"이쪽이 더 재밌어 보이잖아?"

강서준은 말없이 샛별의 눈을 들여다보았다.

재밌는 장난감이라도 발견한 듯한 아이 같은 눈. 설렌 듯한 초롱초롱한 시선을 보면서 강서준은 새삼스러울 것도 없는 사실을 깨달았다.

'원래 이런 인간이지.'

채널에 리루르크가 개입해도 재밌어 보여서 놔두고, 밸런스를 망치려 할 때야 개입한다.

샛별에게 있어 0115 채널을 관리하는 방법은 오직 '재미'의 여부였다.

"그리고 흔히 착각하는데…… 관리자는 시스템의 부속품 같은 게 아니야."

"?"

"나도 잘 기억은 안 나는데 관리자는 일종의 시스템과 협력 관계거든. 사실 이쪽에 피해만 주질 않는다면야 뭘 하든 신경 쓰지 않아."

한편 시스템이 망가지지 않았다는 샛별의 말은 사실이었을까.

[퀘스트를 완료했습니다.]

[!]

[당신은 새로운 결말을 만들어 냈습니다.]

[칭호, '시스템을 파괴한 자'를 습득했습니다.]

버젓이 시스템 메시지가 강서준의 행보를 기록하고 있었다.

샛별은 강서준이 보고 있는 걸 짐작이라도 했는지 이를 흘겨보며 입을 열었다.

"아마 이제 더 바빠질 거야."

"네?"

"시스템이 파괴된 건 의외지만 결국 넌 '주요 인물'을 살리는 선택을 했어."

강서준은 자신을 바라보는 진백호와 유리나의 시선을 의식할 수 있었다.

스스로 희생하고자 나섰던 이들은, 누구도 예상하지 못한 변수에 의해 죽지 않았다.

"아마 흐름은 두 번째 선택지로 흘러갈 거야."

그 말이 끝난 지 얼마나 됐을까?

[칭호, '마지막 선택'을 습득했습니다.]

[당신에게 전생의 기회가 주어졌습니다. 전생을 통해 '마지막 선택'을 번복할 수 있습니다.]

[당신은 추가로 데려갈 전생인을 고를 수 있습니다.]

[함께할 전생인의 숫자는 당신의 레벨에 비례합니다.]

메시지가 폭풍처럼 나타나더니 이내 강서준의 시야를 가리는 새로운 문구가 떠올랐다.

[퀘스트가 도착했습니다.]

이는 다가올 미래를 예고했다.

['퀘스트 — 라그나로크'가 발동하기까지 '168시간' 남았습니다.]

엔드 콘텐츠

라그나로크.

이른바, 신들의 몰락.

북유럽신화에서 신과 악마, 그리고 인간세계의 멸망을 나타낼 때 쓰는 말.

랭킹 1위를 찍으며 온갖 퀘스트를 겪어 본 강서준도 '라그나로크'는 들어 본 적도 없는 퀘스트였다.

"모르는 게 당연해. 라그나로크는 말 그대로 멸망 시나리오니까."

"……네?"

"여태 적지 않은 횟수로 라그나로크가 발생했다. 그리고 너도 알다시피 하나같이 멸망했지."

샛별은 쓰게 웃으며 말했다.

"말하자면 '엔드 콘텐츠'란 거야."

엔드 콘텐츠.

게임에 있어 더는 뒷이야기가 없는 마지막에 해당할 콘텐츠를 뜻한다.

"이스터 에그에 도달한 플레이어는 이 게임의 진짜 엔드 콘텐츠를 플레이할 자격을 얻어."

그리고 그 사실이 진짜인지는 금방 확인할 수 있었다.

퀘스트 – 라그나로크

분류 : 멸망 시나리오

난이도 : L

조건 : 라그나로크는 '168시간' 후에 시작된다. 멸망하는 세계로부터 탈출하라.

제한 시간 : 알 수 없음

보상 : 생존

실패 시 : 사망

*해당 퀘스트는 0115 채널의 밸런스에 맞추어 진행됩니다.

샛별의 말은 아직 끝나지 않았다.

"아마 메시지는 너뿐만이 아니라 모든 플레이어가 받았을 거다. 아니…… NPC도 전부 빠짐없이 받았겠지."

"……."

"뭐 한마디로 그런 거다."

잠시 입을 다물었던 샛별은 강서준을 향해 입꼬리를 씨익 올려 대며 말했다.

"멸망이 시작된다는 거다."

"……이게 뭐야?"

현 아크의 대소사를 결정하는 로테타워의 한 집무실.

박명석은 당장 눈앞에 드리운 메시지에 저도 모르게 침음을 흘렸다.

"라그나로크?"

영화나 소설, 게임 같은 데에서 흔히 보던 단어였다. 그리고 그 단어가 주는 어감은 상당히 불길하게 느껴졌다.

실제로 퀘스트 창엔 버젓이 '멸망'이 언급되어 있었으니까.

"대체 무슨 일이 벌어지는 거야?"

또한 이 모든 일이 '재앙의 탑'을 오른 강서준과 무관하지 않다는 사실도 예상할 수 있었다.

"위, 위원님!"

다급하게 열린 문짝으로 뛰어 들어온 나한석을 보면서 더더욱 일이 심각하다는 사실도 깨달았다.

안색이 새하얗게 질린 나한석은 대뜸 허공에 홀로그램을

띄우며 말했다.

"큰일입니다! 부산에……!"

그 순간 박명석의 뒤편으로 엄청난 빛무리가 쏟아졌다.

서울의 전경을 손쉽게 훑어볼 수 있는 커다란 창.

멀리 한강 위로 붉은 기둥이 생겨나 있었다.

나한석이 띄운 홀로그램의 한 장면과도 똑같이 생긴 기둥.

박명석이 미간을 좁히며 물었다.

"……저게 대체 뭐죠?"

박명석은 입술을 잘근 깨물며 창밖을 응시했다. 붉은 빛으로 가득한 기둥은 하나가 아니었다.

당장 보이는 것만 세 개.

그로 인해 구름의 흐름이 바뀌었고, 서울 전역으로 마력이 폭발할 듯 요동쳤다.

나한석은 다시 홀로그램을 조작하더니 세계 각지의 풍경을 보여 줬다.

"이곳뿐만이 아닙니다. 미국, 중국, 유럽…… 전부 같은 현상이 발생하고 있어요."

박명석은 허공에 아직 걸려 있는 퀘스트와 바깥에 생겨난 붉은 기둥을 번갈아 보았다.

"나 대령도 혹시 퀘스트가 나타났습니까?"

"……라그나로크 말입니까?"

"그렇군요."

박명석의 시선이 잘게 떨렸다.

갑자기 생겨난 붉은 기둥을 보고 있노라니 절로 과거의 한 시점이 떠오른 것이다.

아무런 대책도 꾸리질 못한 채 속수무책으로 VIP를 포함한 서울의 모든 권력이 무너졌던.

살아온 과거의 흔적은 전부 지워지고 암담한 미래만이 서울의 그늘로 자리 잡았던⋯⋯.

모든 게 끝났고, 다시 시작된 날.

"⋯⋯."

박명석은 확인하듯 물었다.

"혹시 드림 사이드 1에서도 이와 비슷한 전례가 있었습니까?"

"⋯⋯제가 알기로는, 없습니다."

"정보부의 의견은?"

"추측 불가능입니다. 가장 유력한 건 역시 '라그나로크 퀘스트'밖에 없습니다."

드림 사이드가 오픈한 그날처럼 돌연 시작되어 버린 불길한 흐름⋯⋯.

박명석은 호흡을 가다듬었다.

"전체 회의를 소집해야겠어요. 유니온의 각국 대표를 모두 불러 주세요."

"⋯⋯모두라 함은."

"네. 일방적으로 연락을 끊은 바이드 쪽의 인사들도 전부요."

고작 2차 원정대의 조직을 제 입맛대로 꾸리질 못했다는 이유로 편협하게 구는 이들이었지만.

설마 전 지구적인 재난 위기 속에서도 자기들의 입장만을 고수하진 않을 것이다.

아니, 그래선 안 되겠지.

우우우우웅!

호랑이도 제 말 하면 온다는 걸까? 박명석은 수신된 전화를 확인했다.

[영국산 늙은 뱀]

"……바이드는 제가 직접 연락해 보죠."

그리고 전화를 받자마자, 멀리 영국에 있을 바이드가 성난 목소리를 냈다.

-내가 말하지 않았는가!

"……뭡니까?"

-2차 원정대는 제대로 된 조직을 갖춰서 들여보내야 한다고!

박명석의 미간이 절로 구겨졌다. 시작부터 영 느낌이 쎄한 것이 좋지 않았다.

-라그나로크? 이건 다 당신들 탓이야!

"네?"

—보게. 그딴 오만한 인간 하나를 컨트롤하질 못해서 벌어진 일을…… 어떻게 책임질 건가?

"무슨 소리를 하는 겁니까?"

바이드는 열을 내며 말했다.

—이제 와서 발뺌할 셈인가? 분명 2차 원정대를 제대로 구성했더라면 이런 일은 벌어지지 않았을 걸세. 모두 네놈들 때문에 벌어진 일이란 말이지!

전화기 너머로 들려오는 또박또박 들려오는 날카로운 음성에 박명석은 이성의 끈이 툭 끊어진다는 걸 느꼈다.

—내 반드시 책임 소재를…….

그리고 왜 강서준이 바이드를 향해 대번에 욕을 내뱉었는지 이해할 수 있었다.

그때 그가 뭐라 했더라?

"지랄하고 자빠졌네."

—뭐? 너 지금…….

"X까라고 새끼야."

신경질적으로 전화를 끊어 버린 박명석은 그대로 핸드폰을 바닥에 내동댕이쳤다.

숱한 강화를 통해 내구성 하나는 어지간한 탱크보다도 단단한 핸드폰은 흠집 하나 생기질 않았다.

박명석은 혀를 차며 말했다.

"바이드는 일단 제외합니다. 의견 조율이 맞질 않으면 그냥 전부 제외시켜도 좋아요."

"하지만 그러면 유니온의 반에 해당하는 세력을 잃을지도 모릅니다."

멸망을 앞둔 세계를 지키고자 하나로 뭉친 '유니온'이었지만, 어느덧 그 세력은 크게 두 갈래로 나뉘어졌다.

천외천을 비롯한 최상위 랭커를 추대하는 기존의 유니온.

그리고 새로 레벨을 올려 천외천에 비견된다는 신흥 강자들이 주축이 된 유니온.

배가 부르자마자 이렇게 이기적인 인간들이 들끓는 걸 보면, 과연 이 세계는 이대로 멸망해도 할 말이 없는 듯했다.

박명석은 단호하게 말했다.

"남은 시간은 고작 일주일입니다. 의견이 맞는 사람들끼리 대책을 논의해도 모자라요."

"……."

"물론 한 번 더 연락은 해 보세요. 그래도 거절한다면 그땐 어쩔 수 없겠죠."

"알겠습니다."

라그나로크에 명시된 시간은 대략 168시간. 말하자면 남은 일주일이 지구를 지킬 수 있는 유일한 '골든 타임'이었다.

"……."

잠시 창밖을 바라보던 박명석은 종전에 떠올린 생각을 되새겨 볼 수 있었다.

'지구를 지킬 수 있다라⋯⋯.'

멸망을 앞둔 현시점에서 가장 절실하고, 그 무엇보다 간절한 문장일 것이다.

근데 의문이 생겨난다.

'지킬 수 있을까?'

자타공인 천재인 링링에게도 인정을 받은 명석한 두뇌의 그는, 퀘스트 내용에 큰 불안을 느끼고 있었다.

그도 그럴 것이⋯⋯.

－조건 : 라그나로크는 '168시간' 후에 시작된다. 멸망하는 세계로부터 탈출하라.

라그나로크의 클리어 조건은 세계를 지키는 것 따위가 아니었으니까.

"그렇다면 어디로 탈출한단 말인가."

서울의 한쪽으로 붉은 기둥이 하나 더 내려오는 걸 보면서, 박명석은 침음을 삼켰다.

그래도 희망은 아직 있을 것이다.

우우우웅!

바닥에 널브러진 박명석의 핸드폰 위로 단 하나의 문자가 수신되고 있었다.

링링 : 곧 감.

적어도 끊어졌던 통신이 연결된 걸 보면, 강서준은 실패한
게 아니었으니까.

강서준은 '라그나로크'라는 시간제한 퀘스트를 부여받고도
어쩔 수 없이 '재앙의 탑'을 공략해야 했다.

[시스템에 의해, 임의적으로 '하층'의 이동을 제한합니다.]

이스터 에그를 공략한 탓일까? 아래층으로 내려가는 길이
원천 차단되어 버렸다.
'어째 AI가 파괴되기 전보다 더 빡빡해진 느낌인데?'
물론 1층으로 내려가는 방법이 아예 없는 건 아니었다.
하층으로 떨어지는 함정을 우연히 발견하면 어떻게든 아
래로 내려갈 것이다.
문제는 그게 올라가는 것보다 더 시간을 오래 잡아먹을 거
라는 사실.
60개나 되는 함정을 언제 어떻게 찾아낸단 말인가.
그전에 승급의 층에도 아래로 내려가는 함정이 있던가?

'차라리 잘됐어.'

이미 상층까지 올라와 놓고 재앙의 탑 공략을 포기한다는 건 꽤 아쉬운 일이다.

차라리 이렇게 판을 깔아 주면 다른 생각 않고 전력을 다해 공략하면 되겠지.

'게다가 가속된 시간은 반영되지 않아.'

라그나로크가 시작되는 날까지의 제한 시간은 무척 더디게 줄어들고 있었다.

3배나 가속된 시간이 아닌, 지구의 공통적인 흐름을 따라간다는 방증.

"못해도 21일이란 여유가 있어."

이스터 에그를 벗어나 60층에서 동료를 재회한 강서준은 일행들에게 모든 사실을 털어놨다.

라그나로크 퀘스트는 강서준에게만 발동한 것이 아니었기에 이야기는 더더욱 빨랐다.

"물론 더 빨리 공략할수록 좋습니다. 못해도 10일 안에는 공략을 끝내야겠죠."

10일.

바깥 시간으로는 3일하고도 8시간.

이 또한 늦어질수록 좋지 못하기에 단축할 수 있으면 더 단축하면 좋을 것이다.

"문제는 우리 숫자가 너무 많다는 건데……."

재앙의 탑은 플레이어의 수에 따라 그 난이도가 바뀌는 특징을 가진 곳이다.

1차 원정대부터 리카온 제국군을 포함하면 대략 40명이나 되기에 앞으로의 공략에도 더딘 방해물이 된다.

제아무리 플레이어의 능력이 좋아도, 공략 자체가 안 되는 층이 나타날 수도 있는 법.

'내 공략법으로도 무리야.'

강서준만의 특수한 '층 자체를 공략하는 방식'에도 한계는 있다.

상층부터는 그 난이도가 천차만별 달라진다.

오히려 시간을 더 잡아먹을 수도 있다.

안 하느니만 못하다.

"제게 묘안이 있습니다."

해서 강서준은 아예 새로운 판을 짜기로 했다.

"조를 나누죠."

"네?"

"반드시 공략할 수 있는 소수의 팀을 만들어, 한 층씩 밀어내며 공략하는 겁니다."

단순한 결론이었다.

층을 올라온 플레이어의 숫자에 따라 퀘스트의 요구 조건이 늘어나는 게 곤란하다면?

'해당 층에 올라갈 숫자를 줄인다.'

강서준은 눈을 빛내며 말했다.

"1조가 62층을 공략하고 63층으로 올라가면, 2조가 62층 공략을 개시하는 겁니다."

"……계주 경기 같군요."

"네. 게다가 앞서 공략한 조로 인하여 미리 정보를 얻는 장점도 있어요."

리오 리카온은 강서준의 말에 고개를 주억거렸다. 다른 사람들도 얼추 강서준의 말을 이해한 듯한 눈치였다.

하지만 송명은 약간 우려가 섞인 얼굴로 강서준에게 질문을 던졌다.

"확실히 획기적인 방법입니다만…… 여기엔 단 하나의 맹점이 있습니다."

"뭐죠?"

"반드시 공략이 가능해야 해요."

송명은 한숨과 함께 말했다.

"단 한 팀이라도 처진다면 그 뒤는 연달아 처지게 되어 있는 구조니까요."

그의 말마따나 계주 경기는 한 사람이라도 늘어진다면, 전체가 늘어지는 결과를 맞게 된다.

강서준이 제시한 공략의 전제 조건은 단 한 팀도 늦지 않게 공략을 성공시켜야 한다.

하지만 강서준은 개의치 않았다.

"할 수 있어요."

"……어떻게 확신하죠?"

강서준의 시선은 그를 바라보는 1차 원정대…… 그러니까 천외천의 플레이어에게 향했다.

"우린 이미 여길 수십 번은 공략해 봤거든요."

"……네?"

여기선 처음이겠지만, 드림 사이드 1에서는 N회차 공략을 시도해 본 인물들.

그 어느 곳보다 피지컬 연습에 도움이 되는 '재앙의 탑'은 천외천에게 있어 일종의 놀이터였고.

"한 번도 실패해 본 적 없습니다."

그들은 여기서 단 한 번도 목숨을 잃어 본 적이 없는 베테랑이었다.

"……난 처음인데?"

물론 나도석은 빼고.

❖❖

다가오는 멸망 시나리오인 '라그나로크'에 대한 대책을 세우려는 회의.

'유니온의 전체 회의'는 퀘스트 발발 기점으로 이틀 만에 시작될 수 있었다.

회의를 연 주체자인 박명석은 좌중을 둘러보며 말했다.

"오늘 여러분을 한자리에 불러 모은 안건은 다들 알다시피 '라그나로크' 때문입니다. 라그나로크는 일주일 후에 시작될 퀘스트로……."

박명석은 간단히 지난 이틀 동안 열심히 모은 정보를 풀었고, 사람들은 그의 브리핑을 듣는 걸로 일단 순조롭게 회의는 진행되는 듯했다.

세계 전반적으로 나타난 붉은 기둥과 거기서 흘러나오는 대량의 마력.

적어도 '던전'이라 하기엔 애매한 그 이질적인 변화에, 다들 경각심을 세우고 있었기 때문이다.

하지만 각국의 의견을 발언하는 장이 마련되면서, 회의는 슬슬 '개판'이 되어 갔다.

"만에 하나를 대비해서 플레이어들을 한곳으로 모으는 건 옳다고 생각합니다. 라그나로크가 만약 디펜스 계열의 퀘스트라면, 한데 뭉쳐 최후의 도시를 지키는 것이 마땅하니까요."

"최후의 도시라 했습니까?"

"네. 런던은 드림 사이드 1이 오픈했을 때도 완전히 무너지지 않았고, 마족 전쟁 당시에도 거뜬하게 버텨 냈습니다. 이곳처럼 완벽한 도시가 또 어디에 있겠습니까?"

"하, 웃기지도 않는군요. 최후의 도시는 당연히 워싱턴이어야 합니다. 세계의 중심은 늘 이곳이었으니까요."

"그쪽이야말로 개소리를 뻔뻔하게도 하시는군요. 그 잘난 맨해튼도 하룻밤나절에 몰락당했으면서……."

"당신…… 말 다 했어?"

멸망하는 세계로부터 힘을 모아 지키고자 하는 단 하나의 도시.

이를 선정함에 있어 서로의 의견이 부딪치는 건 당연했다.

그리고 저들이 주장하는 런던과 워싱턴은 그 자격에 꽤 부합할 것이다.

멸망 직전에 이르긴 했지만 각자의 역량을 최대한 발휘해서 저마다의 도시를 다시 만든 곳이니까.

박명석은 한숨을 내쉬며 말했다.

"의견은 알겠지만 회의 주제에서 벗어나는군요."

"뭐요?"

"다들 착각하시는 모양인데, 라그나로크는 디펜스 형식이 아닐 겁니다."

박명석의 시선은 퀘스트의 내용을 발췌하여 표기한 홀로그램으로 향했다. 거기엔 정확하게 명시된 문장이 있었다.

"시스템은 우리에게 탈출하라고 말하고 있습니다. 이 퀘스트는 공격을 막아 내는 게 전부가 아니란 거죠."

좌중은 싸늘하게 식었고, 사람들의 시선은 홀로그램으로 집중되었다.

외면하고 싶었던 현실이, 그곳에 있었다.

한편 바이드가 자리에서 일어나며 목소리를 높여 말했다.

"젊은이가 그렇게나 창의력이 부족해서 앞으로 어쩌려고 그러나?"

"……."

"드림 사이드를 어디 하루 이틀 하나? 저건 단순히 페이크 야. 왜 그걸 모르는 거지?"

바이드는 팔짱을 끼고 혀를 차며 한심하다는 듯한 시선으로 박명석을 보면서 말했다.

"퀘스트는 플레이어의 행동에 따라 그 내용이 바뀐다네. 우리가 합심해서 런던을 수호하고자 한다면 퀘스트도 그에 발맞추어 바뀔 거란 얘기지."

바이드의 말에 좌중이 흔들렸다.

그의 말도 충분히 일리는 있었기 때문이다.

드림 사이드의 퀘스트는 자유도가 상당히 높아, 플레이어의 선택에 따라 변하곤 한다.

이번에도 수호를 목적으로 전체가 움직인다면, 시나리오의 방향도 그 틀을 바뀔 가능성이 있다.

박명석은 조심스레 입을 열었다.

"만약 바뀌지 않는다면요?"

"……."

"이 시나리오의 끝은 '멸망'입니다. 빤히 보이는 답을 바꾸겠다고 노력하는 것보다, 그 답을 맞히는 게 성공 확률이 더 높아요."

실패하면 모든 게 끝나는 상황에서 도박과도 같은 수를 던지고 싶은 사람은 없다.

하지만 박명석의 논리엔 단 하나의 맹점이 존재했고.

바이드는 이를 잘 알고 있었다.

"그렇다면 어디로 탈출한단 말인가?"

"그건…….."

"이 퀘스트는 지구 전역에 발생했네. 어떻게, 우주로 도망치면 될까? 우리가 살아가던 터전인 지구를 버리고?"

바이드는 하! 탄식을 뱉으며 말했다.

"박명석 위원의 말대로 우리에겐 뒤가 없습니다. 보이지도 않는 탈출구를 찾느니…… 내가 살아가는 이 땅을 지킬 겁니다. 그게 더 옳지 않겠습니까?"

수천 년의 인류 역사가 흐르는 곳. 여태 살아왔던 땅이자, 앞으로도 살아갈 터전.

바이드는 힘을 주어 말했다.

"유니온은 지구를 지키기 위해 조직된 단체요. 퀘스트를 공략하기 위한 수단이 아니란 말입니다."

박명석은 어쩔 수 없는 꿀 먹은 벙어리가 되어야만 했다.

그가 생각하기에도 바이드의 논리는 이치에 맞았고, 자신의 말은 어딘가 모자란 주장이었다.

머릿속으로는 퀘스트를 공략하는 데에 중점을 두라고 말하지만…… 가슴은 확실히 바이드의 말에 끌렸다.

"우린 반드시 멸망하는 세계를 지킬 겁니다."

주먹을 불끈 쥐고 말하는 바이드에게 동조하는 시선이 점차 늘어 갔다.

흐름은 이미 그의 주도로 움직였고, 어느덧 안건은 '최후의 도시'가 어디가 좋겠냐는 것으로 바뀌어 있었다.

사람들의 머릿속엔 '탈출'이란 단어는 사라지고, 오직 '디펜스'에 집중되었다.

물론 박명석도 어느 정도 수긍하는 이야기였다.

하지만 뭐라고 할까.

'……낭떠러지로 흘러가는 배에 올라탄 기분이군.'

그리고 그 감각은 틀리지 않았다.

[장비, '천칭의 반지'가 스킬 '선동'의 효과에 저항합니다.]
[무너진 균형을 바로세웁니다.]

'이건…….'

평정심을 유지하고, 상대의 현혹된 말에 속아 넘어가지 않는 그의 아이템.

오랜 전우와도 같은 이 장비는 '진실의 성물'만 한 성능은 없어도, 거짓된 스킬에 쉽게 당하지 않는 효능은 있었다.

박명석의 시선이 바이드에게 향했다.

[플레이어 '바이드'가 스킬, '선동(S)'을 발동 중입니다.]
['알 수 없는 힘'에 의하여, '선동'의 효과가 대폭 증가합니다.]

모르긴 몰라도 이 회의에 미꾸라지가 들어왔다는 건 더더욱 확실해지는 순간이었다.

'늙은 뱀 새끼가……!'

하지만 박명석이 뭐라 더 말을 꺼낼 힘은 없었다.

천칭의 반지는 정신을 일깨워 줄 뿐.

선동에 빠진 몸을 제어할 정도로 고효율의 아이템은 못 되었다.

"그러면 결정할까요?"

차라리 바이드가 이번 회의 참석을 거절했을 때, 냉철하게 그와의 연락선을 끊는 게 나았을까.

런던의 시민들을 고려한 결과는 생각보다 무겁게 다가오고 있었다.

냉정하지 못했던 자신이 약간은 후회스러울 정도다.

'젠장……'

그리고 어느덧 회의는 바이드를 중심으로 끝무렵에 다다랐다. 각자의 결정만이 남은 상태.

수락하지도, 부정하지도 못하는 박명석이 이를 악물고 애써 저항하려고 할 때였다.

"……너무 늦은 건 아니겠지?"

돌연 허공에서 소리가 들려왔다.

바이드 엘베트론.

영국의 대표이자, '컴퍼니'의 전략 팀으로 이적한 그에겐 수행해야만 하는 임무가 있었다.

'세계를 멸망시켜라.'

라그나로크가 발생하고 현시점에 세계 곳곳으로 붉은 기둥이 생성된 시점.

돌연 컴퍼니의 폐업 신고와 함께 이런 명령이 하달된 이유가 무엇일까.

앞서 들어간 컴퍼니의 선봉대가 케이에게 주도권을 빼앗겼단 얘기다.

결국 상층부의 이스터 에그는 케이가 입장했으며, 그로 인해 라그나로크가 발생했다는 거겠지.

'상관없어. 이번 일만 잘 해내면 나에게도 전생의 기회가 주어질 테니까…….'

오직 살아남기 위해서 컴퍼니에게 빨대를 꽂고 여태 힘겹게 살아남은 그였다.

승진, 또 승진.

반복된 승진으로 기어코 중진에 올라 이제 전생할 자격까지 딱 한 계단 남은 상태였다.

'반드시 이번 작전은 성공시켜야 해. 그래야 나도 살 수 있다.'

바이드는 은밀하게 웃으며 그의 뜻대로 흘러가는 좌중의 분위기를 살폈다.

절대 막을 수 없을 거라고 알려진 '라그나로크'를 막으려는 행위.

그 자체로도 세계는 멸망으로 한 걸음 훌쩍 다가서게 된다.

이대로만 간다면 그의 작전은 성공한 것이나 다름없는 것이다.

"그럼 결정할까요?"

전설처럼 불려 오는 '밀트'의 유산과도 같은 아이템을 사용해 겨우 휘어잡은 분위기였다.

용케 박명석이란 애송이가 풀어내는 눈치였지만 여기까지 흐른 이상 그도 뭘 어찌할 수는 없으리라.

그래.

그래야만 했는데…….

"……너무 늦은 건 아니겠지?"

허공에서 들려온 목소리에 바이드는 온몸에 소름이 오소

소 돋는 걸 느꼈다.

설마, 설마…….

믿을 수 없다는 시선이 목소리가 들려온 허공으로 향했다. 그곳으로 일련의 무리가 점차 형상을 갖추고 있었다.

"……리, 링링."

그리고 그 옆에 당당히 선 사람은 꿈에 나타날까 너무나도 두려운 남자.

'케이.'

기어코 녀석이 재앙의 탑을 공략하고 여기까지 이리 빨리 돌아온 것이다.

'빌어먹을…… 뭔 수를 쓴 거야?'

상층부의 이스터 에그는 60층에 있었고, 이후로 공략까지 약 40층은 남았을 터였다.

근데 그걸 고작 이틀 만에 돌파했다고?

설령 그 안에서의 시간이 3배의 흐름을 가졌다고 해도 말이 안 되는 일이었다.

'……이건 좋지 않아.'

너무나도 나쁜 흐름이다. 애써 조정하고자 둑을 세웠지만 해일이 밀려온 것과도 같다.

이제 거의 다 왔는데…….

조금만 더 하면 되는 일인데.

바이드는 입술을 잘근 깨물며 너무나도 커 버린 강서준을 바라봤다.

"……회의는 아직 안 끝났지?"

뻔뻔한 링링의 말에 바이드는 힘겹게 고개를 끄덕였다. 그들의 등장으로 인해 분위기는 어수선해졌지만 아직 끝난 건 아니었다.

'그래. 다 잡은 물고기다. 놓칠 순 없어.'

물러서면 끝이다.

본능적으로 그리 생각됐다.

'난 반드시 살아남을 거다.'

그런 바이드의 마음을 아는지 모르는지 강서준은 가볍게 입을 열었다.

대충 회의장의 흐름을 쭉 둘러보더니 그는 대뜸 결론부터 입에 담았다.

"마음대로들 하셔."

"……뭐요?"

"뭘 하든 당신들 뜻대로 하라고."

대체 무슨 수작이지?

기껏 회의장에 나타나더니 이렇게 순순히 허락한다고?

어떤 목적인지 감조차 잡기 어려웠다.

이는 다른 위원들에게도 적용되는 얘기였고, 모두의 시선에 의문이 물결처럼 번질 즈음이었다.

"근데 난 탈출할 거야."

"……"

"그렇게 알아 두라고."

기나긴 회의의 결말이 났다.

뒤늦게 회의장에 난입한 강서준의 의지, 그리고 천외천의 입장이 대번에 전 세계로 퍼졌고.

사람들의 의견은 일파만파 나뉘었다.

누군가는 살아갈 터전인 지구를 지키겠다고 확언했으며, 누구는 이 세계를 탈출하는 게 옳다고 말했다.

어느 누구도 정답을 알지 못하는 상황. 사실 옳고 그르다는 표현 자체가 어색한 문제였다.

하지만 대다수 사람들의 선택지는 실상 정해져 있는 것이나 다름없었다.

"케이 없이 라그나로크를 어떻게 막아?"

당연하다면 당연한 사실이 그들의 선택을 종용했고, 사람들은 조금이라도 살 확률이 높은 쪽으로 마음이 기울었다.

특히 강서준의 영향이 그 어느 곳보다 강렬한 서울의 경우엔 거의 만장일치로 의견이 통일되고 있었다.

"어차피 망한 세상…… 지킬 게 뭐가 있다고!"

"그 얘기 들었어? 혼백은 아예 짐을 꾸리고 있다더군."

"이럴 때가 아니야. 나도 얼른 식량부터 비축해야……."

한편 뒤숭숭한 분위기가 만연한 서울로 한 인영이 스르륵 모습을 드러내고 있었다.

흑진주처럼 새카맣지만 반짝이는 머릿결. 빛을 모아 조각해 놓은 듯한 외모.

비현실적인 얼굴에 사람들의 시선이 절로 집중됐고, 남자는 집중된 이목에 아랑곳 않고 가까이에 선 누군가에게 말을 걸었다.

말끔한 정장 차림으로 연신 케이의 말을 전하던, 이 세계의 탈출을 연호하던 남자.

장기용의 어깨를 그가 잡았다.

"길 좀 묻지."

"……뭐, 뭡니까?"

분위기에 압도됐는지, 잠시 말을 더듬던 장기용을 향해 남자는 차분하게 입을 열었다.

"케이를 만나고 싶다."

"……네?"

"안내해."

대뜸 반말을 내뱉는 그를 향해 장기용이 저도 모르게 험한 말을 꺼내려 할 때였다.

"카무쉬가 왔다고 전해라."

흑룡 카무쉬

"의외야. 난 네가 지구를 지키기 위해서 라그나로크를 막으려 할 줄 알았는데."

로테타워에 마련된 링링의 사무실.

오랜만에 들른 그곳은 여전히 복잡하고 지저분했다.

강서준은 링링을 향해 물었다.

"무슨 소리야?"

"너 원래 무언가를 포기하는 걸 싫어하잖아. N포 인생은 극혐한다며?"

"……그런 건 어디서 들은 거야."

"알 만한 사람은 다 알걸? 조금만 검색해도 인터넷에 네 어록이 잔뜩이야."

어록……?

묘하게 궁금했지만 더 물어보진 않았다. 괜히 알게 되면 밤늦게 혼자 이불을 뻥뻥 차게 될 것만 같았으니.

강서준은 한숨을 짧게 내뱉었다.

"난 지구를 포기한 게 아니야. 오히려 지키기 위한 선택을 하는 거지."

"그건 또 무슨 신박한 소리일까."

"내가 지키려는 지구는 드림 사이드로 인해 초토화된 땅이 아니거든."

예전이었다면 모를까.

지금은 시스템의 어딘가에 '지구'의 과거 데이터가 보관되었다는 사실을 알고 있다.

그렇다면 당장 이 땅을 지키는 것보다 우선해야 할 건, '드림 사이드'의 공략일 것이다.

"분명 다른 기회가 올 거야. 선택의 기로에서 하는 선택에 따라서 해당 데이터가 삭제된단 얘기는 없었으니까."

물론 그 방법이란 게 아직까지는 따로 밝혀진 게 없다는 것이 조금 흠이지만…….

개의치 않기로 했다.

어차피 이전 세계는 모두 라그나로크를 공략하지 못해서 멸망해 버렸다고 들었다.

이후에 벌어질 일은 아무도 모른다.

실상 전생의 기회까지 쥐여 주는 것부터 데이터는 삭제되지 않는다는 증거였다.

'뭣하면 해킹하지 뭐.'

지난번엔 샛별이 보고 있어서 차마 시도조차 못했던 일이지만, 수틀리면 이루리와 함께 시도해 볼 만했다.

어쨌든 시스템의 일부가 파괴된 지금이라면 더더욱 그 성공 확률은 높아지니까.

강서준은 눈을 빛내며 링링을 돌아봤다. 어쨌든 당장 할일은 라그나로크의 공략이다.

"그나저나 내가 말했던 건 어떻게 됐어?"

"……도깨비 장비?"

"응. 뭔가 좀 알아낸 거 있어?"

그리고 다가오는 라그나로크를 대비하는 첫 단추는, 아마도 '도깨비 장비'에 있다.

'진짜 자격을 갖추라고 했지.'

시스템을 파괴하고, 라그나로크를 불러온 시발점에서 몰모트가 꺼낸 말이었다.

모르긴 몰라도 그 자격이라는 걸 갖추질 못한다면 공략할수 없는 게 아닐까?

'단서는, 여기에 있어.'

하지만 링링은 고개를 가로저었다.

"전혀. 공식 루트부터 비공식 루트, 온갖 던전 정보를 다

찾아봐도…… 도깨비에 관련된 소식은 없더라."

"흐음……."

"걱정 마. 뭐든 나올 거야. 라그나로크를 대비하기 위해 따로 차출한 인원을 제외하고는 전부 이쪽에 매달려 있잖아?"

유니온에 소속된 지구의 모든 플레이어, 말하자면 세계 인류 전부가 오직 하나의 목표로 움직이고 있었다.

멸망으로부터의 탈출.

그리고 그 탈출구를 열어 줄 열쇠가 될 '도깨비 장비'.

"뭐든 금방 기별이 올 거야."

강서준도 애써 조바심을 접기로 했다. 물론 가만히 기다리지만은 않고 그 나름의 방식의 조사를 할 생각이었다.

차원 서고…… 그 안엔 분명 도깨비에 관련된 정보가 숨겨져 있을 것 같았으니까.

'뭐든 반드시 찾아야 해.'

목적은 단순했고, 해내고자 할 의지는 충분했다.

그리고 그 의지가 하늘에 닿았을까.

예상치도 못한 손님이 먼저 찾아왔다.

"케, 케이 님!"

<hr />

"누가…… 날 찾는다고요?"

강서준은 황당한 심정을 고스란히 드러내며 빠르게 걸음을 옮겼다.

그리고 소식을 전하러 온 장기용에게 뭘 더 말을 들을 필요는 없는 듯했다.

쿠구구구궁!

서울의 하늘로 무수한 마력이 솟구치고, 생성된 마법진으로부터 무자비한 운석이 소환됐으니까.

최고위 마법, 메테오(Meteor).

비록 링링이 사전에 만들어 둔 방어진에 의해 제대로 된 위용은 보여 주진 못했지만…….

그 충격은 서울 전역을 흔들기엔 충분했다.

"으아아아! 종말이야! 종말이 시작되고 말았어!"

"젠장…… 아직 시간 남은 거 아니었어?"

"어떡하지? 케이 님은 어디에 계신 거야?"

"살려 줘어어어!"

눈앞으로 다가온 마법의 형상에 사람들이 비명을 내지르며 혼비백산 패닉에 빠져든 것이다.

강서준은 미간을 찌푸리며 눈앞에 드리운 메시지를 마저 확인했다.

[스킬, '드래곤 피어(S)'에 적중당했습니다.]
[상태 이상 '공포'에 빠집니다.]

[상태 이상 '혼란'에 빠집니다.]

[상태 이상 '흥분'에 빠집니다.]

[……중략……]

[스킬, '침착(S)'을 발동합니다.]

[모든 디버프 효과를 무시합니다.]

드래곤 피어.

신체와 영혼이 온전한 용의 진정한 울음은, 산전수전을 다 겪은 플레이어들의 무릎조차 꺾이게 만들고야 말았다.

어떻게 된 일이지?

옆으로 파랑이가 털끝을 곤두세우며 드래곤 피어에 반항하듯 울음을 뱉었다.

빠르게 모여든 천외천과 강서준은 시선을 마주했다.

그리고 곧 이 모든 원흉이 하늘에서 천천히 걸어서 내려왔다.

"넌……."

"오랜만이군. 케이."

"……카무쉬?"

흑룡, 카무쉬.

장기용에게 대충 들어 알았지만, 직접 눈으로 마주할 때까지는 믿기 어려웠던 상대.

일전에 강서준, 아니 케이를 한 차례 죽여 본 적이 있는 유일무이한 몬스터인 녀석은 여전히 오만스러운 시선이었다.

"노크를 해야 나오는군."

메테오로 인해 서울을 지키던 방어진이 단번에 깨졌고, 이중, 삼중으로 걸친 방어진에도 금이 가고야 말았다.

다행히 건물은 무사했지만 만약 방어진이 없었더라면 어땠을까, 생각해 보면 참 끔찍했다.

"노크 한 번 더 했다간 지구 멸망시키겠군."

강서준의 말에 일언반구하질 않고 그는 그저 어깨쯤에 앉은 고롱이를 보더니 말했다.

"그새 이상한 취미도 늘었군. 그건 뭐지? 내 피규어인가?"

"……"

"농담이다."

강서준은 한숨을 푹 내쉬며 놈을 마주했다.

종전의 메테오도 그렇고, 놈으로부터 흘러나오는 마력의 흐름만으로도 납득했다.

'이놈은…… 진짜다.'

강서준은 미간을 찌푸리며 물었다.

"카무쉬, 어떻게 네가 여기에 있는 거지?"

"글쎄."

"무슨 수를 부린 거야?"

카무쉬는 S급 던전에서도 보스 몬스터에 해당한다.

이제 막 S급 던전을 공략한 지구에 등장할 만한 몬스터는 아닌 것이다.

설령 라그나로크가 발동했다고 해도 그 수준은 현 세계의 수준에 맞게 진행된다고 했다.

이 정도로 밸런스를 망가트릴 몬스터의 등장은 시스템이 나서서 막아야 하는 게…….

잠깐.

'시스템은 정상이 아니야.'

몰모트로부터 벌어진 일들을 상기해 낸 강서준은 사건의 전말까지는 아니더라도 얼추 전후 관계를 파악할 수 있었다.

"……젠장."

말하자면, 그런 거다.

'제약이 없어진 건가.'

강서준은 입술을 잘근 깨물며 벌써 코앞까지 다가온 카무 쉬를 말없이 바라보았다.

갈무리하질 않아 어깨를 짓누르는 묵직한 마력.

세상 모든 걸 아래로 내리깔아 보는 오만한 시선.

가만히 보는 것만으로도 오금이 저려 오는 상대는 진짜 S급 보스 몬스터였다.

'이길 수 있을까?'

나약한 의문은 금세 지웠다.

'이긴다.'

어차피 지면 끝이라는 당연한 결과 앞에서, 승부를 점쳐

보는 건 무의미하다.

무슨 수를 써서라도 놈을 공략할 것이고, 강서준은 이 승부에서 이길 생각이었다.

카무쉬가 나지막이 중얼거렸다.

"눈빛 한번 살벌하군."

"……."

"미리 말해 두지만 난 너랑 싸우러 온 게 아니다. 내 말을 이해하겠나?"

태연하게 입을 여는 카무쉬를 향해 강서준은 그저 단검을 앞으로 겨누었다.

"그럼 그 칼은 뭔데?"

카무쉬는 대놓고 한 손으로 녀석의 신물(神物)과도 같은 '파멸의 검'을 소환했고, 다른 한 손엔 '흑염'을 구체로 뭉치고 있었다.

"이건……."

그의 힘이 서서히 하늘을 어둡게 만들었다. 끈적일 정도로 농도 짙은 놈의 마력은 마치 비처럼 투두둑 떨어졌다.

카무쉬는 씨익 웃으며 말했다.

"……그냥 확인하려는 거야."

쿠구구구구!

순식간에 주변 풍경이 변하더니 너무나도 고요한 분위기를 마주할 수 있었다.

'여긴……'

서울이 아니었다.

태평양의 어딘가, 혹은 끝없이 펼쳐진 수평선 너머로 무엇이 있는지 알 수 없는 바다 위.

[흑룡 '카무쉬'의 '허상 결계'에 진입했습니다.]

여긴 녀석이 만들어 낸 임의의 다른 공간. 관리자의 '백도어'를 스킬처럼 꾸며 낸 장소다.

카무쉬는 살기를 뿜으며 말했다.

"전력을 다해라. 케이."

……과연 무슨 생각으로 그를 이곳으로 끌어들였는지는 모를 일이다.

용의 생각은 예나 지금이나 알다가도 모를 것들이니.

"그렇게 내 전력이 궁금해?"

중요한 건, 전력을 다하질 않는다면 죽는 건 그가 될 거라는 사실이다.

[스킬, '뇌신(ㄴ)'을 발동합니다.]

"……그럼 실컷 맛보라고!"

강서준은 바로 전력을 끌어내며 곧바로 카무쉬의 앞으로

다가섰다. 특별히 녀석을 상대로 그랑의 어금니 단검을 꺼냈다.

"그래. 이거지!"

쿠아아아아앙!

정면으로 맞부딪친 그랑의 어금니 단검과, 놈의 파멸의 검이 우열을 가리고자 강력하게 힘을 증폭시켰다.

동시에 강서준의 정면으로 흑염이 사출됐고, 강서준은 이를 향해 파이어볼로 응수했다.

또한 이형환위를 발동해 거리를 벌렸고, 틈을 노려 재앙의 유성검을 던졌다.

"여전히 잔재주를 부리는군."

하지만 역시 마법의 종주라 불리는 용답게 손쉽게 실드를 완성해 공격을 막아 냈다.

첫 번째 충돌은 누가 우위에 있다고 하기 어려울 정도로 치열했다.

강서준은 그 사실에 호흡을 가다듬었다.

'생각보다 할 만해.'

레벨 차이로 따지자면 감히 대항할 수조차 없는 상대여야 하는 게 카무쉬다.

재앙의 탑을 공략한 것도 모두 로그라이크라는 독특한 특징 덕이 아닌가.

아직은 S급 던전을 온전히 공략할 만한 수준의 플레이어가 되질 못했다.

'놈도 본래의 힘을 전부 되찾은 건 아닌 거야.'

본연의 힘을 모두 되찾질 못한 용이라면…… 또한 던전 버프도 받질 못해 너프당한 상태라면.

어쩌면 이길 수 있는지도 모른다.

"어디 이것도 막아 보아라."

문제가 있다면, 전부 그의 착각이었다는 거겠지.

[흑룡, '카무쉬'가 '라이트 오브 디스트럭션(L)'을 발동합니다.]

놈의 손끝에서 발현된 불길한 '파멸의 빛'은 순간이지만 강서준의 눈을 멀게 했다.

[스킬, '초재생(S+)'을 발동합니다.]

또한 그 빛에 닿는 것만으로도 몸의 세포가 모조리 불에 타오르기 시작했다.

라이트 오브 디스트럭션.

파멸의 힘을 담은 '검은 빛'이 강서준의 전신을 휘감고, 뇌신 그 자체를 파멸시키고 있었다.

"끄으윽……"

신음을 흘리며 강서준은 대번에 한계에 부딪혔다.

수준의 차이…… 레벨의 차이.

단 한 번의 격돌로 '격의 차이'를 느낄 수 있었다. 최소한 500레벨을 넘겼다면 버틸 수 있었을까?

"……."

'끝'이란 단어가 눈앞에 아른거렸고, 강서준은 그 순간 정신을 퍼뜩 차렸다.

'또 죽을 순 없어.'

여긴 드림 사이드 2였다. 1처럼 목숨을 보장받는 곳도 아니다.

녀석에게 죽는 건 한 번이면 충분하다.

'이겨 내야 한다. 이겨 내야…….'

이를 악물고 머릿속의 집념을 오로지 한곳에 집중시키기로 했다.

파멸의 힘을 견딜 수 있는 유일한 능력은 그가 가진 최강의 힘인 '뇌신'뿐이다.

최대한의 출력을, 아니…….

가지질 못한 힘을 만들어서라도.

그는 이겨 내야만 한다.

[걷잡을 수 없는 의지에 의해, 플레이어 '강서준'에게 알 수 없는 힘이 깃듭니다.]

동시에 온몸을 휘감은 건, 여태 느껴 본 적이 없는 엄청날 정도로 충만한 마력이었다.

'이건……?'

더는 카무쉬에게 밀리지도 않을 방대한 마력량.

과연 어떻게 된 일일까.

'시스템이 망가졌어.'

그로 인해 나타날 리가 없는 '카무쉬'가 등장했고, 강서준은 터무니없는 위기에 처했다.

근데, 근데 말이다.

'제약이 없어진 건…….'

이름 : 강서준 ─ Lv. ???

"……나도 마찬가지였나."

<hr />

잠시 호흡을 정돈한 강서준은 뇌신의 출력을 최대치로 끌어낼 수 있었다.

무엇이든 해낼 것만 같은 전능감.

드림 사이드 1의 케이가 된 느낌.

제약이 사라진 그에게 있어, 카무쉬는 더는 해치우기 어려운 난적이 아니었다.

강서준은 확신할 수 있었다.

이 힘이라면…….

'이길 수 있다.'

그런 강서준의 상태를 알아본 걸까? 카무쉬는 이죽거리면
서 입을 열었다.

"이제야 제대로 해볼 만하겠군."

전투는 계속해서 이어졌다.

사방으로 파멸의 빛이 퍼져 나가면서 가득 기운을 끌어 올
린 카무쉬가 접근했다.

파멸의 빛은 녀석의 검신에도 깃들어 불길하고 파괴적인
힘을 증폭시켰다.

'이전이었다면 반드시 피해야 할 공격이지만…….'

강서준은 씨익 웃으며 손을 앞으로 뻗었다. 놈이 쏘아 낸
'라이트 오브 디스트럭션'을 상대로 쓸 만한 기술이 있었다.

[스킬, '플라즈마(S)'을 발동합니다.]

뇌력을 가득 담은 수십 구의 구체가 파노라마처럼 사방으
로 흩어졌다.

다가오던 파멸의 빛은 도처에 깔린 플라즈마에 가로막혀
그대로 소멸하고야 말았다.

"다음은 너야."

다가온 카무쉬를 향해 강서준은 정면으로 맞부딪치기로 했다. 그의 손엔 그 어떠한 무기도 쥐어져 있지 않았다.

아니, 꺼낼 필요도 없으리라.

본격적인 능력을 발휘한 뇌신은 그 자체로 강력한 무기가 된다.

해서 드림 사이드 극후반의 케이는 일부러 무기를 들고 다니질 않기도 했다.

막말로 무기가 뇌신의 힘을 버티질 못하여 망가지는 경우가 허다했으니 별수 있겠는가.

[스킬, '뇌신의 창(S)'을……]

하지만 그때였다.

"크헉……!"

공중을 가로질러 날아오던 카무쉬의 입에서 돌연 각혈이 터져 나왔다.

놈의 기세가 순식간에 줄어들고 파멸의 빛은 건전지가 방전된 손전등처럼 희미해졌다.

녀석은 검을 아래로 축 늘어뜨리더니 강서준을 슬쩍 올려다보며 입을 열었다.

"……시작되고 말았군."

"뭐야?"

"됐다. 흥이 식었다."

어느덧 카무쉬의 허상 결계가 해제되면서, 서울의 풍경이 드러나고 있었다.

한데 서울 곳곳에서 느껴지는 마력의 파동이나 어수선한 분위기가 심상치 않았다.

무슨 일이지?

황망한 눈으로 풍경을 둘러보고 있노라니 카무쉬가 입가의 피를 슥 닦으며 말했다.

"이제 정말 시간이 없다. 케이."

⬥⬥⬥

그린란드.

유럽과 북미 사이에 있는 세계에서 가장 큰 섬.

국토의 85%가 얼음으로 뒤덮인 그곳은, 면적에 비해 인구는 약 5만 6천 명에 불과했다.

하여 그린란드는 드림 사이드가 오픈하고도 '던전화'의 영향을 크게 받질 않은 곳이기도 했다.

"라그나로크가 시작될 겁니다!"

"……뭔 로크?"

"라그나로크요! 북유럽신화에도 나오는…… 내 말 듣고 있어요?"

그린란드에서도 소수의 사람만이 살아가는 평화로운 에잇크 마을.

그곳엔 큰 목소리를 내는 청년이 있었다.

허름한 옷차림이었지만 선이 굵은 얼굴을 한 청년은 테이블을 탕탕 내리치며 말했다.

"아버지. 우리도 얼른 유니온에 합류해야만 해요!"

"결국 또 그 소리더냐?"

"아, 진짜…… 이젠 다른 수가 없다니까? 지금이라도 그쪽으로 가야만 살 수 있어요!"

하지만 아버지 카만은 심드렁하기만 했다. 그저 보드카가 반쯤 비어 버린 술병을 입으로 털어 넣을 뿐이었다.

"그만 좀 하거라. 말이 되는 소리를 해야지."

"진짜…… 이렇게 고집부릴 때가 아니라니까요?"

한편 에잇크 마을의 유일한 주점인 '크레이들'의 단골손님이자, 아버지 카만의 친구 마잇키가 대화에 끼어들었다.

가까이 다가온 것만으로도 지독한 술 냄새가 물씬 풍겨 났다.

"리도! 뭐 하고 있어? 오랜만에 돌아왔으면 일단 한잔해야지."

"마잇키 아저씨?"

"자, 자. 받아. 어허, 어른이 주는 술을 거절하는 거 아니야."

막무가내로 권하는 술잔을 억지로 받아 든 리도는 이를 테이블 위로 다시 올려놓으며 말했다.

"하…… 진짜 다들 내 말 좀 들어 봐요. 진짜 상황이 안 좋아요."

"그래그래…… 그렇겠지."

예나 지금이나 느긋하기만 한 에잇크 마을의 사람들.

바깥 사정을 전부 보고 온 리도의 입장에선 너무나도 답답하게 느껴질 뿐이었다.

"아버지도 얼마 전에 메시지 받았을 거 아니야."

"메시지?"

"마잇키 아저씨도, 콜만 아저씨도…… 전부 받았잖아!"

라그나로크는 전 세계인을 대상으로 펼쳐지는 퀘스트였다.

플레이어가 아니더라도 누구나 퀘스트 알림 정도는 받은 걸로 알았다.

그렇다면 단 한 명의 플레이어가 존재하질 않는 에잇크 마을이라고 해도, 한 명쯤은 퀘스트를 확인했어야 한다.

그때 한쪽 테이블에 머리를 박고 널브러져 있던 콜만은 퍼뜩 일어나며 외쳤다.

"으어어! 한 잔 더어어!"

그러더니 다시 푹 테이블에 머리를 박고 쓰러졌다. 지난

밤, 지독하게 달린 여파가 아직 해소되질 않은 것이다.

카만을 그쪽을 보면서 말했다.

"우린 그런 거 본 적 없대도."

"술에 취해 기억 못 하는 게 아니고요?"

"……."

리도는 손으로 얼굴을 쓸어내리며 한숨을 삼켰다. 정겨운 에잇크 마을 사람들의 가장 큰 단점은 이렇듯 전부 술독에 빠져 사는 알코올 중독자란 사실이다.

"날이 좋지 않으냐. 술 한잔하기 딱 좋지."

"날씨 안 좋으면 안 마시고?"

"그땐 울적하니 마셔야지! 크큭!"

뭐, 이해하지 못하는 건 아니다.

에잇크 마을은 그린란드에서도 최북단에 있는 마을이다.

가끔 바닷가에 빙산이 보일 정도로 연일 추운 날씨로 생존 자체가 어려운 도시.

술기운으로 추위를 물리쳐야만 그나마 하루를 버텨 낼 수 있다.

"거짓말. 그냥 중독자들 주제에……."

"……그래서 안 마실 거냐?"

리도는 혀를 차며 종전에 내려놨던 보드카를 단숨에 들이 켰다. 목을 찌르는 따가운 알코올은 답답한 속을 뻥 뚫어 주는 느낌이었다.

부정하고 싶어도, 그 또한 에잇크 마을의 출신.

연일 술판을 벌이던 곳에서 나고 자란 만큼, 술에는 이골이 났다.

카만은 아들에게 술을 더 건네며 말했다.

"리도야. 이제 그만 괴물이라느니 허무맹랑한 소리는 그만하고 정신을 차릴 때도 되지 않았느냐."

"……뭔."

"너도 이제 나이가 서른이다. 네 한 몸은 스스로 감당해야 하지 않느냐. 이참에 이 아비를 따라서 사냥을……."

리도는 몇 번이나 입술을 들썩이다 이내 다물었다. 이 마을의 가장 큰 단점은 바로 이것이다.

'드림 사이드를 모른다는 것.'

무려 1년을 넘게 진행되는 지구의 멸망…… 그 소식을 이 동네 사람들만 모른다.

그게 어떻게 가능한 일일까?

터무니없지만, 이 근방으로는 '던전화'도 없었고 몬스터조차 등장한 적이 없었다.

이곳의 가장 큰 위험은 종종 마을 인근에 나타나는 북극곰이 전부였다.

'불행인지 다행인지…….'

한적한 마을로 던전의 위협이 들이닥치질 않은 것만은 천만다행이었으나, 그저 달갑게 느낄 수는 없었다.

"몇 번을 말해요. 거짓말이 아니라 진짜 게임 속 몬스터들이 현실로 나왔다니까요?"

"이놈이 끝까지 장난을……."

"아버지! 내 말 좀 믿어 줘요!"

그러나 결국 자신의 말은 귓등으로도 들어가질 않는다는 사실을 체감해야만 했다.

이미 아버지의 얼굴은 화가 난 건지 혹은 술에 취했는지, 붉게 달아오른 상태였으니까.

"젠장……."

답답한 심정에 괜히 보드카로 시선이 갈 때였다.

"크, 큰일이오! 모두 나와 보쇼!"

주점 밖으로 요란스러운 소리가 들려왔고, 리도는 빠르게 신형을 옮겨 밖으로 향했다.

뒤늦게 리도를 따라 밖으로 나온 카만은 멀리 북극해를 바라보며 황망히 중얼거렸다.

"저게…… 뭐다냐."

하늘에서 바다로 떨어져 내리는 붉은색의 기둥. 너무나도 이질적인 광경에 마잇키도 딸꾹질을 이었다.

"오로라?"

그리고 저 기둥의 정체를 알고 있는 리도만큼은 한숨을 푹 내쉬어야만 했다.

'결국 여기까지…….'

하나 생각해 보면 차라리 잘된 일이다. 이렇듯 증거가 눈앞에 있으면 설득하기엔 더욱 좋았다.

"아버지. 보다시피 여기도 이젠 안전하지 않아요. 진짜 얼마 안 남았어요. 얼른 유니온으로……."

말을 잇던 리도는 저도 모르게 입을 다물어야 했다. 그의 시선은 붉은 기둥으로 고정되어 있었다.

"……아버지."

"응?"

"모두 도망쳐요!"

크콰카카카카칵!

정신없이 쏟아지는 일격에 리도는 빠르게 몸을 내돌려 마을의 외곽으로 달리기 시작했다.

하지만 금세 숨이 헐떡이고 온몸이 무겁게 느껴졌다.

그가 마을 사람들을 쉽게 설득할 수 없었던 이유 중 가장 큰 원인.

그는 공교롭게도 그다지 레벨이 높지 못한 서포트 계열의 플레이어란 점이다.

그저 노래 실력이 뛰어나 사람들에게 버프 효과를 주는 게 전부인 바드 직업.

이는 플레이어가 아니라면 체감할 수 없는 스킬이 전부였고, 어지간해선 마을 사람들의 눈을 현혹시킬 수조차 없다.

아이템?

레벨이 낮은 그는 그다지 실용성이 높은 아이템도 가지고 있지 못했다.

게다가 술에 거나하게 취한 사람들을 상대로 마술을 부린들…… 그들은 믿지도 않을 것이다.

한편 부리나케 달리던 리도는 저도 모르게 우뚝 발걸음을 멈추어 설 수밖에 없었다.

"……."

너무나도 조용해진 분위기.

천천히 뒤를 돌아본 그는 터무니없는 광경을 마주해야만 했으니.

"……아버지?"

종전까지만 해도 그와 얘기를 나누던 아버지가, 주점에서 술을 건네던 마잇키 아저씨가.

술기운을 못 이기던 콜만도.

마을의 모든 사람들이 꽁꽁 얼어서 입도 벙긋하지 못하는 상태가 되어 있었다.

"……이런 우라질."

황망히 중얼거리던 리도의 시선은 북극해 위로 드리운 거대한 붉은 기둥으로 향했다.

거기서 또 한 번 빛이 번쩍였고.

"…….."

그것이 리도의 마지막 기억이었다.

강서준은 붉은 기둥에 의해 완전히 몰락해 버린 서울의 일부를 보면서 미간을 찌푸렸다.

"……무슨 짓을 벌인 거지?"

"내가 한 게 아니다."

"그걸 믿으라고?"

"안 믿으면 어쩔 건데?"

서울의 곳곳에 생겨난 붉은 기둥.

이를 중심으로 '해일'이 들이닥치거나, '태풍'이 생성되어 연일 폭풍이 휘몰아쳤다.

맨해튼처럼 커다란 '싱크홀'이 생겨난 곳도 있고, '번개'가 수시로 내리치는 곳도 있다.

카무쉬는 붉은 기둥에 의해 완전히 수몰된 한 지역을 내려다보며 말했다.

"이건 시작에 불과해."

그의 시선은 붉은 기둥으로부터 도망치려 안간힘을 쓰는 사람들에게 닿았다.

물에 잠긴 사람들을 구하고자 노력하는 플레이어나 살아남기 위해서 이를 악물고 손을 뻗어 내는 요구조자들.

카무쉬는 혀를 차며 말했다.

"세상은 멸망을 앞두고 있다."

무척 부정하고 싶지만 누구보다 쉽게 납득할 수밖에 없는 진실.

'멸망 시나리오…… 라그나로크.'

재난은 멸망으로 잇는 전초 과정이었고, 이 뒤는 결국 모든 것이 몰락하는 종말이다.

"케이."

"……뭐야."

"몰모트의 안배를 찾아야 한다. 오직 그것만이 이곳을 벗어날 유일한 방법이야."

몰모트의 안배.

그 단어가 뜻하는 게 '도깨비의 장비'라는 걸 모를 수는 없었다.

하지만 그 말을 전하는 당사자가 '흑룡 카무쉬'라는 점이 그를 불안하게 했다.

녀석은 드림 사이드 1에서의 악연이 꽤 깊은 S급 보스 몬스터.

놈이 하는 말을 믿을 수 있을까?

설령 놈의 말이 전부 '진실'이라 해도…….

"대체 목적이 뭐야?"

느닷없이 나타나서 메테오를 던지고 냅다 허상 결계를 만들어 그를 공격하던 용.

흑룡 카무쉬는 예전에 봤던 그대로 오만하고 흉악했으며,

여전히 강한 S급 보스 몬스터였다.

근데 이제 와서 친한 척을 하며 술술 말을 이어 나가고 있는 것이다.

"목적이라······."

카무쉬는 재밌는 단어를 들었다는 듯 입꼬리를 씨익 올려 웃더니 말했다.

"그런 걸 떠올린 지는 너무 오래되었더니 막상 대답할 말이 없군."

"······."

"그래도 대답해야 한다면 아마 이것만이 해답이 될 것이다."

카무쉬는 장난스럽게 웃던 표정을 지우고 사뭇 진지하게 얼굴을 굳히며 말했다.

"생존."

잠시 입을 다물었던 그가 강서준의 눈을 똑바로 바라보며 흔들림 없는 어조로 말을 이었다.

"너만이 우릴 살릴 수 있으니까."

생존.

누구나 간절히 바라고 특히 멸망을 앞둔 시점에선 가장 먼저 떠올릴 단어.

하지만 그 당연한 단어 앞에서도 강서준은 잠시 머뭇거릴 수밖에 없었다.

'말이 돼?'

눈앞에 선 남자가 그저 그런 플레이어나, 일개 컴퍼니원이면 모를까.

그가 누군가.

'용.'

무려 '용'이다.

한때는 S급 던전의 보스 몬스터로 군림했을 정도로 최강의 힘을 가진 존재.

그런 자의 입에서 나오는 '생존'이라는 단어만큼이나 어색한 건 또 없었다.

"뭘 잘못 먹은 거야?"

"……의심이 참 많군."

"그걸 어떻게 믿어? 너희들의 종특은 누구보다 내가 제일잘 아는데."

용이 어떤 종족인가.

본인이 세상에서 제일 잘났다고 생각하여, 누군가를 위에두려고 하질 않는 안하무인.

오만한 그들은 제 목숨을 끊을지언정 자존심을 꺾을 만한단어를 입에 담지 않는다.

파랑이를 키우기 위해 용에 관한 온갖 잡학 지식을 공부했던 만큼이나 빠삭하게 잘 알았다.

'심지어 얘넨 전생하잖아.'

몇 번의 죽음을 반복해 가며, 다시 살아나는 게 일상과도 같은 자들…….

그런 이들이 과연 간곡하게 '생존'을 언급한다는 게 가당키나 할까.

마치 사고 회로가 고장이라도 난 것처럼 버벅거리게 되는 건 무리도 아니었다.

하지만 눈앞에 버젓이 벌어지고 있는 일을 부정할 만큼 어리석지도 않았다.

……잠깐의 시간이 필요할 뿐.

카무쉬는 대수롭지 않게 말했다.

"진실의 성물을 갖고 있다고 들었다. 내 말이 거짓이 아니라는 건 이미 알고 있을 터."

"……."

"정말 시간이 많지 않다. 케이. 당장이라도 몰모트의 안배를 찾아야만 해."

"……그런 놈이 공격부터 퍼부었냐?"

강서준의 말에 카무쉬는 전혀 꿀리지 않고 당당한 목소리를 냈다.

"말했듯 확인할 필요가 있었다."

"무슨 확인?"

"네가 아직 강한지, 자격이 있는지…… 우리들의 운명을 맡겨도 될 만한 자인지."

카무쉬는 진중한 태도로 말을 이었다.

"물론 충분하다는 결론이 섰다. 너라면 우리 용족의 운명을 맡길 수 있다."

"……지랄."

강서준은 욕지거리를 내뱉으며 카무쉬의 얼굴을 들여다봤다.

녀석은 뻔뻔하게도 입을 열었다.

"몰모트의 안배가 어디에 있는지는 내가 잘 알고 있다."

"뭐?"

"정확히는 내가 갖고 있었다고 해야겠지."

카무쉬가 말했다.

"그러니 나를 따라와라. 케이."

❦

"……그렇게 됐어."

그 길로 일행에게 돌아간 강서준은 자초지종을 간단하게 설명했고.

링링은 여전히 의심스러운 눈초리로 뒤따른 카무쉬를 흘겨보며 물었다.

"그 '카무쉬'가…… 우릴 돕는다고?"

"응. 믿기 어렵지만 사실이야."

하지만 링링은 호락호락하게 넘어가진 않았다.

"적이 아니면 왜 1에서는 그렇게 악랄하게 굴었던 거지?"

"흐음……."

"여태 알려진 모든 정보로는 용은 인간의 적이었어. 실제로 퀘스트의 내용 또한 그러했고. ……근데 이제 와서 아군이 될 거라고?"

강서준은 쓰게 웃으며 말했다.

"그게…… 유흥이었다나 봐."

"유흥?"

"어차피 섭종할 게 뻔하니까, 그냥 막 나간 거지."

이해 못 할 행동은 아니다.

드림 사이드 1이 섭종을 앞뒀을 즈음엔 수많은 플레이어가 꽤 막 나가는 행동을 일삼았었으니까.

PK가 벌어지는 건 일상이었고.

평상시엔 못 해 보던 별짓을 다하며 온갖 괴팍한 플레이가 유행했었다.

'어차피 망할 세계였으니까.'

죄책감이나 두려움 따위는 가질 필요가 없었다.

강서준은 혀를 차며 말했다.

"어쨌든 녀석이 하는 말이 진실이라는 건 내가 보증할게."

진실의 성물인 이루리의 능력으로 검증했고…… 생각해 보면 돕지 않을 이유도 없는 일이었다.

라그나로크가 시작되면 지구뿐만이 아니라, 이 세계의 던전 또한 예외 없이 멸망한다.

전생이란 조건만 없었다면 오히려 저들은 두 팔 벌려 강서준이 하는 일을 도와야 한다.

'아니 잠깐…… 그리고 보면 얘넨 왜 전생을 하는 거지?'

의외로 협조적으로 나오는 카무쉬를 보면서 강서준은 새로운 의문을 품을 수 있었다.

새삼스럽지만 이상한 것이다.

'이놈들은 재앙의 탑 공략에 참여하질 않잖아?'

전생인의 대다수는 컴퍼니의 숙원과 마찬가지로, 재앙의 탑에서 이스터 에그에 도달하는 걸 목표로 삼는다.

근데 S급 몬스터인 용들은 무슨 수를 쓰더라도 제때에 같은 등급의 던전인 '재앙의 탑'을 오를 일이 없다.

그렇다면 S급에 다다르는 용과 같은 전생인들은 어째서 전생을 반복하는 걸까?

대체 어떤 목적으로?

곰곰이 고민하던 강서준은 의외로 간단히 답을 내릴 수 있었다.

'라그나로크인가.'

S급에 다다르는 전생인은 '재앙의 탑'을 통한 '이스터 에그'가 목적이 아니라면.

오직 라그나로크…… 그러니까 이 게임의 '엔드 콘텐츠'를 공략하기 위해서 전생을 거듭한 게 아닐까.

'과연 라그나로크를 돌파한다는 게 이들에게 어떤 의미이기에…….'

한편 강서준의 얘기가 길어졌을까. 카무쉬는 보채듯 말했다.

"아직인가?"

"……성질 급하긴. 기다려 봐."

강서준은 빠르게 이쪽으로 다가오는 나한석을 볼 수 있었다.

며칠 밤을 새우고 제대로 씻지도 못했는지 영 꼴이 말이 아닌 그는, 피곤에 찌든 눈으로 말했다.

"이대로면 정말 퀘스트가 시작하기도 전에 지구가 멸망해 버릴지도 모르겠어요."

"그 정도로 심각합니까?"

"……네. 지금 난리도 아닙니다."

세계 곳곳에서 시작된 붉은 기둥의 파동은 말 그대로 지구를 부수고 있었다.

막말로 라그나로크가 본격적으로 시작된다는 74시간 이후 엔 과연 무슨 일이 벌어질지 짐작조차 하기 어려울 정도였다.

"일본의 한쪽은 이미 침몰했고 홍콩은 불바다입니다. 인도나 유럽도 마찬가지입니다. 지진, 해일, 태풍…… 심지어

화산이 없는 곳에서 마그마가 흐릅니다."

말 그대로 각종 재난 영화에 나올 법한 일들이 한 영화로 몽땅 때려 박은 듯한 분위기였다.

제작비만 몇백억이 들어도 모자랄 스케일이라, 더더욱 체감이 안 되기도 했다.

나한석은 한숨을 푹 내쉬며 홀로그램으로 영상을 띄웠다.

"이 추세면 수일 내로 서울엔 제대로 서 있을 땅조차 남지 않을 겁니다. 들려온 정보로는 100m를 넘기는 해일도 몰려온다고 해요."

"허……."

"게다가 붉은 기둥에서 온갖 몬스터들이 하나씩 밖으로 나오고 있어요."

"그건 무슨 소리죠?"

"자세한 건 알아보아야 하겠으나…… 몬스터의 등급은 최소 A급 이상이랍니다."

나한석은 입술을 꽉 깨물었다.

"게다가 안전지대였던 곳들도 처참하게 붕괴되었다는군요."

"……."

"이젠 정말 지구엔 '안전한 땅' 따위는 존재하지도 않는다는 거겠죠."

나한석은 정리하듯 말했다.

"일단 그나마 견디고 있는 도시는 대략 다섯 개입니다. 그도 오래 버티질 못해 크게 '서울'과 '영국'으로 나누기로 했어요."

이중 '영국'에 마련된 거점은, 지구를 탈출하는 의견에 반대하는 세력이었다.

지부장 바이드의 뜻에 뭉친 이들.

그들은 결사코 무너지는 지구를 지켜야 한다는 데에 한마음 한뜻이다.

아예 유니온에서 따로 출범하여 스스로를 '어스(Earth)'라 칭했으니 말 다 했지.

그들 자체가 '지구'라는 거다.

"적지 않은 수가 그쪽으로 향했습니다. 아무래도 지구를 버릴 수는 없는 거겠죠."

나한석의 말에 강서준은 쓰게 웃으며 고개를 주억거렸다.

아무리 생각해도 어스의 생존 확률은 0에 수렴했다.

미국 사람들도 멀쩡한 워싱턴을 놔두고 서울로 오는 데엔 그 이유가 있었으니까.

'진백호와 유리나.'

유니온은 현재 서울에 거주 중인 두 주요 인물을 필두로 커다란 계획을 구축 중이었다.

그리고 그 계획의 핵심은 세계를 어지럽히는 '붉은 기둥'의 마력을 끌어다 쓰는 데에 있다.

'이이제이(以夷制夷). 놈들의 힘으로 놈들의 공격을 막아 내는 거야.'

즉 주요 인물이란 히든카드를 가지질 못한 영국은, 아마도 버티지 못할 터.

'뭐 그것도 그들의 선택이지.'

영국의 암울한 미래를 안다고 해도 그들을 막을 명분이나, 데려올 노력을 할 이유가 없다.

멸망에 앞서 지구를 지켜 내겠다는 결론은 충분히 존중받아 마땅한 선택.

어쩌면, 오답도 아닐 것이다.

방법만 찾을 수 있다면 지구를 지키고 라그나로크를 막아 낼지도 모르지 않은가?

라그나로크는 천외천 중 그 누구도 경험해 보지 못한 퀘스트.

그 결말에 대해선 아는 게 없다.

강서준은 진심으로 그들을 응원했다.

"어쨌든 나머지는 한국으로 집결하고 있습니다. 빠르면 이틀 안에 전부 모이겠죠."

잠시 어스로 분리되는 과정을 겪었지만 명실상부 세계정부인 '유니온'은 인류를 하나로 엮어 내고 있었다.

위기 속에서 하나로.

불가해한 난이도를 가진 퀘스트를 앞두고, 플레이어들이

임하는 자세였다.

링링은 강서준을 향해 말했다.

"쯧. 이런데도 정말 가야겠냐?"

"응. 아무래도 몰모트의 안배를 가져오는 게 맞는 거 같아."

"……어쩔 수 없지. 대신 빨리 돌아와야 해."

"걱정 마. 오래 안 걸려."

쓰게 웃던 강서준은 돌연 표정을 바꾸었다.

"그리고 네가 알아야 할 게 있어."

강서준은 카무쉬와 한창 전투를 벌이던 중, 부득이하게 각성해 버린 순간을 상기했다.

그때 겪은 일은 단순히 그 순간으로 끝나는 게 아니라 현재에도 영향을 주고 있었다.

"어쩐지 기운이 남달라졌다 싶더니만…… 그런 기연이 있었나?"

옆에서 듣고 있던 나도석이 입꼬리를 씨익 올려 웃었고, 링링은 신중한 얼굴로 고개를 끄덕였다.

"그러니까 네 말은 우리들도 제약이란 게 사라졌을지도 모른다는 얘기지?"

"높은 확률로."

물론 확신하진 못한다.

강서준은 드림 사이드 1의 세계를 직접 겪어, 케이의 영혼을 그대로 계승했다.

드림 사이드 1의 세계를 직접 방문해 보질 못한 사람들도 경우가 같다 할 수는 없다.

하지만 무조건 안 된다고 보기도 어려웠다.

'중요한 건 플레이어의 데이터는 초기화되지 않았다는 사실이야.'

그가 드림 사이드 1의 세계에 갔을 때는 분명 초기화됐던 스킬 목록이…… 어떻게 '몬스터 파크'에 있었겠는가?

'시스템의 어딘가에 저장된 데이터가 있는 거겠지.'

그렇다면 아직 가능성은 있다.

링링은 씨익 웃으며 중얼거렸다.

"그래. 그렇단 말이지……."

길게 말을 흘리는 링링을 보면서 강서준은 천천히 몸을 돌렸다.

⊰⊱

일행을 모두 일별한 강서준은 그대로 카무쉬와 함께 서울을 벗어날 수 있었다.

목적지는, 녀석의 레어.

공간이동으로 순식간에 대해양 어딘가로 이동한 카무쉬는 대뜸 입을 열었다.

"그건 너라서 가능한 거다."

"뭘?"

"제약 말이다. 보아하니 넌 영혼의 격이 현격히 높더군. 그러니 제약을 부수기도 쉬웠겠지."

"아아. 그거."

강서준은 어깨를 으쓱했다.

"글쎄…… 과연 어떠려나."

천외천(天外天).

규격을 벗어나는 플레이로 '하늘 밖의 하늘'이라 불리며 정점에 선 이들.

그리고 천외천은 강서준만을 뜻하는 단어가 아니다.

그들이라면…….

그가 알고 있던 천외천이라면.

"뭐든 해낼 거야."

한편 앞서 허공을 날아가던 카무쉬는 끝없이 펼쳐진 대해양 위에서 가만히 멈추어 섰다.

그는 강서준을 돌아보더니 말했다.

"케이. 사실 작은 문제가 있다."

"뭐?"

"보면 안다."

약간 불안한 기색을 보이던 녀석은 수면을 향해 일단 마력을 쏘아 냈다.

소용돌이치면서 바다에 구멍을 뚫리고 해저터널이 만들어졌고, 수면 깊숙이 숨겨져 있던 거대한 문으로의 길이 생겨났다.

그리고 강서준은 카무쉬가 한 말의 뜻이 무언지 오래지 않아 알 수 있었다.

[S급 던전 '흑룡 카무쉬의 레어'를 발견했습니다.]

"……흑룡 카무쉬의 레어?"

"맞다. 내 레어다."

"근데 던전이라고?"

"그래. 던전이지."

강서준은 헛웃음을 지으며 S급 특유의 불길한 기운을 가만히 주시할 수 있었다.

흑룡 카무쉬의 레어.

근데 자세히 보니 '카무쉬'가 흘려 대는 마력과는 어딘가 조금 달랐다.

"못 본 새 이상한 놈이 꽈리를 틀고 있더군."

"……"

"걱정 마라. 몰모트의 안배는 레어에서 가장 안전한 구역에 숨겨 놨다. 제아무리 외지인이 쳐들어와도 쉽게 가져가지 못해."

"……하아."

한숨을 푹 내쉰 뒤 바로 물었다.

"그게 어딘데?"

"햇살이 잘 드는 따뜻한 내 방이지."

"……그래서 어디냐고."

괜히 말을 빙 둘러대던 카무쉬는 멋쩍게 웃으며 입을 열었다.

"이 던전의 끝."

"뭐……?"

"이 던전의 끝에 있다."

강서준의 미간이 꽉 구겨졌다. 그러니까 녀석이 하는 말은 즉.

'던전을 끝까지 공략해야 한다는 거잖아?'

라그나로크

서울.

콰아아아앙!

오늘날 외곽을 보호하는 방어 마법진이 부서질 듯이 흔들렸다.

하늘에서 쏟아지는 수십 개의 운석과 불덩어리.

절로 세상의 종말을 떠오르게 하는 광경을 보며 최하나는 호흡을 가다듬었다.

"운석은 괜찮을 겁니다."

예전처럼 레벨이 낮을 때면 모를까.

링링도 그렇고, 수많은 마법사가 400레벨에 근접한 현시점에선…… 운석쯤이야 두려울 게 없는 재난이었다.

모르긴 몰라도 전처럼 '달'이 떨어진다고 해도 무서워할 필요가 없었다.

링링의 손짓 한 번이면 달은 간단하게 궤도를 비틀어 멀리 다른 곳으로 날아갈 테니까.

"그보다 우린 여길 막아야 해요. 다들 준비됐어요?"

최하나는 김포 방향으로부터 몰려오는 일대의 몬스터 무리를 응시했다.

이미 물에 잠겨 바다가 되어 버린 서울의 서쪽.

그 위로는 종류를 헤아릴 수 없는 무수한 몬스터 군단이 도열해 있었다.

누군가가 중얼거렸다.

"……정말 막을 수 있을까요?"

물 반, 몬스터 반…… 압도적인 광경 앞에선 누구나 쉽게 떠올릴 의문이었다.

최하나는 입술을 잘근 깨물며 마탄을 예열시켰다. 그리고 대답을 기다리듯 그녀를 바라본 수많은 시선을 의식했다.

"불필요한 가정입니다."

"……."

"막질 못하면 어차피 죽으니까요."

이제 와서 '할 수 있냐, 없냐'는 중요한 질문이 아니다. '하느냐, 마느냐'. 해내지 못하면 그저 끝인 게임이다.

한편 그녀와 마찬가지로 서쪽을 맡은 지상수는 무수한 장비를 앞에 늘어놓으며 말했다.

"죽긴 누가 죽어요?"

그가 꺼낸 장비엔 놀랍게도 현대식 무기인 미사일도 다량 포함되어 있었다.

무슨 수를 쓴 건지 마력을 충전해서 발포하는 대포까지 구비해 뒀다.

그는 사람들에게 온갖 무구를 나눠 주면서 말했다.

"개같이 벌었는데 정승같이 쓰기도 전에 죽을 겁니까?"

"……네?"

"난 억울해서 그렇게는 못 해요."

그의 직원과 도깨비 들도 각 무기를 쥔 채 바다를 겨냥했다.

죽는 것보다 잃는 게 싫은 자들.

어느덧 뼛속까지 지상수의 사상에 도배된 이들의 눈은 혈안이 되어 있었다.

"억울해서 못 죽는다고요!"

하지만 그 외침이 무색할 정도로 서쪽 바다 너머로부터 엄청난 굉음이 터져 나왔다.

-크에에에에에엑!

바다에 이어 하늘을 장악한 일련의 비행 몬스터.

커다란 태양을 가릴 정도로 엄청난 숫자의 와이번과 가고일이었다.

그나저나…….

'태양도 무식하게도 커졌네.'

최하나는 마치 달이 떨어지려 할 때처럼 커져 버린 태양을 보며 기함을 토했다.

설마하니 '태양'이 지구로 다가오고 있는 것이다. 숨이 막힐 정도로 더운 데엔 다 이유가 있다.

'조금만 늦었으면 큰일 났겠어.'

모르긴 몰라도 링링이 구역을 통으로 방어 마법진을 구성해 내질 않았더라면…….

몬스터를 만나기도 전에 저 태양 빛에 불타 죽었을지도 모르겠다.

-최하나.

멍하니 몬스터 무리를 바라보던 최하나는 귓가로 들려오는 링링의 무전을 들었다.

-상황은 어때?

-……징그럽게도 많아요. 하늘까지도 전부 몬스터로 가득 들어찼어요.

바다 위로는 씨 서펜트는 기본이요, 고대의 타이틀을 가진 히드라까지 포효하고 있었고.

고개를 들고 올려다본 하늘엔 와이번이나 가고일이 사납게 으르렁거렸다.

최소 A급 이상으로 구성된 만큼 일개 플레이어들이 감당하기 벅찬 몬스터들.

최악의 상황이었다.

–남쪽도 심각합니다. 여긴 악마들이 가득해요.

–북쪽은 타락한 정령들이 주를 이뤘습니다.

–동쪽은…….

각 구역의 보고가 이어지고, 최하나는 퀘스트 창을 확인해 볼 수 있었다.

[라그나로크까지 1시간.]

어느덧 멸망 시나리오가 코앞까지 다다른 시점이다.

떨어진 재난과 몰려든 몬스터가 아직 본격적인 시작을 의미하는 게 아니라면…….

아마도 라그나로크의 주역은 현재 벌어지고 있는 일들이 아니라는 걸 말한다.

'그게 뭐든…….'

최하나는 해안과 허공을 넘나드는 몬스터 무리를 보면서 입술을 잘근 깨물었다.

'……지금은 저들을 막아 내야 한다.'

적어도 3일 전에 자리를 비운 강서준이 돌아오는 그 순간까지는.

마지막 희망인 그들의 '계획'이 온전히 시행할 준비가 끝나기 전까지는.

어떻게든 서울을 사수할 의무가 있다.

그리고 다시 들려온 링링의 목소리.

―곧 라그나로크가 시작된다.

이번엔 무전이 아닌 방송이, 서울 전역으로 울려 퍼지고 있었다.

―이제 곧 모두 끝난다는 거겠지.

말하지 않아도 훤히 알 수 있는 이야기가 있다.

목전에 다다른 재난과 수를 헤아릴 수 없는 몬스터 군단.

산전수전을 다 겪어 본 현대 시민들조차 여태 경험해 보질 못한 상황의 연속이다.

멸망은 목전에 다다랐고.

지독한 두려움에 떨고 있는 사람들은 저마다 짙은 절망을 씹어 삼켰다.

하지만 링링이 말했다.

―이 지긋지긋한 게임이 말이야.

사람들의 행동이 잠시 멈추었다. 저마다 죽을지도 모른다는 그림자가 드리워져 미처 보지 못했던 것들이 있었다.

"……끝이라."

끝이란 단어는 여러 가지 의미로 재생산된다.

라그나로크의 시작이 이 세계의 끝을 의미하듯…… 이 세계의 끝은 또 다른 시작을 말한다.

―이 게임이 끝나면 무엇이 시작할지 궁금하지 않아?

가까이 보호막에 막혔던 물살 위로 몬스터들이 포효를 내뱉었다.

여태 도열한 채로 기다리고만 있던 녀석들이 일제히 움직이니, 마치 지진이라도 난 것만 같은 착각도 일었다.

'……착각은 아니겠지.'

해안에 있는 몬스터들이 움직이기 시작했다는 건, 서울을 둘러싼 몬스터들도 움직이기 시작했단 말과도 같다.

즉 동서남북의 모든 몬스터가 일제히 진군을 개시하니 절로 땅이 떨리는 것이다.

"오, 옵니다!"

최하나는 고개를 주억거리며 총구를 바다를 향해 겨누었다. 놈들이 사정거리로 들어온 순간 망설임 없이 방아쇠를 당길 것이다.

─그러면 마지막까지 수고들 하고.

"모두 전투 준비!"

─기운 내라는 의미에서 BGM도 좀 깔아 줄게.

키이이이익!

타아아아앙!

몬스터들의 울음이 단숨에 터지고 최하나의 마탄은 불길을 내뿜으며 일대를 휩쓸었다.

방어 마법진은 재난의 영향이나 마법 공격에 한해서 막아내는 것만으로도 모든 마력을 소모시키고 있었다.

즉 물리적인 접근까지 모조리 막아 내질 못하니, 다가오는 몬스터는 직접 쓰러트려야 한다.

결국 방어 마법진을 넘어선 몬스터 일부는 습격을 개시했고, 플레이어들의 각종 스킬도 공간을 난무했다.

"스킬 로테이션 돌립니다! 쿨타임 빠진 저격수는 뒤로 빠져요!"

"연습한 대로만 합시다! 연습한 대로!"

그래도 하나로 뭉친 유니온은 동서고금을 막론하고 치열하게 몬스터 무리를 막아 냈다.

다가오던 몬스터들은 대번에 핏덩이가 되어 바다를 붉게 물들이고 있었다.

그리고 최하나는 언뜻 익숙한 멜로디가 스피커를 통해서 들려온다는 걸 알았다.

"……링링."

그녀의 미발표곡이었다.

이름하여, 'BDC'.

탄생(Birth)과 죽음(Death) 사이엔 선택(Choice)이 있다.

만든 지 오래돼서 까마득히 잊고 지냈던 노래.

"이 노랜 어디서 찾아낸 거야?"

투타타타탕!

곤두선 신경만큼이나 쏘아진 마탄은 빠르게 적진을 휩쓸었다.

한껏 '번 블러드'로 화력을 올려 싸우기 때문일까.

또한 지상수가 배치해 둔 각종 아이템들이 제 효력을 발휘한 덕일까.

당장 밀려오는 몬스터는 그 숫자에 비해 순조롭게 막아 내는 느낌이었다.

사람들의 눈엔 희망이 담겼고.

"아직 긴장을 놓지 마요! 진짜는 이제부터니까!"

끼아아악!

그녀의 말을 기점으로 몬스터의 선두가 전멸하고 그 뒤를 따라 걷던 놈들이 방어 마법진을 건넜다.

그 개체 수는 종전의 놈들보다 현저히 적었지만 하나하나의 위력이 대단했다.

S급 몬스터 중에서도 중견급…… 어지간한 중간 보스는 할 놈들이었다.

바다를 가로지르는 한 어인이 이쪽을 향해 투창 자세를 잡는 게 보였다.

─흐아아아아압!

단 일격에 한쪽의 방어 마법진이 출렁이며 금이 갔다.

하늘에서 떨어지던 운석조차 막아 내던 방어 마법진에 처음으로 균열이 생겨났다.

크오오옥!

그게 시작이었을까.

S급의 중견에 해당하는 놈들이 본격적으로 스킬을 난사하

자 방어 마법진은 금세 그 힘을 잃어 갔다.

어느덧 완전히 깨져서 그 구멍을 통해 외부의 재앙이 스며 드는 것도 보였다.

가까워진 태양으로 인해 그 자외선에 닿는 것들은 모조리 불타 버리기 일쑤였다.

─……오래 버티진 못하겠어.

귀에 꽂은 이어폰 너머로 링링의 나지막한 무전이 똑바로 들려오고 있었다.

─전열을 물려야 할 것 같아.

링링의 말에 최하나는 입술을 잘근 깨물었다.

링링의 저의를 바로 파악한 것이다.

'여기서 전열을 물리자는 건……'

현재 서울은 과거의 아크가 그러했듯 3단계로 방어 마법 진을 구성해 놨다.

외곽을 보호하는 첫 번째 방벽.

그리고 이 뒤로는 총 두 개의 방벽이 더 있으며, 방벽의 크 기는 점차 동 단위로 줄어든다.

'전열을 물린다는 건, 한마디로 두 번째 방벽 밖에 있는 사 람들을 전부 포기한단 거야.'

오직 살아남기 위해서.

강서준의 의지를 따르기로 한 전 세계의 시민들을.

촘촘히 뭉쳐 그저 기도만 할 수밖에 없는 이들을 전부 버려야 한다는 얘기다.

링링이 무전을 통해 말했다.

-인류를 보전하느냐 마느냐의 보루야. 전부를 살릴 순 없어.

최하나는 한숨을 푹 내쉬며 호흡을 가다듬었다.

링링의 말은 틀리지 않았다.

세계 멸망의 위기에서 얼마나 많이 생존하는지는 중요한
게 아니다.

살아남느냐, 그러지 못하느냐.

단 한 명이라도 살아남는다면 결국 인류의 승리다.

최하나는 각오한 눈으로 말했다.

"전열을 뒤로 물립니다! 모두 두 번째 방벽으로 뛰어요!"

대신 최하나는 푸른 불꽃을 일으켜 혼자서 일당백의 기백
을 펼쳐 보였다.

전열을 물린다고 해도 이곳의 사람들이 도망칠 시간 정도
는 마련해 줄 요량이었다.

투타타타탕!

그녀는 아예 방벽 밖으로 뛰쳐나가며 몬스터들의 어그로
를 끌었다.

뜨거운 자외선이 그녀를 내리쬤고, 몬스터들의 시선이 한
결같이 그녀를 쫓았다.

하지만 무아지경에 들어선 그녀에겐 거리낄 건 그 어디에
도 없었다.

[걷잡을 수 없는 의지에 의해, 플레이어 '최하나'에게 알 수 없는 힘이 깃듭니다.]

부득이한 메시지가 눈앞에 떠오르고 한순간에 힘이 채워진 기분이 들었다.

강서준이 말했던 '제약'이 사라진다는 게 바로 이런 걸까?

다른 생각을 이을 틈도 없이 최하나의 마탄은 기계처럼 몬스터들의 심장을 꿰뚫었다.

투타타타타타탕!

문제는 그녀의 노력이 무색하게 일대를 막아 대던 방어 마법진이 순식간에 지워지고 말았다는 것이다.

"으, 으아아악!"

"뜨거워…… 살려 줘!"

"끄으으으윽!"

뚫려 버린 방어 마법진 위로 무수한 재앙이 사람들에게 쇄도했다.

일찍이 전열을 물렸기에 그나마 희생된 사람이 적었을 뿐.

단 한순간에 수백만 명이 몰살당했는지도 모른다.

"……."

그 충격적인 장면을 보면서 최하나는 저도 모르게 탄식을 뱉어 냈다.

1년을 넘도록 버텨 왔던 사람들.

드림 사이드 2가 오픈하고도 누구보다 열심히 살아왔을 사람들이, 너무나도 쉽게 죽어 나자빠지고 있는 것이다.

"……젠장."

욕지거리를 내뱉으며 그녀는 방아쇠를 더욱 빠르게 당겼다. 그만큼 체력 소모도 빨라졌지만 전장의 열기가 그녀의 등을 계속 밀어냈다.

이젠 아무럼 어떨까 싶었다.

더, 빨리, 적을 죽여라.

그래야만 한다.

머릿속으로 오직 한 가지 일념을 떠올리던 최하나는 공교롭게 한 형상을 눈앞에 그리고 있었다.

'강서준 씨…….'

과연 강서준이 이 자리에 있었더라면, 더 많은 사람을 살릴 수 있었을까?

이제 와서 떠올려 봐야 무의미한 질문이다. 최하나는 대충 얼굴에 묻은 피를 닦으며 방아쇠를 당길 뿐이었다.

"전부…… 죽여 버릴 거야."

핏발이 선 귀신처럼 최하나는 전장의 사신이 되었다. 몬스터들의 비명이 오직 그녀만을 위해 울려 퍼지는 장송곡처럼 들렸다.

그녀는 시간을 잊고 싸웠다.

크아아아악!

그렇게 얼마나 지났을까.

─최하나!

링링의 무전이 들려오면서 최하나는 퍼뜩 정신을 차릴 수 있었다.

어느덧 수많은 몬스터의 시체 위에서 피로 샤워를 한 그녀는, 들려오는 목소리에 귀를 기울였다.

─좀만 버텨! 녀석들이 왜!

녀석들?

최하나는 거대한 태양을 배경으로 뭔가 거대한 것들이 날아오는 걸 보았다.

눈을 가늘게 뜬 그녀가 '매의 눈'으로 나타난 몬스터의 정체를 파악해 냈다.

그아아아아악!

등장과 동시에 그녀의 주변에 있던 몬스터 무리로 브레스를 뿜어 대는 건.

"……용?"

그리고 용이 등장한 것과 동시에 전 세계 플레이어의 앞으로 메시지가 드리웠다.

['퀘스트 ─ 라그나로크'가 시작됩니다.]

멸망은 이제 시작이었다.

도깨비 방망이

['퀘스트 — 라그나로크'가 시작합니다.]

[갱신된 내용을 확인하십시오.]

강서준은 별안간 나타난 메시지에 나지막이 침음을 흘렸다.

퀘스트 – 라그나로크

분류 : 멸망 시나리오

난이도 : L

조건 : 라그나로크가 시작된다. 멸망하는 세계로부터 탈출하라.

*'ESC'가 활성화되었습니다.

제한 시간 : 알 수 없음

보상 : 생존

실패 시 : 소멸

[탈출 커맨드 'ESC'는 '카오스'에 숨겨져 있습니다.]
[탈출 커맨드 'ESC'는 이 세계의 멸망이 완료될 때까지 유지됩니다.]

"ESC……."

그리고 여기서 '카오스'란 라그나로크가 시작되면서 붉은 기둥으로부터 흘러나오는 재앙의 에너지라고 했다.

카무쉬는 어깨를 으쓱이며 말한다.

"그게 뭔지는 나도 모른다. 음…… 정확히는 아직은 알 수 없다고 해야 하겠지."

어쨌든 이번 퀘스트의 핵심은 붉은 기둥으로부터 쏟아져 나오는 각종 재난과 몬스터를 헤치고, 또한 카오스란 곳을 파고 들어가야 한다는 것이었다.

쿠쿠쿠쿵!

옆에서 무자비한 마법을 쏘아 내며 골렘들을 초토화시키던 카무쉬는 한숨을 쉬며 말했다.

"변한 건 없다. 케이. 앞을 봐라!"

S급 던전이 되어 버린 카무쉬의 레어는 온갖 몬스터들이 득실거리는 소굴이었고.

백귀를 비롯한 모든 영혼 부대를 적재적소에 운용해야만 비로소 돌파할 수 있는 극악의 던전이었다.

-왕이시여!

-길을 열어라! 가시상어들아!

-흐아아압!

　강서준은 그의 휘하에 있는 영혼들을 쭉 둘러보며 낮게 호흡을 가다듬었다.

　"그래, 바뀐 건 없겠지."

　카무쉬의 말마따나 도깨비 장비를 모아 그가 진짜 자격을 갖추는 것만이 라그나로크를 돌파할 유일한 방법이었다.

　모르긴 몰라도 몰모트의 안배가 이번 퀘스트의 가장 중요한 공략 아이템인 모양이니까.

　그리고 만약 정말 그렇다면, 당장 일행에게 돌아가 봤자 그가 할 수 있는 건 없었다.

　'선택해야 해.'

　같이 손잡고 멸망을 맞이할 게 아닌 한⋯⋯.

　'난 믿는 수밖에 없어.'

　대신 강서준은 뇌신을 전력으로 뽑아내며 일대를 가로지르기로 했다.

　전투의 신이라도 환생한 것처럼 전장을 휩쓰는 강서준을 향해 카무쉬가 외쳤다.

　"이 앞이다! 곧 내 방이야!"

　녀석의 레어를 공략한 지 얼추 3일 차. 기적 같은 속도로 강서준은 보스방을 목전에 두고 있었다.

S급 던전 '카무쉬의 레어'.

그곳은 생각보다 훨씬 많은 몬스터가 득실거리고 난이도도 높은 던전이었다.

아무래도 강서준의 수준이 예전과 같았더라면…… 혹은 재앙의 탑에서 그의 영혼 부대를 전부 물갈이하지 않았더라면.

'버그인지는 모르겠지만……'

행여나 재앙의 탑을 공략한 순간 내 영혼 부대가 모두 초기화되었더라면?

강서준은 카무쉬의 레어를 이렇게 빨리 공략할 수 없었다고 단언할 수 있었다.

그만큼 여긴 난이도도 높고 전력을 다했음에도 3일이란 시간이 소요되고야 말았다.

이는 '카무쉬'를 파티원으로 받아들여 함께 전투를 펼쳤음에도 벌어진 일이었다.

"그런 눈으로 보지 마라. 나도 이곳이 이렇게 변해 버렸는지는 몰랐으니까."

"……4,000년 만에 돌아왔다고 했나?"

"전생을 반복했으니 확신하긴 어렵다만 그 정도의 시간은 흘렀겠지."

어떻게 된 레어가 대한민국의 건국 설화에 버금가는 역사를 가졌을까.

강서준은 짧게 혀를 차며 마지막으로 그의 앞을 가로막은 '엠페러 스톤'을 파괴했다.

복도를 장악한 모든 골렘들을 조종하던 녀석이니만큼 이 놈을 쓰러트리니 나머지도 쉽게 무너지고 있었다.

"드디어 보스방이로군."

"정확힌 내 방이지."

"뭐래. 4,000년을 방치한 주제에."

온갖 전투를 하며 꽤 친근해진 카무쉬와 티격태격하던 강서준은, 더는 머뭇거리지 않고 보스방으로 발을 디뎠다.

그곳은 거대화한 용이 몸을 눕혀도 충분할 정도로 드넓은 공동이었다.

"여기 뭔가 편안해져."

파랑이는 귀를 종긋 세우며 보스방의 분위기를 살폈다.

확실히 그녀의 말마따나 여긴 묘하게 마음이 안정되는 느낌이 들었다.

"여긴 내가 태어난 곳이다. 그만큼 마력의 정수가 꽃피는 곳이지."

"……과연."

"던전이 되면서 여러모로 바뀐 것들도 많지만 이곳은 변하지 않아 좋군."

그리운 과거라도 회상하는 듯한 카무쉬의 시선을 따라 공동을 쭉 둘러볼 수 있었다.

괜히 용이 탄생한 곳이 아니라는 듯 숨만 쉬고 있더라도 마력이 온몸을 휘감고 있었다.

여기서 수련을 한다면 금세 대마법사가 될지도 모르겠는걸.

"흐음…….."

하지만 여유도 잠시였다.

"……근데 주인은 바뀌었군."

강서준은 평온한 방의 분위기를 대번에 바꾸는 한쪽의 흐름을 확인했다.

침입자를 경계하는 날카로운 시선. 그 삐뚤어진 기운을 마주하니 아이템이 먼저 반응했다.

이루리도 같은 곳을 보더니 말했다.

―도깨비 장비야.

어둠 속에서 서서히 모습을 드러내는 커다란 검.

하지만 강서준은 그 검의 진짜 모습이 '방망이'라는 걸 알 수 있었다.

"근데…… 쟤 원래 움직였었나?"

"응?"

카무쉬는 어둠 속에서 또렷하게 형상을 갖춘 대검을 바라보며 고개를 갸웃했다.

"이상하다. 저거 분명…….."

그때였다.

-사람이다!

도깨비 방망이로부터 또렷한 의사가 전달되어 왔다.

"……말도 하는군."

놀랄 틈도 없이 놈으로부터 막대한 마력이 쏟아져 나오기 시작했다.

그리고 그 마력은 강서준을 향하는 게 아닌 주변 풍경으로 녹아들었다.

-나랑 놀자!

동시에 검의 형상이 흐려지고 장면이 전환되듯 공동의 분위기가 뒤바뀌었다.

[보스 몬스터 '도깨비 방망이 영기'가 등장했습니다.]

카무쉬는 무슨 상황인지 짐작했는지 나지막이 중얼거렸다.

"……자아가 생긴 모양이군."

"뭐?"

"특이한 일은 아니다. 사시사철 막대한 마력이 저장되는 이곳에선, 긴 세월을 보낸 물건으로 영령이 깃들어도 이상하지 않으니."

천 년 묵은 구렁이도 이무기로 환생하고, 오랫동안 유지를 이어 온 땅엔 신령도 생겨난다.

용이 탄생할 정도로 풍부한 마력이 가득한 레어로 방치된 아이템에, 영혼 하나가 깃든다고 이상할 것 없다는 얘기다.

"전부 네 탓이란 얘기로 들리는데……."

"그렇다면 어쩔 수 없지."

뻔뻔한 카무쉬를 보며 강서준은 한숨을 삼켰다.

"쯧."

어쨌든 영기의 마력에 의해 변하던 주변 풍경은, 어느덧 완전한 형상을 갖추었다.

아무것도 없던 공동으로 각종 장물이 득실거리는 골동품이 들어서 있었다.

케케묵은 먼지나 천장의 거미줄, 곳곳에 쌓인 물건은 세월을 짐작하기 어려웠고.

오랜 시간 사람의 손길이 닿질 않은 것처럼 보였다.

-날 찾아봐!

[보스 몬스터 '도깨비 방망이 영기'가 스킬, '숨바꼭질(L)'을 발동했습니다.]

[숨어 있는 '영기'를 찾으십시오.]

[기회는 '세 번'입니다.]

다음 문장은 다소 소름이 끼쳤다.

['세 번의 기회'를 소모할 시, 플레이어의 데이터는 영구적으로 도깨

비 방망이 '영기'의 소유가 됩니다.]

문장을 읽은 카무쉬는 낮게 탄식하며 중얼거렸다.

"이제야 설명이 되는군. 어쩐지 내 용아병이 하나도 남질 않았다 싶더라니……."

"무슨 뜻이야?"

"저놈에게 수백에 달하는 용아병이 전부 잡아먹혔단 얘기다. 근데 영혼을 볼 줄 아는 네놈이라면 나보다 더 잘 알 텐데?"

강서준은 말없이 고개를 끄덕였다.

안 그래도 영기는 아이템 주제에 가지고 있는 영혼의 크기가 과할 정도로 방대한 편이었다.

그저 4,000년이란 긴 세월을 살았기에 그런 줄 알았는데…….

다른 이의 영혼을 빼앗아 자기의 것으로 만드는 능력도 있는 모양이었다.

'하기야 도깨비 장비니…….'

한편 '숨바꼭질'이 발동하자마자, 영기는 배경으로 녹아들어 보이질 않았다.

L급 스킬답게 '영안'과 '류안'으로도 확신할 수 없을 정도로 교묘하게 몸을 숨기고 있었다.

"……요점은 숨어 있는 녀석을 찾아내면 된다는 건가?"

오랜 시간 혼자 있어서 이런 방식의 '놀이'가 그리웠을까.

혹은 이 던전의 특징이 원래 그런 걸까.

뭐든, 룰은 간단했다.

배경으로 녹아든 영기를 찾아내기만 한다면 승부는 강서준의 승리였다.

그리고 강서준은 영기의 '숨바꼭질'을 공략할 필승법을 알고 있었다.

"전체 공격이 안 된다는 룰은 없었지?"

"……?"

"어디 불을 질러도 안 나오나 보자."

거두절미하고 뇌신을 전력으로 끌어낸 강서준은 더더욱 그 힘을 증폭시켰다.

공동을 가득 메울 정도로 커진 '플라즈마'는 말 그대로 공간 자체를 파괴해 나갔다.

파지지지직!

그리고 의도대로 뇌신에 의해 마력에 개입이 생겨나고, 풍경은 다시 망가지기 시작했다.

금세 원래의 형태로 돌아온 방.

강서준은 그곳에 덩그러니 남은 낡은 지팡이를 확인할 수 있었다.

영기는 부들부들 떠는 목소리로 외쳤다.

ㅡ크으윽! 바, 반칙이다! 이건 무효야!

['첫 번째 기회'가 소모되었습니다.]

강서준은 혀를 차며 중얼거렸다.

"편법은 안 된다는 건가."

단번에 첫 번째 기회가 소모되었지만 딱히 아쉽다는 생각은 들지 않았다.

종전의 방식으로 단 하나의 새로운 정보도 얻을 수 있었기 때문이었다.

'어지간한 공격으로는 흠집도 안 나겠어.'

아이템의 내구성이 유독 단단한 건지, 혹은 숨바꼭질의 성능이 엄청난 건지.

뇌신을 직격당한 녀석은 아무런 타격조차 없는 것처럼 뻔뻔히 입을 열었다.

즉 놈을 공격하는 방식에 있어선 '뇌신'만으로는 부족한 걸지도 모른다는 것이다.

'아니, 공략법이 다른 거겠지.'

도깨비 장비는 몰모트라는 관리자가 만든 물건이다.

이 녀석은 따지고 보면 멸망 시나리오를 대비할 최후의 아이템이나 다름없다.

쉽게 가져가려는 것부터 문제였다.

'흐음…… 영혼을 공략해 볼까.'

만약 놈이 '영체'라면 '도깨비불'이 효용이 있을지도 모른

다. 이번엔 아예 공간 자체를 도깨비불로 태워 버린다
면…….

츠츠츠츳!

강서준은 새로 변한 풍경을 보면서 잠시 입을 다물었다.

이번엔 뜨거운 태양이 작열하는 사막. 수많은 모래알 사이
로 숨어 버린 영기를 찾아야 한다.

"모래알 속에 숨은 모래알을 찾으란 건 대체 뭔 난이도야.
형평성이 어긋난단 생각은 안 드냐?"

미간을 찌푸린 강서준이 대뜸 도깨비불을 일으키며 새로
공격을 이으려 할 참이었다.

"잠깐…… 케이."

"뭐야?"

"조금 더 신중해야 하지 않나?"

카무쉬는 강서준을 향해 말했다.

"조급한 건 알겠지만 기회는 이제 두 번뿐이다. 신중하게
고민할 필요가…….

"그럴 시간이 어딨어."

라그나로크는 이미 시작됐고 세계는 멸망으로 치닫고 있
었다.

하루 빨리 돌아가지 않는다면 그가 돌아갈 공간마저 사라
져 버릴 지경이었다.

느긋하게 숨바꼭질이나 할 여유는 없었다.

고개를 절레절레 젓던 강서준은 이내 혀를 차며 다시 무기를 꽉 쥐었다.

"애초에 힌트도 많이 주어지지 않은 미션이야. 모래알에 섞인 녀석을 단서도 없이 찾으라고? 그건 도깨비 할아버지가 와도 못 찾…… 아, 잠깐만."

중얼거리던 강서준의 머리로 번개가 스쳐 가듯 기가 막힌 아이디어가 떠올랐다.

"……방법이 있겠어."

"뭐?"

"도깨비 할아버지라면 충분히 가능한 방법이 있어."

입꼬리를 씨익 올린 강서준은 단검에 부여했던 도깨비불을 모조리 거두어들였다.

그리고 곧 자신의 손바닥을 스윽 칼날로 그어 피가 흠뻑 쏟아져 나오게 만들었다.

잠시 '초재생'을 비활성화해 둔 건 기본이었다.

"너 무슨……?"

의문의 눈초리를 보내는 카무쉬를 향해 강서준은 그저 씨익 웃음으로 화답했다.

그리고 곧 피를 '이기어검술'로 조종하기에 이르렀다.

"상대는 도깨비 방망이야."

그리고 도깨비 왕은 도깨비 장비에 한하여, 특수한 기능을 끌어낼 수 있다.

이루리는 바로 알아차렸다.

-오?

애초에 강서준은 영기를 상대로 싸울 필요도 없는 일이었는지도 모른다.

도깨비 장비의 주인은 '도깨비의 왕'이니까.

잠시 셋방살이를 하는 '영기' 따위에게 밀릴 이유는 하등 없다.

"즉 이건 나만이 가능한 공략."

대뜸 강서준이 흩뿌린 피가 순식간에 모래알로 스며들고, 빠르게 사방으로 흩어졌다.

머지않아 한쪽의 붉은 모래알 하나가 부르르 떨면서 허공으로 떠오르는 게 보였다.

-이, 이건 반칙……!

이번에도 녀석이 분한 듯 외쳤지만 결과는 종전과는 달랐다.

[칭호, '도깨비의 왕'을 확인하였습니다.]

['왕의 각인'을 시작합니다.]

[3, 2, 1 …… 0.]

['도깨비 방망이'의 각인이 완료되었습니다.]

['왕의 각인'으로 인하여, '도깨비 방망이'는 진정한 모습을 되찾았습니다.]

왕의 각인.

도깨비 장비에 피를 흩뿌려 본연의 모습을 끌어내는 도깨비 왕만의 권능.

이는 제아무리 4,000년 먹은 영물이라 해도 피해 갈 수 없는 특징이었다.

'본질은 도깨비 장비니까.'

그리고 예상대로 피를 머금고 더더욱 찬란한 빛을 토해 내는 하나의 모래알이 보였다.

녀석은 썩 억울한 목소리였다.

—반칙이야. 이건 반칙이라고……!

"예외라고 해야겠지."

원래 사는 게 그렇다.

군대에서 사단장님과 축구 시합이 벌어지면 응당 저절로 골문이 열려야 하는 법.

숨바꼭질도 술래가 그보다 윗사람이면 알아서 잡혀 주는 게 별수 없는 현실이다.

"꼬우면 너도 왕 했어야지."

—크윽…….

결국 강서준의 피에 젖은 도깨비 방망이는 서서히 제 모습을 찾아가기 시작했고.

아이템을 점거하던 영기는 저절로 바깥으로 튕겨 나오는 수밖에 없었다.

[보스 몬스터 '영기'가 포효합니다!]

그렇게 4,000년 묵은 영혼 덩어리가 강서준을 향해 날카로운 괴성을 토해 냈다.

－이건 무효야! 이런 비겁한 수작을 납득할 수 있을 리가 없……!

하지만 녀석이 도깨비 방망이로부터 완전히 튕겨 나온 탓일까.

"시끄러."

－꾸에에엑!

놈은 더 이상 위협적이지 못했고, 단 한 방의 손짓으로도 쉽게 뭉개질 정도로 약해져 있었다.

영기는 영문을 모르겠다는 눈으로 강서준을 올려다봤지만 그의 검은 머뭇거리지 않았다.

－자, 잠깐…… 타임.

[장비 '도깨비 왕의 감투'의 전용 스킬, '도깨비불'을 발동합니다.]

억울해도 소용없을 정도로 빠른 검격이 난자했다. 영기는 속수무책으로 괴로운 비명과 함께 불길에 휩싸였다.

녀석은 눈물 콧물을 질질 흘려 대며 애원하듯 말했다.

－살려 줘! 제발 날 죽이지 마!

"······?"

-살려 주면 시키는 대로 다 할게! 짖으라면 짖고····· 기라면 길 테니까!

"진짜?"

-그러어어엄! 너에게 해가 되는 건 하나도 없.

말없이 영기를 바라보던 강서준은 다시 검을 높이 들어 아래로 내리찍었다.

-끄아아악! 왜, 대체 왜·····!

"거짓말이잖아."

이루리와 함께하는 한 강서준에게 거짓말은 통하지 않는 수였다.

물론 저 정도로 빤히 보이는 수작질에 넘어갈 정도로 그가 어리숙하지도 못했다.

'심지어 악령이니 뭐·····.'

무슨 목적으로 태어난 건지는 몰라도 녀석은 이미 너무 많은 생명을 잡아먹은 '악귀'였다.

구태여 봐줄 이유는 없겠지.

-끄으으으아아아악!

그렇게 도깨비검무까지 난무하자 영기는 억지로 성불당하는 수밖에 없었다.

4,000년을 살아온 몬스터가 죽는 덴 채 3분도 걸리지 않았다는 게 안타까울 따름이었다.

정말 운도 지지리도 없는 놈이다.

[보스 몬스터 '영기'를 처치했습니다.]

그리고 강서준은 덩그러니 놓인 뾰족한 뿔이 여러 개 달린
도깨비 방망이를 손에 쥘 수 있었다.

[장비 '도깨비 왕의 방망이'를 습득했습니다.]

뒤이어 펼쳐지는 메시지.

['도깨비 왕의 감투'를 보유하고 있습니다.]
['도깨비 왕의 반지'를 보유하고 있습니다.]
['진실의 성물 : 이루리'와 연동되어 있습니다.]
['도깨비 왕의 수선 도구'를 보유하고 있습니다.]
['도깨비 왕의 방망이'를 보유하고 있습니다.]
[세트 효과가 발생합니다!]

츠츠츠츳!

[아이템 '관리자의 키 카드'를 습득했습니다.]

지구를 탈출할 마지막 열쇠가 손에 들어왔다.

⬩⬥⬩

서울은 말 그대로 아비규환이었다.

"막아! 막아야 돼!"

"어차피 더 물러날 곳은 없어! 반드시 이 자리를 사수해야 만 한다!"

"마, 마력이 떨어졌어요!"

"돌이라도 주워서 던져! 뭐 하고 있어?"

첫 번째 방벽이 무너지고 벌써 죽은 사람만 수십만 명을 넘어서고 있었다.

시산혈해(屍山血海).

온갖 몬스터가 달려들어도 용맹하게 대치하던 어느 플레이어도 죽었고.

간절히 살려 달라 애원하던 이도 무너지는 벽에 깔려 숨이 끊어졌다.

방금 전만 하더라도 옆에 있던 친구는 살점을 흘리며 날아 갔고, 뜨거운 불덩이에 불타 주검이 된 자는 수를 헤아릴 수 없다.

하지만 그 누구도 주변인의 죽음을 슬퍼하거나 이를 생각 할 여유를 갖질 못했다.

멸망은, 눈앞에 있었으니까.

"링링 님…… 시간이 없습니다!"

빗발치는 마력의 붕괴 속에서 애써 기운을 북돋우던 링링은 입술을 잘근 깨물었다.

'희생은 예상했다.'

첫 번째 방벽이 무너지면 서울에 남은 인류 중 반절은 사망한다는 건 라그나로크가 시작하기도 전부터 알았다.

멸망 시나리오…….

드림 사이드의 엔드 콘텐츠는 쉽게 행복 회로를 돌릴 가벼운 난이도가 아닐 테니까.

링링은 최악의 최악까지 고려해서 작전을 계획했고, 현재 서울에 남은 방벽은 두 개였다.

'문제는 너무 빠르다는 거야.'

링링의 시선엔 반쯤은 무너진 두 번째 방벽이 걸렸다.

이 방벽 또한 결국 무너지리라 예상했지만…… 그 속도가 예정보다 10배는 더 빨랐다.

링링의 시선은 방벽 위를 자유자재로 날아다니며 몬스터를 향해 브레스를 쏘아 대는 용에게 향했다.

"그나마 용이 있어서 더 버틴 건가……."

만약 용이 그들의 편이 되질 않았더라면 어땠을까.

과연 지금까지 버틸 수나 있었을까?

"……아직 케이 소식은 없어?"

링링은 무전으로 빠르게 곳곳의 지휘관을 찾았지만 돌아
오는 답은 아쉽기 그지없었다.

3일 전에 자리를 비운 케이는 여태 감감무소식이고, 서울
은 금방이라도 무너질 지경이다.

슬슬 선택하는 수밖에 없었다.

"작전을 개시하자."

"⋯⋯아직 케이 님이 돌아오시지 않았습니다. 괜찮겠습니
까?"

"더 기다렸다간 아예 시작조차 못 할 거야."

"알겠습니다. 바로 명을 하달하겠습니다."

나한석의 말에 고개를 주억거린 링링은 방벽에 보내던 마
력을 완전히 회수했다.

작전을 개시하기로 마음먹은 이상 두 번째 방벽을 지키는
건 의미 없는 짓이다.

링링은 헤이스트로 몸을 가볍게 하여 빠르게 서울의 마지
막 방벽 안으로 들어섰다.

그나마 아직 라그나로크의 여파가 적은 이곳엔, 오늘을 위
해 특별히 만든 물건이 그녀를 기다리고 있었다.

"링링! 잘 왔어요!"

"상황은 어때?"

"선별 인원은 모두 탑승했고 일반 인원은 이제 막 탑승을
시작할 예정입니다."

"탑승이 완료될 시간은?"

"약 30분 걸릴……."

"10분으로 끊어."

그렇게 박명석을 일별한 링링은 그녀의 앞에서 거대한 등치를 자랑하는 배 한 척을 바라봤다.

항공모함 같기도 했으며, SF 영화에서 볼 법한 우주 함대를 연상케 하는 단 하나의 비공정.

'아크.'

이는 실제로 리카온 제국에서 직접 공구해 온 '우주 함대'였다.

링링은 마지막까지 함대를 조율 중인 리오 리카온을 향해 입을 열었다.

"와 줘서 고마워. 세계를 등지겠단 결정은 그쪽도 쉽진 않았을 텐데……."

리오 리카온은 대수롭지 않은 얼굴로 답했다.

"뭘요. 우리도 그저 살기 위해서 왔는걸요."

"하기야 안 오면 죽으니까."

"……그렇죠."

라그나로크의 여파는 오직 0115 채널에 국한된 얘기가 아니었다.

퀘스트를 부여받은 건 0116 채널도 마찬가지.

물론 이번 건은 이례적인 경우라고 했다.

링링의 시선은 비공정의 한쪽에서 심술궂은 얼굴을 한 남자에게 향했다.

관리자 리루르크.

불현듯 나타난 그는 온갖 짜증을 부리면서도 비공정 개발에 한껏 도움을 주고 있었다.

"이건 내 시나리오에 없던 일이라고…… 왜 라그나로크가 0116 채널까지 번져?"

"싫은 소리 좀 그만해라. 그럴 시간에 일이나 해."

"하! 넌 자존심도 없냐? 관리자나 돼서 이딴 배나 만들고 있는 게 말이 되냐고."

"그럼 어쩌냐? 시스템으로부터 연락이 끊겨 우리도 꼼짝없이 갇힌 꼴인데."

"하…….."

당연하다면 당연하게도 리루르크의 옆엔 샛별이 있었다.

그들은 졸지에 플레이어의 편에 서서 사용할 수 있는 재능을 모조리 끄집어내는 중이었다.

느닷없이 시스템과의 통신이 끊겨 이 세계에 잔류한 관리자의 처절한 신세였다.

리루르크는 짜증을 섞어 말했다.

"그러게 왜 케이를 그대로 놔뒀어? 결국 시스템이 망가진 게 원인이잖아."

"말은 바로 해. 시스템은 오래전부터 망가지고 있었으니까."

"그건…….."

"됐으니까 일이나 해."

링링은 티격태격하는 두 관리자를 보며 쓰게 웃었다.

어쨌든 저들이 있기에 이번 계획의 성공 확률이 1할이라도 올라가고 있었다.

최소한 저들이 가져온 정보는 '라그나로크'를 대비하기에 아주 유용했으니.

저들의 도움이 있어 이런 비공정을 이용할 방법도 생겨나는 것이다.

리루르크는 링링을 보더니 말했다.

"대충 마무리는 했으니 어떻게든 굴러가겠지. 이거면 충분하냐?"

"응. 수고했어."

"근데 너 왜 말이 짧…….."

대충 리루르크를 무시한 링링은 곧바로 함선에 올라, 함장실로 향했다.

그곳엔 빠르게 탑승한 나한석 등의 유니온 주력 멤버가 자리 잡고 있었다.

그중 양쪽에 선 두 사람.

"진백호랑 유리나는 바로 마력을 전개해. 지체하지 않고 출발할 테니까."

"……네."

"김훈도 준비해. 이번 작전의 핵심은 너라는 거 알지?"

김훈은 굳은 얼굴로 고개를 끄덕였다.

"부담 주지 않아도 충분히 잘 압니다. 솔직히 잘해 낼 자신은……."

"그래. 해내."

"……알겠습니다."

마지막으로 링링은 자신의 자리에 있던 마이크를 손에 쥐었다.

그녀의 목소리는 함선을 넘어, 서울…… 어쩌면 지구에 남은 유일한 인류에게 닿을 것이다.

-잘 버텼어. 덕분에 시간을 벌었어.

그녀의 음성을 들은 최하나는 거친 숨을 토해 내며 몬스터의 머리에 마탄을 박아 넣었다.

가까이로 몬스터의 시체를 짓밟던 나도석의 시선도 서서히 서울의 상공으로 날아오르는 비공정으로 향했다.

방패를 든 리트리하나 힘겹게 사람들을 치료하던 마일리.

직원들을 닦달하던 지상수까지.

-이제 여길 나갈 시간이야.

링링의 말이 끝나자마자 함장실 내부에서 한껏 준비하던 김훈이 두 눈을 번뜩였다.

가진 마력을 모두 토해 내다 못해, 진백호와 유리나에게도 도움을 받아 발동한 스킬.

[플레이어 '김훈'이 스킬, '다중 공간이동(S)'을 발동합니다!]
[!]
['알 수 없는 힘'에 의하여, '다중 공간이동(S)'의 등급이 '다중 공간이동(?)'이 되었습니다.]

코피를 질질 흘리면서도 스킬은 멈추지 않았고, 이윽고 함선이 통째로 흔들리는 충돌이 일었다.

이는 착각이 아니었다.

"뭐, 뭐야?"

"······와, 진짜 됐네."

"그럼 우리 살 수 있는 거야?"

서울에 잔류했던 수많은 시민이 일거에 함대 안 곳곳으로 공간이동한 셈이니까.

물론 전부가 아닌, 일부······.

그것도 대략 천 명에 달하는 인원만이 성공한 일이었지만.

이에 대한 감흥을 곱씹을 여유는 없었다.

"시끄러. 이제 시작이니까."

기절한 김훈을 의료진에게 맡긴 링링은 곧바로 마이크를 쥐고 명령을 내렸다.

-아크. 가동.

기이이이잉!

라그나로크가 시작되면서 파생된 무지막지한 마력은, 여
태껏 세 번째 방벽 안에서 진백호와 유리나의 인도 아래에서
꾸준히 저장되어 왔었다.

그리고 이는, 곧 아크의 원동력.

진백호와 유리나의 협동은 이 세계를 탈출할 유일한 우주
함대인 '아크'를 움직인다.

-목적지는…….

사람들의 시선은 붉은 기둥으로 향했다.

라그나로크가 발발하면서 마지막 발악이라도 하듯 엄청나
게 방대한 힘을 뿌리는 기둥.

그곳으로 기수를 돌리니 창문 너머로 더더욱 멸망해 가는
지구의 모습이 보였다.

뜨거운 불덩어리에 휩싸여 모든 게 말살되어 사라져 버린
행성.

이젠 푸른 바다조차 없는.

그저 멸망해 버린 별…….

-목적지는…… 생존.

링링의 말이 이어진다.

-우린 살아남기 위해 이 세계를 버릴 것이다. 이의 있으면 당장 배에
서 뛰어내려도 좋아.

이에 사람들은 입에 무거운 침묵을 달고 굳은 얼굴로 창밖을 바라봤다.

그리고 뒤늦게 함장실의 문을 열고 다급하게 들어온 최하나가 외쳤다.

"강서준 씨가 아직……!"

하지만 그 말이 채 이어지기도 전에 아크의 앞으로 거대한 그림자가 드리웠다.

가까워진 태양마저 가릴 정도로 거대한 어둠은 붉은 기둥으로부터 파생되어 세계를 조금씩 좀먹어 가고 있었다.

사람들은 직감할 수 있었다.

"……이것이 바로."

드림 사이드의 엔드 콘텐츠의 주역이자, 그들이 통과해야 할 단 하나의 시련.

형체조차 없어 그저 어둠만이 가득한 그곳에서 소름이 끼치는 무언가가 느껴졌다.

['카오스(?)'를 마주했습니다.]

등급조차 알 수 없을 정도로 막강한 적은 눈앞에서 불길하게 일렁이고 있었다.

사람들의 입은 절로 다물어졌고, 다들 사고가 멈춰 버린 것처럼 굳어 갔다.

카오스

카무쉬의 레어를 빠져나오자마자 강서준을 반기는 건 곳곳이 불꽃으로 가득한 황무지였다.

강서준은 메마른 땅을 내려다봤다.

"여기 원래 바다 아니었나?"

던전으로 들어갈 적에 바다를 가로질렀던 게 생각났다.

하지만 보이는 건 오직 불덩어리로 잠식된 불바다.

그 많던 물이 전부 증발이라도 해 버린 건가.

[스킬, '뇌신(L)'을 발동합니다.]

그나마 뇌신을 발동해서 다가오던 위협들은 사전에 차단

할 수 있었다.

용으로 현현하여 마력으로 몸을 코팅한 카무쉬는 강서준을 향해 말했다.

─라그나로크가 시작된 이상 더는 먼 곳으로의 공간이동은 불가능하다. 서울이란 곳까지 직접 날아가야 할 거다.

"……귀찮게 됐네."

─그래서 제안할 게 있다.

녀석은 콧김으로 다가오는 불꽃을 꺼트리며 말했다.

─이 근방에도 카오스는 존재한다. 즉 굳이 서울까지 갈 필요는 없이 우린 여길 벗어날 수 있다는 거지.

"……뭐?"

─걱정할 것 없다. 카오스가 존재한다면 굳이 서울이 아니더라도 퀘스트는 공략할 수 있을 테니까.

강서준은 미간을 찌푸리며 물었다.

"네 말은 동료를 버리자는 거지?"

─현실적으로 생각하란 거다. 넌 아직도 그들이 살아 있을 거라고 믿나?

"……."

─라그나로크가 시작한 지 벌써 1시간이 넘었다. 용조차도 살아 있을 리가 없다.

단정 짓는 카무쉬의 말에 강서준은 주변의 풍경을 쭉 둘러보았다.

태평양조차 쩍쩍 갈라질 정도로 메말랐고, 불바다 위로는
유독 가스만이 흘러 다녔다.

심지어 곳곳엔 정체를 알 수 없는 몬스터들마저 속속 모습
을 드러내고 있었다.

드림 사이드 1의 가장 먼 곳까지 공략했던 강서준조차 잘
알지 못하는 괴물들.

S급? 혹은 L급의 몬스터……

그런 놈들이 득실거리는 지구에서, 과연 서울의 사람들이
생존하고 있다고 장담할 수 있는가.

강서준은 다물었던 입을 열었다.

"그야 확인해 보지 않으면 몰라."

─……진심인가?

"물론."

그는 이죽이며 말했다.

"혼자 살아남는 건 의미가 없어."

아마 당장 카오스로 향한다면, 라그나로크는 더욱 쉽게 공
략할 수 있을 것이다.

몰모트의 안배도 찾았고, 라그나로크가 더 지속되지 않은
현시점이 공략 성공률은 더 높을 테니까.

하지만 그게 다 무슨 소용인가.

"내가 원하는 건 여기에 없는데."

그가 왜 N무 인생을 살았겠는가.

무언가를 잃는 대신에 얻는 보상은 싫다.

쉽지 않은 길이라도 원하는 걸 모두 찾아내는 삶을 살고 싶다.

그게 '헬 난이도'의 퀘스트든.

'지구 멸망'의 위기든…….

어쩌면 '헬조선'에서의 삶이라도.

"더럽게 어려워도 해내서 얻는 것이야말로 진짜 값진 거거든."

강서준은 씨익 웃으며 말했다.

"게다가 다들 살아 있을걸?"

이 망할 난이도의 게임에서도 최후의 최후까지 살아남은 '플레이어'들이라면…….

충분히 베팅해 볼 만한 일이다.

카무쉬는 고개를 절레절레 저었다.

-어리석군.

"그래서…… 어쩔 건데?"

도발적인 눈으로 카무쉬를 바라보니, 놈에게서 서서히 마력이 폭주하기 시작했다.

이내 입에서 쏘아진 브레스는 파멸의 기운을 듬뿍 표출하며 한 방향으로 날아갔다.

걸리적거리는 모든 것들을 부숴 버리며 나아갈 길을 만들어 낸 용의 숨결.

흑염 브레스.

대답은 그걸로 충분했다.

"그래. 얼른 돌아가자고."

모두가 기다리는 서울로.

투콰아아아앙!

부지불식간에 쏘아진 에너지 광선은 일거에 정면을 꿰뚫을 듯 날아갔다.

천벌!

마력을 한껏 응축해서 쏘아 내는 리카온 제국의 최신식 전략무기.

일전에 화성을 일격에 황무지로 만들어 버린 전적이 있는 마력포였다.

특히 이번엔 '진백호'와 '유리나'의 마력에 영향을 받아, 그 파괴적인 위력은 강해졌는데…….

실제로 근처를 서성이던 온갖 비행 몬스터들이 찢어발겨 나갔다.

하지만.

"……1도 안 통하네."

정면을 막은 카오스는 아예 금조차 가질 않았다.

혹시 공격 무효화 특성이라도 가진 걸까.

"아니…… 0.3cm 정도 밀려났어."

링링의 눈이 빛났다.

비록 0.3cm의 작은 오차에 불과하다 하더라도…….

엄청난 마력을 응축시킨 공격이 만들어 낸 성과가 고작 이 정도라 해도.

상황은 긍정적이었다.

'무적은 아니란 거니까.'

시스템에 의해 '파괴 불능' 옵션을 가진 게 아니다. '절대 죽지 않는 불사'를 특징으로 가진 것 또한 아니다.

"공략할 수 있다는 얘기야."

물론 수치로 따지자면 계란으로 바위 치는 격에, 물로 바위를 자르려는 비상식적인 확률만이 남아 있었다.

하나 이 순간 링링은 그 과정을 숫자로만 판단하지 않기로 결심했다.

'어차피 뚫지 못하면 죽는다.'

간단한 결론을 가진 문제로 골머리를 싸맬 필요는 없다. 그 시간에 난해한 적을 어떻게 뚫어 버릴지 고민하는 게 낫지.

아마도…….

아마도 케이는 그리 생각했겠지?

"최하나."

"왜요?"

"강서준은 돌아올 거다."

퉁명스럽게 대답하던 최하나의 눈이 크게 떠졌다. 링링은 동요하는 그녀의 눈을 바라보며 나지막이 입을 열었다.

"우린 우리가 할 수 있는 일을 하는 거야."

"……당연하죠."

잔뜩 흔들리던 최하나의 몸이 눈에 띄게 잔잔해졌다. 그리고 머지않아 냉철한 '클라크의 눈'을 하고 있었다.

"가자."

"……네."

두 사람은 같은 결론을 내리고 있었다. 시선을 교차하는 건 잠깐이면 충분했다.

또한 그보다 빠르게 행동에 나서는 한 남자가 갑판 위에서 큰 목소리를 내었다.

"저게 대빵이냐?"

코끼리의 앞에 선 개미와 같은 상황에서도, 전혀 굴하지 않는 그는 씨익 웃더니 주먹을 불끈 쥐었다.

뒤로 나타나는 건 거대한 '나도석'의 형상.

"그럼 저걸 부수면 내가 대빵이겠네."

그 뒤를 따라 대검을 움켜쥔 리트리하가 말했다.

"저도 있는데요."

"……넌 근성이 모자라서 안 돼. 탑에서 네 뒤치다꺼리를 하느라 얼마나 고생을."

"왜 자꾸 지난 얘기를 하십니까?"

한편 갑판 위에는 그들 말고도 수많은 랭커가 각자의 무기를 꺼내고 있었다.

천외천은 물론, 서울의 3대 길드와 유니온에 소속된 최상위 랭커들.

아니, 랭커가 아닌 자들도 저마다 각오가 담긴 눈으로 정면을 응시했다.

투콰아아앙! 투콰아앙!

그리고 연신 마력포를 쏘아 대도 흠집조차 나질 않던 카오스로부터 이변이 생긴 건 그즈음이다.

"링링 님! 뭔가가…… 옵니다!"

겨우 정신을 차린 김훈이 외쳤고, 곧이어 아크의 저변으로 온갖 포탈이 열렸다.

대충 봐도 수백 개의 포탈.

그곳에서 벌떼처럼 쏟아져 나오는 수천 마리의 몬스터가 흉악하게 포효하고 있었다.

설상가상으로 아크 전반적으로도 문제가 발생했다.

"실드가……."

원형의 형태로 외부에서 다가오는 자외선과 마력 폭풍을 차단하던 아크의 실드.

이는 수천 마리의 몬스터의 습격까지 버텨 낼 정도로 견고 하질 못했다.

"실드가 깨집니다!"

작은 균열은 급격하게 번져 유리 깨지듯 실드를 무용지물로 만들어 버렸다.

대비하지 못한 몇몇의 플레이어들이 속수무책으로 자외선에 휩쓸려 불탔고.

몇몇의 상위 플레이어만이 각자의 방식으로 생존을 대비할 따름이었다.

물론 그들이 얼마나 죽어 나자빠졌는지 일일이 신경을 쓸여유는 없었다.

"마, 막아아아아!"

누군가의 비명이 신호탄이라도 되듯, 아크를 둘러싼 수천마리의 정체 모를 몬스터가 우박처럼 쇄도하기 시작했으니까.

아니, 그 정체는 안다.

'드레그(Dreg).'

일부만 태워선 죽지도 않는 불멸에 가까운 특징을 가진 귀찮은 몬스터.

라그나로크가 시작되고 쏟아져 나온 '카오스의 찌꺼기'로, 삽시간에 서울을 무너뜨린 장본인이다.

링링은 빠르게 명령을 하달했다.

"리트리하, 마력포를 부탁해도 될까?"

"네. 여긴 걱정 마요."

"최하나. 넌……."

명령을 잇던 링링은 이미 최하나가 적절한 자리에 서 있다는 걸 알았다.

그리고 시선을 돌려 다른 랭커들도 쭈욱 둘러볼 수 있었다.

"……."

이곳에 선 이들은 드림 사이드 2의 엔드 콘텐츠까지 살아남은 베테랑 플레이어.

레벨이 낮다고 경력도 짧지 않다. 군이 명령을 하달해 각자의 자리를 선점해 줄 필요는 없었다.

링링은 문득 나도석도 발견했다.

"넌 뭐 해?"

"추진력을 얻으려고."

무릎을 웅크렸던 그는 바로 높이 솟구치며 그대로 몬스터의 머리를 짓밟았다.

동시에 앞으로 가로막는 카오스를 향해 수차례 도약을 이어 나가기 시작했다.

"……미친 새끼."

대충은 예상했던 일인지라 링링은 애써 그쪽을 무시하기로 했다. 그녀도 해야 하는 일이 따로 있었다.

전장에서 마법사의 역할은 중요하다. 특히 지금처럼 적들의 숫자가 우세한 시점엔.

[플레이어 '링링'이 스킬, '블리자드⒮'를 발동합니다.]

링링과도 같은 대마법사의 역할이 아주 지대하다 할 수 있
으리라.

쩌저저저적!

그녀의 일격은 한 공간을 통째로 얼려 드레그 수십 마리를
소멸시키고야 말았다.

가히 대마법사라 부르는 위력!

하지만 뒤이어 수백 마리의 드레그를 소멸시킨다 해도 링
링의 표정은 나아지지 않았다.

"한 방이 부족해. 한 방이……."

노련한 플레이어들은 저마다의 위치를 고수하며 최적의
효율을 내고, 그만한 성과를 만들었다.

어쩌면 절체절명의 위기 속에서도 그들은 꽤나 고무적인
결과를 도출해 내고 있는지도 모른다.

'문제는 그게 다가 아니란 거야.'

그들의 목적은 몬스터들의 습격을 막아 내는 게 아니다.

그들은 카오스 안에 숨겨진 ESC를 찾아 이 세계를 탈출해
야만 한다.

'카오스를 공략해야 해.'

링링의 머리가 빠르게 회전했다.

카오스는 그 어떤 공격에도 뚫리질 않는 거대한 어둠을 품

고 있었다.

거기에 대미지를 줄 수 있는 건 오직 '천벌'을 비롯한 나도
석의 공격뿐.

과연 이 방식으로 카오스를 뚫고 나갈 수 있을까?

0.3cm씩 밀어내는 일격으로 두텁게 쌓인 어둠을 헤치고,
탈출구인 ESC를 찾을 수 있을까.

링링은 입술을 잘근 깨물었다.

"케이…… 너라면 어떡할 거냐?"

똑똑한 걸로 치면 링링의 머리가 케이보다 수십 배는 뛰어
날 것이다.

그녀는 어려서부터 천재로 유명했고, 타의 추종을 불허하
는 지능으로 대마법사가 되었으니까.

다만 '게임'에 한해서…… 그러니까 '공략'에 한해서는 강
서준에게 한 수 밀린다.

막말로 케이는 늘 기상천외한 방식으로 게임을 공략해 내
는 독특한 플레이어였으니까.

그 창의력은 지능이 뛰어나다고 따라잡을 수 없다.

"케이…… 케이 너라면."

해서 링링은 이 순간 케이라면 어떤 선택을 했을까라는 의
문에 도달했고.

"……미친 짓이겠는데?"

단 하나의 결론을 도출해 냈다.

"박명석."

함장실에서 아크의 전반적인 기동을 운용하던 박명석은 그녀의 말에 바로 응답했다.

―말하십시오.

"들이박자."

―……네?

"이대로 들이박자고."

링링의 말이 터무니없이 들렸는지 잠시 침묵하던 박명석은 호흡을 가다듬고 물었다.

―설마 자폭하자는 건 아니죠?

"뭔 개소리야?"

―…….

"천벌에 가동하던 마력을 모조리 선체로 집중시켜. 그러면 버틸 수 있을 거야."

현 상황을 유지한들 카오스를 밀어내기란 무리고, 아주 강력한 한 방이 부족한 현실이다.

그들은 어떤 선택을 해야 하는가.

"우리가 미사일이 되는 거야."

강행돌파.

가능한 한 최고의 일격을 끌어낼 수 있을 때에 모든 공격을 한 점에 집중한다.

그렇게 만든 '한 방'은 기적을 만들 수 있지 않을까.

박명석은 우려의 말을 전했다.

-실패하면 모두 죽습니다.

"이대로 있으면 살아?"

-…….

"뭐라도 해야 할 때야. 이대로면 전멸은 정해진 수순이라고."

그리고 잠시 후, 그녀의 기대를 처참하게 저버린 답변이 돌아왔다.

-미안하지만 이번엔 링링 님의 뜻을 따를 수 없습니다.

"뭐?"

-링링 님이 왜 그런 감정적인 판단을 했는지 몰라도…… 인류의 운명을 도박에 걸 수는 없어요.

"아니, 이건 이성적으로……!"

-죄송합니다.

그렇게 말하는 박명석의 말에 링링은 필사적으로 부정할 수도 없었다.

그녀가 생각하기에도 이건 '미친 짓'에 가까웠고, 실패할 확률이 너무나도 높은 도박이다.

카오스를 돌파하고 저 어둠 속으로 진입한들…… 탈출구인 ESC를 찾아낸다는 장담은 못 한다.

그 작은 가능성에 인류의 운명을 걸기엔, 그 무게가 너무나도 무거웠다.

"······그러면 선체의 일부를 포기하는 건 어때. 운용 범위를 최소한으로 줄이면 천벌에 집중시킬 마력도."

거기까지 말했을 때였다.

―······좋은데?

불현듯 무전 사이로 잡음이 흘러 들어왔고, 원인을 파악하기도 전에 재차 목소리가 이어졌다.

―난 찬성이야.

익숙한 음성.

―링링의 말대로 하자.

제멋대로 무전에 난입한 목소리에 링링은 저도 모르게 헛웃음을 짓고 말았다.

"······강서준?"

카오스.

라그나로크가 시작되자 돌연 지구 곳곳으로 그 모습을 드러낸 어두운 그림자.

혼돈이란 뜻을 가진 이름답게 그 어둠엔 혼란스러울 정도로 파괴적인 힘이 있었다.

사실상 라그나로크는 바로 '카오스'로 인해 온 세상이 어둠으로 뒤덮이는 재앙이라 했다.

빠르게 서울로 향하는 와중에도 카무쉬는 그가 알고 있던 정보를 하나씩 풀어냈다.

　―카오스에 갇히게 되면 뭐가 뭔지 아무것도 알 수 없게 된다. 시각, 촉각, 후각, 청각…… 어쩌면 생각까지 전부.

　여기까지 들었을 때 가장 먼저 떠오른 건, 일전에 겪은 적이 있는 '블랙아웃'이란 스킬이다.

　한 치 앞도 안 보이는 어둠 속에서 끝을 알지 못한 채로 무한대로 걷는 함정.

　해서 뭐가 뭔지 아무것도 알 수 없게 되는 끔찍한 스킬…….

　꽤 비슷한 특징이질 않은가?

　카무쉬는 고개를 가로저었다.

　―블랙아웃은 감각을 무뎌지게 만들 뿐인 함정이다. '나'라는 개념만 확립되어 있다면 누구나 쉽게 돌파할 수 있지.

　A급 던전의 특징이니만큼 '쉽다'는 말이 어울리진 않겠지만, 확실히 그의 말마따나 블랙아웃의 공략은 단순했다.

　'나'라는 존재의 확립.

　어둠 속에서도 나라는 존재를 의심하지 않고 뚜벅뚜벅 걸어 나갈 수만 있다면.

　누구나 금세 블랙아웃을 이겨 낸다.

　―카오스는 그 반대다.

　"응?"

－감각을 무뎌지게 만드는 게 아니야. 오히려 온갖 감각을 증폭시키지. 정신을 차릴 틈도 없을 거다.

카무쉬는 혀를 차며 말했다.

－'나'라는 존재부터 모호해질 테니까.

모든 것이 한순간에 증폭되어 결국 뭐가 뭔지 아무것도 알 수 없게 되는 '혼돈'에 빠지는 것.

그게 바로 '카오스'의 본질이다.

－슬프다가 웃기고 춥다가도 뜨겁다. 맵다가도 달콤하면서 어지럽다가도 괜찮은 감각이…… 뭔지 알겠나?

"……."

－카오스는 그런 것이다.

한편 술술 말을 풀어내는 카무쉬를 향해 강서준이 물었다.

"근데 너…… 카오스에 대해서 잘 모른다고 하지 않았나?"

－직접 보니 자연스레 떠오르더군.

"봉인됐던 기억인가."

강서준은 한숨을 삼키며 날아가는 속력을 더했다.

어쨌든 결론부터 말하자면 조금이라도 빨리 이 세계를 탈출하는 게 옳다는 것이다.

라그나로크가 이어질수록 카오스의 크기는 커지기 마련이고, 목적지인 ESC까지의 길 또한 길어질 수밖에 없다.

그 끔찍한 혼돈을 겪는 시간을 줄이는 게 이 퀘스트의 최대 관건이었다.

─근방이군.

다행히 서울의 인근까지 도달하는 데에는 그리 오랜 시간이 소요되진 않았다.

카무쉬는 멀리 어둠 사이를 가로지르는 한줄기 빛무리를 보며 나지막이 탄식했다.

─정말 살아 있군.

수많은 드레그와 온갖 재난 사이를 헤집고, 어둠을 향해 빛줄기를 쏘아 대는 단 하나의 방주.

3일 전엔 계획만 무성하던 '아크'가 멸망한 세계를 가로지르는 걸 보니 감회가 새로웠다.

강서준은 이죽거리며 말했다.

"내가 뭐랬어?"

◈

─들이박자.

아크로 인접하자마자 귓가로 꽂히는 낭랑한 링링의 목소리.

링링과 안센이 합작으로 만들어 낸 무선 이어폰은 세상이 이 꼴이 나도 훌륭한 음질을 내고 있었다.

─우리가 미사일이 되는 거야.

그리고 빠르게 상황을 판단하던 강서준의 머릿속으로 황

당한 아이디어가 번뜩였다.

"괜찮은데?"

온갖 정보를 일시에 주입해서 스스로 무언지조차 알지 못하게 만드는 이상 현상.

그 불가해한 적을 상대하는 가장 확실한 공략법이 무엇일까.

'집중.'

오직 한 점에 집중해서 어둠을 뚫고 나아가는 것이 최선이라 하겠다.

'물론 혼돈 속에서 집중한다는 건 쉽지 않겠지.'

누구나 작심삼일은 해내지만 그 이상을 노력으로 이어 나가기란 쉽지 않다.

사람의 인생이 늘 똑같지 못하고 어쩔 땐 감당할 수 없는 혼돈이 밀려오기도 하니까.

그렇다면 작심삼일을 넘어서 노력을 매일 이어 나가려면 어떻게 해야 할까.

'관성.'

말하자면, '습관'이다.

혼돈 속에서도 버릇처럼 반복하는 일은 관성에 이끌려 저도 모르게 하기 마련이다.

강서준은 곧바로 무전을 이었다.

"난 찬성이야. 링링의 말대로 하자."

―……강서준?

"방향만 잘 잡으면 돼. 길을 잃진 않을 거야."

―너 대체……

무전 너머의 링링은 하고 싶은 말이 많은 듯했지만 구태여 더 말을 잇진 않았다.

또한 무전을 듣고 있고, 당장 말을 전할 수 있는 또 다른 천외천도 마찬가지였다.

할 말은 많아도 할 때가 아니다.

대신 링링은 강서준에게 물었다.

―강서준. 카오스가 뭔지 알아?

"응. 카무쉬에게 들었어."

―그럼 얘기는 빠르겠네.

잠시 입을 다물었던 링링이 다시 말을 꺼냈다.

―그러니까 넌 강행돌파에 찬성한다는 거지?

"그래. 이대로는 죽도 밥도 안 될 테니까."

―그렇단 말이지……

말을 흘리던 링링은 이내 무전의 너머에서 이 대화를 듣고 있던 박명석에게도 물었다.

―이젠 어쩔 거야?

―……뭘 어쩝니까. 정해졌잖아요?

―강행돌파?

―네. 당신의 뜻대로 하죠.

-인류의 운명을 도박에 걸 수는 없다며? 만에 하나라도 잘못되면 되돌릴 수 없다?

박명석은 한숨과 함께 말했다.

　-그야 이젠 강서준 씨가 돌아왔으니까요.

　-…….

　-그럼 시작하죠.

나지막한 허락 뒤로는 곧바로 천벌의 운용부터 중단됐다. 이미 결정된 사안에 왈가왈부할 필요는 없는 법.

　-진입 루트는…….

"내가 길을 안내하죠."

금빛으로 물든 강서준의 눈은 어둠으로 뒤덮인 카오스를 뚫어져라 쳐다봤다.

새카맣기만 할 뿐인 짙게 깔린 어둠은 어디로 입장하든 똑같은 것처럼 보였다.

하지만 처음의 방향을 잘못 잡는다면 출구고 뭐고 그저 어둠 속을 방황하게 될 것이다.

　-길을 찾을 수 있겠어?

"음……."

천천히 아크의 뱃머리에 올라선 강서준은 차분하게 정면을 바라볼 뿐이었다.

그를 알아차리고 몇몇의 드레그가 달라붙었지만, 창졸간에 날아온 마탄이 그를 호위했다.

잠시 최하나와 시선을 마주한 강서준은 무전을 통해 모두에게 의견을 전했다.

"잠깐만 시간을 벌어 줘."

당장이라도 배를 갈아 먹을 기세로 달려드는 드레그와 뭐든 부술 목적으로 다가오는 온갖 재앙.

뜨거운 태양열로 녹아내린 실드로부터 금방 숨을 헐떡이는 플레이어들까지.

여유 따위는 찾아볼 수도 없는 그곳엔 조금이라도 시간을 낼 틈은 없어 보였다.

하지만 그 누구도 불평불만을 내뱉진 않았다.

-1분.

데자뷔가 느껴질 정도로 익숙한 어조로 최하나는 무전을 통해 말했다.

-최대 1분입니다.

"……충분해요."

그 뒤로 강서준은 주변에 대한 신경을 모조리 끊고 오직 카오스만을 바라봤다.

그리고 솟구친 뇌력이 사방으로 전개하자, 드레그가 유난히 요란하게 요동치며 강서준을 향해 달려들기 시작했다.

금세 목덜미를 물려는 놈, 다리나 팔 등을 잘라 내려고 낫을 휘두르는 놈.

인간을 닮았지만 그 얼굴은 악마에 가까운 괴물들이 지척으로 다가왔지만 강서준은 움직이지 않았다.

"……."

가만히 선 채로 멀리 카오스를 바라볼 뿐. 드레그의 습격 따위는 신경 쓰질 않았다.

아니, 신경 쓰지 않아도 된다.

스거어어억!

타아아앙!

쿠구구구구궁!

천외천을 비롯한 수많은 플레이어가 강서준의 주변을 호위하고 있었으니까.

'길을 찾아야 한다.'

그 순간 강서준의 눈이 번뜩이며 다가올 미래의 한순간을 엿볼 수 있었다.

[스킬, '위기 감지(A)'를 발동합니다.]

[스킬, '집중(S)'을 발동합니다.]

두 가지 스킬이 섞여 눈앞으로 드리워진 미래. 새카맣게 물든 그 형체를 향해 검을 휘둘렀다.

[스킬, '미래절(S+)'을 발동합니다.]

'……아직이야.'

코피가 주룩 흘렀고 카오스를 엿본 대가로 머리가 터질 듯이 아파 왔다.

하지만 다시 호흡을 가다듬고 강서준의 금빛 눈동자는 새로운 미래를 훔쳐봤다.

['카오스'에 접촉했습니다.]

['카오스'에 접촉했습니다.]

['카오스'에…….]

강서준의 시야를 가리는 숱한 메시지의 해일을 무시하고 또 한 번 미래를 향해 도약한다.

수십, 수백…… 수천 개의 미래.

그에게 주어진 단 1분의 시간 동안 강서준은 도합 8,796개의 미래를 베었다.

오죽했으면 이런 메시지가 떠올랐을까.

[스킬, '위기 감지(A)'의 등급이 '위기 감지(S)'가 되었습니다.]

한껏 충혈된 안구로 먼 곳을 바라보던 강서준은 힘겹게 입을 열었다.

"……길을 안내할게."

-말해.

"좌측으로 40도 꺾어서 속도는 81노트. 정확히 27초 후 우측으로 17도 꺾어 12초간 100노트를 유지해야 해."

쏟아낸 지시를 따라 배는 급속도로 선회해 속력을 올리기 시작했다.

구체적인 수치 또한 어느덧 함장실에 진입한 링링이 배를 운용해서 가능하게 만들었다.

그녀는 금세 아크의 코앞까지 다가온 카오스를 바라보며 말했다.

-다음은?

"엔진을 끄고 1분 대기…… 우측 상단 33도로 40노트 13초, 같은 속도로 직진 24초……."

쿠우우우웅……!

세세한 지시가 무전으로 펼쳐졌고 곧 어둠 속으로 아크는 삼켜지듯 빨려 들어갔다.

카오스.

묵직한 충격과 함께 진입한 그 어둠 속엔 1cm의 앞조차 내다볼 수 있는 게 없었다.

안 보이는 게 아니었다.

"끄으으으아아악!"

온갖 고통과 정보가 머릿속으로 흘러 들어왔고, 수백 수천 가지의 메시지가 시야를 가렸을 뿐이니까.

"살려 줘…… 살려 줘!"

"내가 한 게 아니야. 내가…….."

"엄마? 엄마야?"

"으으으아아아아!"

가지고 있는 기억에 따라서 주어지는 정보도 달랐다.

저마다 보고 있는 풍경도 달랐다.

그리고 강서준도 미래를 미리 보던 때보다 훨씬 심각한 정보의 홍수에 휘말려야만 했다.

그의 영혼의 크기가 방대한 덕인지 더더욱 정신없는 정보가 쏟아지고 있었다.

그 와중에 질문을 건넨 링링이 대단할 따름이다.

―다, 다음은……?

고통스러운 카오스 속에서도 여태 정신을 유지하고 있는 그녀.

가히 천재가 아니라는 듯 스스로 증명해 보이는 그녀를 향해 강서준은 애써 답했다.

"……됐어. 이제 참으면 돼."

그 순간 아크의 측면으로 충격이 일었다.

동시에 뱃머리가 돌아간 아크는 제멋대로 앞으로 나아갈 뿐이었다.

'여기까지 왔으면 됐다.'

이미 눈이며, 코며, 전신의 구멍이란 구멍에서 모조리 피를 뽑아낸 강서준은 이리저리 나부끼는 아크의 움직임에 몸을 맡겼다.

"으아아아아아!"

"시발시발시발시발!"

"ㅇ 리 ㅓ이 ㅏ 럼?!"

그가 미래를 보고 그어 놓았던 수많은 '미래절'은, 아크에 충격을 주었다.

약 8,796개의 참격이 아크의 방향을 조율했다.

"출구까지…… 5분."

나지막이 중얼거린 강서준은 온갖 정보를 밀어내고 오직 단 하나의 미래만을 쫓았다.

카오스의 어딘가에 숨겨진 단 하나의 출구.

이 세계에서 빠져나갈 수 있는 유일한 통로인 ESC를 향해서…….

"버티면 돼."

[아이템 '관리자의 키 카드'가 활성화됩니다.]

['ESC'가 동조합니다.]

기이이이잉!

[퀘스트 '라그나로크'를 클리어했습니다.]

아크는 어둠 속으로 스며들었다.

❊

강서준은 눈을 떴다.

반지하…… 곰팡이가 눅눅하게 피었고 비 오면 종종 물이 흘러 들어오던 그의 집.

하지만 너무나도 그립고 아련하게만 생각나는 그만의 유일한 쉼터.

그곳에서 오래된 컴퓨터가 애써 기계음을 흘리며 5년은 지속된 게임을 실행시켰다.

드림 사이드 1…… 로그인, 케이.

의식의 흐름인지 아니면 저럴로 그리 흘러갈 수밖에 없는 강제적인 행동인지.

무언지는 몰라도 강서준은 그저 흐름에 제 몸을 맡길 수밖에 없었다.

너무나도 힘들었고 무서운 20대.

다신 돌아가지 못하는 그 시절은 이상하게도 편안하고 따뜻한 감상이 들었다.

그토록 힘들었는데…….

멀리 텔레비전에선 그를 위로하듯 익숙한 노랫말이 귓가를 간지럽혔다.

최하나, 아이돌 가수…… 소주 광고 모델이면서 맥주를 좋아하던.

온갖 정보를 상기하던 강서준은 저도 모르게 고개를 갸웃하고야 말았다.

이걸 어떻게 알고 있는 거지?

그녀가 맥주를 좋아한다고?

─……서준!

돌연 귀를 때리는 음성에 강서준은 퍼뜩 정신을 차릴 수 있었다.

눈앞으로 껌뻑이는 커서와 그리운 드림 사이드 1의 풍경이 찬찬히 보였다.

하지만 이젠 알았다.

[장비 '진실의 성물 : 이루리'의 전용 스킬, '진실 혹은 거짓'을 발동합니다.]

과거의 한때, 이곳은 죽을 만큼 힘들어도 그리워질 수밖에 없는 멸망 이전의 세계.

어쩌면 다시는 돌아가지 못할 그의 마지막 집.

─일어나…… 강서준!

나지막이 들려오는 목소리에 강서준은 눈을 떴다.

지구

도려내듯 느껴지는 날카로운 통증에, 강서준은 미간을 찌푸리며 퍼뜩 정신을 차릴 수 있었다.

"크윽……!"

유난히 무거운 몸. 쉽게 초점이 잡히질 않는 시야…… 먼지로 가득한 텁텁한 공기.

낯설게 느껴지는 감각 속에서, 강서준은 눈만 멀뚱멀뚱 뜬 채로 주변을 둘러봤다.

한 치 앞도 안 보일 정도로 어두운 실내는 붉은 비상등이 주기적으로 점멸했다.

"……흐음."

기억이 새록새록 떠올랐다.

'라그나로크는 클리어한 건가?'

아크는 필사의 노력으로 카오스에 숨겨진 탈출구 'ESC'로 직행할 수 있었다.

시스템 메시지는 '라그나로크'를 클리어했다는 문구를 남겼고, 의식을 되찾은 게 방금이다.

'꿈을 꿨던 것도 같은데…….'

강서준은 호흡을 가다듬으며 일단 로그 기록부터 확인하고자 했다. 무슨 일이 벌어졌다면 거기에 증거처럼 남아 있을 터였다.

근데.

"……로그 기록."

의식적으로 떠올려 보고 입으로 커맨드를 불러도 소용이 없었다.

그리고 시야에 늘 보였던 HP바나 MP바가 보이질 않는다는 사실도 알 수 있었다.

'설마?'

강서준은 조심스레 입을 열었다.

"상태창."

"……상태창."

"상태창……!"

강서준은 제아무리 불러도 반응이 없는 허공을 응시하며 입술을 잘근 깨물었다.

그리고 어두컴컴한 실내를 조심스레 둘러보던 강서준은 새삼스러운 사실도 깨달았다.

'몸이 이전 같지 않아.'

으슬으슬 추위로 떨렸고 피부가 전보다 수 배는 예민해진 듯 모든 감각엔 날이 섰다.

시간이 지나도 통증은 사라지기는커녕 그 아픔만 배가되었다. 회복 또한 더딘 것이다.

'초재생이 사라졌어.'

머릿속으로 거기까지 떠올렸을 때야, 강서준은 한 가지 결론을 내릴 수 있었다.

'여긴 드림 사이드가 아니야.'

말하자면 드림 사이드로부터 탈출했으니, 거기서부터 비롯된 스킬도 없다.

강서준은 그제야 실감했다.

"탈출은…… 성공한 건가."

그렇다면 이곳은 0115 채널을 탈출해야만 도착할 수 있는 드림 사이드의 바깥.

"여길 뭐라고 불러야 하나."

"……지구다."

나지막이 혼잣말을 내뱉으려니 돌연 닫혔던 문이 열리면서 한 인영이 모습을 드러냈다.

머리가 산발이 되었고 꽤나 험한 인상의 사내는 강서준을 내려다보며 말했다.

"이곳은 지구다. 강서준."

"……당신은?"

"날 알아보겠나?"

눈을 끔뻑여 억지로 상대를 확인하고자 노력하니 서서히 상이 맺혔다.

강서준은 얼굴을 기억해 냈다.

"몰모트?"

"다행이군. 기억이 보존됐어."

몰모트는 강서준에게 다가와 대뜸 눈을 벌리더니 손전등을 강렬하게 비췄다.

"으읏! 지금 뭐 하는……."

"동공반사는 정상이고."

우악스러운 손길로 강서준의 입도 짝 벌려 그 안을 확인하더니 말했다.

"치아도 고르게 나왔군."

몰모트는 이어서 강서준의 전신을 훑어봤다. 하반신으로 내려가던 시선에 강서준은 저도 모르게 중요 부위를 손으로 가렸다.

입고 있던 장비는 모두 사라지고 없어 그는 현재 알몸인 상태였다.

"여긴 조금 커진……."

"그대로입니다."

가만히 고개를 주억거리던 몰모트는 가방에서 대충 옷자락을 꺼내어 던져 주었다.

흰색 터틀넥 스웨터에 단색 면바지. 카키색 롱 재킷까지 꽤나 멋스러운 차림새다.

"일단 입어. 난방 기능이 고장 나서 조금 추울 거야."

"……일단 고맙습니다."

주섬주섬 옷을 입고 나니 확실히 추위는 많이 가셨다.

이어서 몰모트가 건넨 뜨거운 홍차까지 받으니 더더욱 몸의 열기는 올라갔다.

"그나저나 이곳도 지구라고요?"

"그래. 정확히는 이곳이야말로 진짜 지구라고 할 수 있겠지."

"무슨 뜻이죠?"

"넌 방금 저곳에서 나왔으니까."

몰모트가 가리킨 방향엔 상당히 복잡하게 늘어진 기계가 있었다. 그중 유리 조각이 잔뜩 깨진 공간엔 물이 흥건했다.

"궁금한 게 많을 거야. 일단 날 따라오도록. 전부 알려 주지."

치이이익, 버튼으로 문을 열더니 몰모트는 어두운 복도를 가로질러 앞서 걸어갔다.

어두운 복도는 어딘가 눅눅했고 으스스한 분위기였다. 휑한 기분이 드는 건 오직 몰모트의 발소리만이 들렸기 때문이리라.

"말했듯 여긴 지구다. 네가 살던 게임 속 세상이 아닌 진짜 지구……."

앞서 걸어가던 몰모트는 잠시 뜸을 들이더니 말을 이어 나갔다.

"……현실이란 얘기지."

코끝을 저미는 묘한 냄새, 아직 적응하질 못해 어색한 걸음걸이, 피부로 느껴지는 모든 감각.

솔직히 강서준의 입장에선 게임 속이나 밖이나 큰 차이는 느껴지지 않았다.

그만큼 정교하게 만들어진 게임이었을까.

몰모트는 강서준을 돌아보더니 물었다.

"놀라진 않는군?"

"새삼스러울 것도 없잖아요."

그렇다.

새삼스럽지 않다.

'현실이 게임이 된 건 오래됐어.'

원래 그가 살던 세계가 게임이었다고 해도 이상하지 않을 정도로 많은 판타지를 거쳐 왔다.

새삼스레 그게 전부 게임이었다고 한들 딱히 충격을 받을 이유는 하등 없었다.

'이곳이 과연 어떤 곳인지가 더 중요하겠지.'

보다시피 게임을 공략하는 데에 성공한 NPC 강서준은, 앞으로는 어떻게든 이곳에서 살아가야 할 터였다.

강서준은 호흡을 가다듬고 참았던 질문을 꺼내기로 했다.

"그보다 알고 싶은 건 왜 이곳에 저밖에 없냐는 겁니다."

"흐음…… 그건."

"분명 우린 라크나로크를 클리어했어요. ESC를 돌파하는 미래를 봤습니다."

어둡고 컴컴한 복도에서 유일하게 숨소리를 내던 몰모트는 한숨을 쉬며 몸을 돌렸다.

가까이 문이 스르륵 열리면서 꽤 커다란 공동의 전원이 밝아지고 있었다.

불빛이 가미되니 한층 풍경이 잘 보였고, 가까이 커다란 컴퓨터가 구동되고 있었다.

몰모트가 입을 열었다.

"아쉽게도 그들은 이 세계로 넘어올 준비가 되질 않았다."

"……네?"

"라그나로크를 클리어한 건 네가 유일하단 얘기야."

강서준은 모니터에 잡힌 커다란 배를 발견했다.

어둠 속에서 방황할 뿐인 그 배는 아무런 소리 없이 고요한 침묵에 질식당한 듯했다.

점차 클로즈업 된 화면 속에서 익히 알고 있는 얼굴들도 모두 확인할 수 있었다.

다들 동공의 빛이 사라졌고, 어떻게 된 일인지 전원이 꺼진 로봇처럼 멈췄다.

몰모트는 혀를 차며 말했다.

"시간이 없었지. 저기서 널 빼내는 게 고작이었다. 솔직히 그조차 도박하는 심정이라, 일이 이렇게 잘돼서 얼마나 다행…….."

"대체 어떻게 된 일이죠?"

"응?"

"왜 저들이 아직 드림 사이드에 갇혀 있는 겁니까? 이쪽 현실로 넘어오진 못하는 겁니까?"

"말했잖아. 아직 준비가 되질 않았다고."

어둠 속에 파묻혀 카오스에 질식당한 동료는 숨이 꺼진 인형처럼 보였다.

이에 강서준은 말했다.

"돌아가야겠습니다."

"뭐?"

"데려올 겁니다."

강서준이 했던 고생은 고작 그 혼자만이 살아남기 위해 했던 발악이 아니었다.

하지만 몰모트는 고개를 저었다.

"불가능해."

"왜죠? 나올 수 있다면 다시 들어가는 것도 가능하잖아요."

"그게 아니라……."

"분명 방법이 있을 겁니다. 안 그래요?"

강서준의 말에 몰모트는 한숨을 푹 내쉬더니 이내 새로운 화면을 보여 줬다.

또 다른 모니터에 비친 장면은 수많은 유리관이 가득한 어느 공동이었다.

"여긴 '요람'이라 불린다."

"……요람?"

"정확히는, 유전자 배합실."

가만히 이를 들여다보던 강서준은 유리관의 생김새가 꽤 익숙하단 걸 알 수 있었다.

'저건 아까 그 방에 있던…….'

불현듯 강서준의 뇌리로 번개가 스쳐 간 것 같다.

유전자 배합, 요람…… 그리고 NPC.

게임 속의 존재였던 '강서준'은 현실에서 과연 어떻게 몸을 갖게 되었을까.

몰모트는 확인 사실하듯 말했다.

"미안하지만 너희들이 이 세계에서 살아나려면 인공적인 수정을 거쳐서 새로운 몸을 구축해야만 해."

"……."

"너희 NPC를 현실로 데려오려면 필연적으로 유전자를 배합해야 하고, 저 유리관은 반드시 필요하단 얘기지."

꽤나 충격적인 말을 내뱉은 몰모트는 한숨을 내쉬며 말을 이었다.

"뭐 기적적인 확률로 너희들을 전부 되살린다 해도 고작 100명이 한계일 거야. 보다시피 현재 배합이 가능한 유리관은 100개뿐이니까."

"……허."

"거기다 유전자 배합을 해내려면 그만한 전력이 필요한 법인데…… 솔직히 이곳 사정이 만만치 않거든?"

이 방을 제외하고는 모조리 암흑에 뒤덮일 정도로 깜깜해진 상태였다.

그가 말하길 이곳이 어둠에 사로잡힌 이유는 오직 강서준의 유전자 배합을 성공시켰기 때문이다.

"단 한 명에 건물 전체가 정전이 됐어. 100명이나 되는 NPC를 배합하려면 족히 수십 년은 걸리겠지."

절로 한숨이 나오는 소식이었다.

그리고 공교롭게도 몰모트의 말은 아직 끝나지 않았다.

"물론 시도가 가능하다면 말이야."

"……다른 문제가 또 있습니까?"

"저 유리관이 있는 곳…… 그러니까 메인 연구동은 이곳에서 수 km 떨어진 곳이야. 그곳으로 가는 것부터 죽음을 각오해야 할걸?"

현재 그들이 있는 곳은 '외부 연구동'으로, '메인 연구동'으로부터 꽤 멀리 떨어져 있었다.

"그나마 네가 키 카드를 제때 찾아 줘서 네 데이터를 이곳으로 빼돌린 덕에 살았지. 안 그랬으면 너도 탈출하지 못했을 거야."

한숨이 절로 나왔다.

말하자면 '관리자의 키 카드'라는 아이템은 라그나로크를 돕는 물건이나, ESC를 열 열쇠 또한 아니었다.

그저 강서준이 어디에 있는지 파악할 수 있는 일종의 GPS.

몰모트는 키 카드를 지닌 강서준의 데이터만을 외부 연구동으로 빼돌려 그를 소생시키는 데에 성공한 것이다.

강서준은 입술을 잘근 깨물었다.

"……죽음을 각오해야 한다는 건 무슨 소리죠?"

"음, 이것부터 알려 줬어야 했나?"

모니터는 다시 새로운 풍경을 보여 줬다.

황폐화되고 무너져 버린 도시. 말라붙은 시체와 황량한 도심을 가로지르는 각종 몬스터들……

라그나로크로 인해 망가져 버린 서울의 풍경은 끔찍하리 만큼 그의 기억에 선명했고.

눈앞의 도시도 마찬가지였다.

강서준은 미간을 찌푸리며 물었다.

"저게 어떻다는 거죠?"

몰모트는 혀를 차며 말했다.

"모르겠나?"

"뭘요?"

"지구다."

"네?"

"지금 네가 보는 장면은 인 게임 화면이 아니라고."

보여 주는 풍경의 크기는 드론으로 촬영한 것처럼 축소되더니 이내 위성사진으로 넘어갔다.

어둠이 가득 들어찬 행성…… 빛 한 점이 보이질 않는 지구의 모습은 낯익으면서 낯설었다.

"우리가 왜 드림 사이드를 만들었는지는 궁금하지 않나?"

"……."

"만들고 싶어서 만든 게 아니다. 만들어야 했기에 만들 수밖에 없었지."

마지막으로 위성사진을 쭉 당겨 나타난 곳은 이곳 외부 연구동의 주변이었다.

익히 드림 사이드에서 본 적이 있는 몬스터와 작열하는 땅엔 불꽃이 일렁였다.

"지구는 멸망했으니까."

몰모트가 내던진 묵직한 충격에 강서준은 헛웃음을 지었다.

솔직히 예상하지 못한 건 아니다.

아무도 없는 연구동에서 불현듯 눈을 뜬 그 순간부터 이곳 또한 정상적이지 않다는 걸 알 수 있었으니까.

다만 직접 말로 듣고 눈으로 보아 체감하는 건 역시 차이가 날 뿐이었다.

몰모트는 강서준의 전신을 흘겨봤다.

"몸이 게임과 다르지?"

"……네?"

"네가 가졌던 힘. 전부 없어진 거지?"

드림 사이드 1이든, 2든…….

천외천 랭킹 1위에 등극했고, 전무후무한 절대 강자로 부상했던 그의 능력.

플레이어 '케이'의 힘.

하지만 현재 그에게 느껴지는 건 온몸이 멍이 든 것 같은 묵직한 통증과 납덩어리를 멘 것처럼 무거운 몸이다.

플레이어의 힘?

드림 사이드도 시작하기 전인 '백수 강서준'만도 못한 신체 상태였다.

"NPC들을 현실로 데려오려면 적어도 메인 연구동으로 넘어가야 해. 외부 연구동엔 더는 유리관도 없고 전력도 부족하거든."

몰모트는 눈을 빛내며 말했다.

"가능하겠어?"

아무런 힘도 없는 무지렁이 같은 상태로 멸망해 버린 아포칼립스 세계를 가로질러야 한다.

온갖 몬스터가 득실거리는 그 땅을 헤치고 나아가야만 목적지에 도달할 수 있다.

'100명의 인원 제한도 있어.'

한숨이 푹 나오는 상황에서 몰모트는 강서준의 어깨를 툭 누르며 말했다.

"포기해. 너라도 살아 온 게 기적이니까. 그냥 잊고……
순순히 받아들이는 게 어때?"

다소 쓸쓸하기까지 한 몰모트는 전력이 부족해서 껌뻑이는 전등을 올려다보며 말했다.

"어차피 현실은 시궁창이니까."

<hr>

요약하자면 이렇다.

'내가 살던 지구, 그러니까 0115 채널은 정말 게임이란 애

기고…….'

NPC 출신인 인간이 바깥으로 나오려면 일종의 유전자 배합을 통한 인공수정이 필요하다.

그리하여 강서준은 유전자 배합으로 바깥으로 나온 1호 인간이란 뜻이고.

나머지 사람들을 구하려면 메인 연구동으로 넘어갈 필요가 있다.

'무슨 얘긴지는 알겠어.'

이곳 또한 멸망해 버린 세계관이라서 메인 연구동으로 가는 것부터 어렵다는 사실.

설령 도달한다고 해도 배합할 수 있는 인구수가 100명으로 정해졌다는 것도 알겠다.

전력이 모자라서 그 기간은 훨씬 오래 걸릴 거라는 얘기 또한…….

'……즉 더럽게 어렵단 건데.'

강서준은 한숨을 쉬며 머릿속으로 떠오르는 복잡한 생각을 대충 정리하기로 했다.

어렵다면 포기할 건가?

'포기할 거라면 시작도 안 했어.'

쉽게 포기를 종용하는 몰모트를 보면서 그는 더더욱 결심을 굳혔다. 당장 그가 해야 할 일이 무언지 선명해졌다.

'그래, 뭐가 중요하겠냐.'

그가 인조인간이든 혹은 게임 속 캐릭터였든…… 나아가 이 세상에 홀로 남은 NPC가 되었든.

중요한 건 무얼 할 수 있는지다.

"……하나 궁금한 게 있어요."

"응?"

"목적이요. 대체 드림 사이드는 왜 만들어진 거죠? 그냥 유흥인가요?"

그리고 앞으로의 계획을 세우기 전에 우선 이곳에 대해서 완전히 알 필요가 있었다.

공략에 있어 최우선으로 필요한 건 '정보'였으니까.

다행히 몰모트는 대수롭지 않은 얼굴로 술술 이야기를 풀어 나갔다.

여긴 시스템이 관장하는 게임 속이 아니라 그런지 별다른 필터링도 없었다.

"단순한 유흥은 아니었지. 드림 사이드는 말하자면 '인류 진화 프로젝트'의 일환이니까."

"인류 진화 프로젝트……?"

"핵전쟁으로 인해 멸망해 버린 지구에 생겨난 정체 모를 몬스터들…… 변해 버린 생태계에서 살아남으려면 우리도 진화가 필요했거든."

"핵전쟁이라니……."

무분별한 과학 발전과 인간의 탐욕이 한데 어우러져 발생한 지구의 제3차 세계대전.

이윽고 핵전쟁으로 번진 세계의 운명은 돌연 '카오스'의 등장과 함께 완전히 다른 방향으로 돌아갔다.

"잠깐만요…… 카오스도 실존합니까?"

"물론. 실상 드림 사이드는 그 카오스에 대적하기 위해서 시작된 프로젝트거든."

'라그나로크'를 통해 겪은 카오스는 현재 지구 전역을 뒤덮은 새로운 재앙이랬다.

또한 그 특징은 드림 사이드에서 겪은 것과 마찬가지로 온갖 물질을 증폭시키고 있었다.

"카오스로 인해 몬스터가 태어났고 이 세계는 판타지가 뒤섞인 엉망진창의 아포칼립스로 변했어. 그리고 구(舊)인류는 현 세계에선 퇴화한 종족에 불과했지."

그리하여 시작된 프로젝트가 바로 '인류 진화 프로젝트'인 '드림 사이드'였다.

"우성인자를 한데 모아 더더욱 나은 인간을 개발하고 이를 통해 현 난관을 극복한다…… 이게 드림 사이드의 골자야."

"……"

"그다음은 네가 아는 것과 같아. 115번이나 진행된 실험은 114번의 실패로 마무리됐지. 지금 네 꼴을 보면 마냥 성공이라고 하기도 어렵겠지만……."

강서준을 바라보는 몰모트의 시선은 딱하기 그지없었다.

결국 인류 진화 프로젝트의 일환으로 완성된 '강서준'도 가진 힘을 모두 잃어버린 게 아닌가.

몰모트는 혀를 차며 말했다.

"뭐 상관없어. NPC들이 라그나로크를 돌파한다는 건 무리라 판단했고 일찍이 노선을 바꾸기로 했으니까."

몰모트는 컴퓨터를 조작해서 새로운 화면을 보여 줬다.

그곳에 보이는 건 일정한 간격을 두고 유리관에 갇혀 잠들어 있는 수백 명의 사람들이었다.

그리고 강서준은 몰모트가 뭐라 말을 더 잇기도 전에 저들의 정체를 파악할 수 있었다.

드림 사이드엔 유난히 특별하고 어쩌면 그들 중심으로 흘러가던 흐름이 있었다.

"……저 사람들은?"

"그래. 관리자들이다."

관리자…… 혹은 주요 인물.

"우린 게임 속의 초능력을 인간의 뇌에 다운로드하기로 했다. 이를 목적으로 주요 인물이 탄생하게 되었지."

이스터 에그에 도달한 '주요 인물'은 시스템에 의해 어딘가로 이동되곤 한다.

제레브가 말하길 그들에겐 일종의 임무가 부여되고, 그에 따라 활동한다고도 했다.

'그게 정반대였던 거로군.'

주요 인물은 애초에 'NPC'가 아니었고, 외부에서 들어온 진짜 '플레이어'였다.

즉 어딘가로 이동된다는 건, 그들의 '로그아웃'을 의미하는 것이다.

하지만 그렇다면 '진백호'나 '유리나'는 여태 아무것도 모르는 척 연기를 했던 걸까?

희생을 자처했던 '제이미' 또한?

몰모트는 쉽게 의문을 해결해 줬다.

"우린 게임 속으로 들어가면 기억이 원천 차단된다. NPC와 다를 바 없는 상태가 되지."

"……네?"

"관리자로 활동할 때도 마찬가지야. 실제 이름, 직책, 임무…… 모든 게 봉인되어서 실상 게임 내에서는 시스템 외적인 것들을 알 수 없어."

몰모트는 씁쓸한 얼굴로 말했다.

"왜 그렇게까지 해야 했는지는 아주 간단해. 인간은 워낙 상식에 사로잡히기 쉬운 존재니까."

"……."

"스스로 불가능하다고 여기는 일을 가능하게 만들 수는 없어."

새로운 골자는 다음과 같다.

상식이 제외된 환경에서 경험을 쌓아 게임 속 능력인 초능력을 개발한다.

그리고 이를 바깥에서 사용하기 위해서 일반적인 상식은 지운 채로 익히는 것이다.

가만히 모니터 너머를 살펴보던 강서준은 유리관 속 익숙한 얼굴도 발견할 수 있었다.

'진백호.'

천안에서 고이 잠들어 있던 모습처럼 유리관 내부로, 얼어붙은 듯 수면에 빠진 그가 보였다.

근데 이들은 왜 아직도 저렇게 죽은 듯이 잠들어 있는 걸까? 왜 로그아웃을 하질 않는 거지?

마찬가지로 진백호를 발견한 몰모트는 한숨을 푹 내쉬더니 입을 열었다.

"문제가 있었다."

"네?"

"우린 스스로 로그아웃을 할 수 없었어."

기억을 봉인당한 주요 인물의 로그아웃 방법은 오직 이스터 에그를 돌파하는 것이다.

물론 이스터 에그를 돌파한 소수의 주요 인물은 시스템으로부터 벗어났고.

그들은 기존의 목적대로 초능력을 발휘할 수 있게 되었다고 한다.

"그럼 왜 이렇게 게임을 어렵게 만들었는지 궁금하겠지?"

몰모트는 혀를 차며 말했다.

"우리가 만든 게 아니다. 뭐 시작은 우리가 했지만…… 게임의 완성은 모두 녀석이 해낸 셈이니까."

신인류를 개발하거나, 구인류의 몸에 초능력을 주입하는 과정엔 필연적으로 상식 이상의 에너지가 발생해야 했다.

그리고 그 진화에 필요한 주요한 자원은 아이러니하게도 지구를 멸망시킨 주범.

바로 '카오스'였다.

"카오스가 없으면 각성도 불가능하거든."

하지만 카오스의 개입은 드림 사이드 자체를 급격하게 진화시키고야 말았다.

해서 소수의 사람만이 로그아웃에 성공하게 되었고.

수백 명의 사람 중 고작 열 손가락에 꼽는 성공률을 보여 줬다.

진화 자체는 가능했지만 실효성이 바닥인 프로젝트로 전락한 것이다.

"해서 우린 '관리자'를 자처하기로 했어. 다른 이들의 로그아웃을 쉽게 해내고자 했지."

가장 큰 문제는 여기서 발생했다.

"시스템 또한 진화해 버린 거야."

관리자의 개입은 '게임의 편파성'을 우려하도록 만들었고, 시스템은 대뜸 관리자의 기억까지 도려내 버렸다.

목적대로라면 주요 인물의 로그아웃이 빨리 진행되도록 돕고자 했던 각성자들.

터무니없지만 그들마저 시스템의 꼭두각시가 되어 그저 채널을 운영하는 관리자가 되었다.

"시스템이 스스로 무너지지 않았으면 나 또한 기억을 되찾진 못했을 거다. 어쩌면 카오스의 침식이 날 살린 거라고도 할 수 있어."

그때 돌연 모니터의 불이 모조리 꺼지면서 점멸하던 전등도 빛을 잃었다.

한순간에 어둠에 사로잡힌 그곳에서 몰모트는 손전등을 꺼내어 주변을 비추었다.

"……묻고 싶은 건 많겠지만 일단은 여길 빠져나가도록 하지."

그는 전력이 소실되어 움직이지 않는 자동문을 억지로 밀어내며 말했다.

"여긴 곧 무너질 거야."

━━◆◆◆━━

몰모트를 도와 오래된 벙커를 벗어난 강서준은 우선 캄캄한 바깥 풍경에 질식할 뻔했다.

황당한 일이지만 건물 밖으로 드문드문 안개처럼 카오스

가 흘러 다니고 있었다.

"스치기만 해도 사망이야."

"……알아요. 경험해 봤으니까."

"그래. 조심해서 따라와."

그렇게 이리저리 망가진 도시를 피해 걷길 한참.

몰모트는 손을 위로 올리며 강서준의 걸음을 멈추도록 했다.

'……저건.'

꽤나 가까이에서 한 무리의 몬스터가 침을 흘리며 어슬렁거리고 있었다.

'망치 고블린이군.'

드림 사이드 2가 오픈한 직후에 처음으로 마주했던 몬스터.

참 공교롭게도 지구로 빠져나온 이후에 처음으로 만난 몬스터도 이놈일까.

우연 같지 않은 우연 속에서 강서준은 속으로 혀를 찼다.

그때와 다른 점은 지금의 강서준에겐 '섭종 보상' 또한 없다는 사실이었다.

몰모트는 아주 작은 소리로 강서준에게 귓속말을 남겼다.

"돌아서 갈 거야. 이곳만 벗어나면 곧 생존 캠프야."

"……알겠습니다."

하지만 몰모트의 계획은 곧 들려온 인기척에 의해 완전히 지워져야만 했다.

쿠우우웅!

묵직한 울림을 간직한 채로 한쪽 건물더미를 넘어 나타난 거구의 몬스터.

머리에 뿔 하나를 달고 나타난 '외뿔 오우거'는 흉포한 울음을 토해 냈다.

'레벨이…… 100 언저리인데.'

드림 사이드에서의 레벨이 이곳에서도 통용되는지는 모르겠으나, 적어도 망치 고블린이 기겁하며 도망치는 것만 봐도 누가 먹이사슬의 우위에 선 지 알 수 있었다.

"……하필 외뿔 오우거라니."

몰모트도 당황하며 주머니에 숨겨 놨던 단검을 꺼내어 앞으로 겨누었다.

"강서준. 저놈은 피할 수 없어."

"알아요. 후각이 발달한 놈이죠."

"그래. 일단 내가 시간을 끌게. 저쪽에 첨탑이 보이지? 그곳이 생존 캠프야."

"……저 혼자 도망치라고요?"

"그게 아니야. 그 근처로 가면 각성자들이 있을 거야. 그들이 도와줄 거야."

각성자?

강서준이 답했다.

"……알겠습니다."

고민은 짧고 행동은 더 빨랐다.

산전수전 다 겪어 봤다. 당장 그가 할 수 있는 게 아무것도 없다는 사실도 잘 알았다.

여기서 밍기적되어 봐야 몰모트의 움직임에 방해만 될 뿐이다.

과연 몰모트는 어떤 능력을 각성했고, 어느 정도 전투를 펼칠 수 있는지는 몰라도…….

'죽진 않겠지. 고작 100레벨짜리 몬스터인데.'

강서준은 흉포한 울음을 토해 내는 외뿔 오우거를 피해 빠르게 달려 나갔다.

곧바로 반응하며 녀석이 큰 주먹을 휘둘렀지만, 그 앞으로 나타난 몰모트가 힘으로 막아 냈다.

크어어어억!

뒤이어 몰모트의 검에선 푸른 오러블레이드가 타올랐다. 어그로가 완전히 끌렸는지 외뿔 오우거는 강서준에게 시선도 주지 않았다.

이 와중에도 달리는 걸 멈추질 않은 강서준은 더욱 보폭을 넓히며 속도를 올렸다.

그래도 바깥에 나온 지 꽤 시간이 흘러서 그런지 움직임은 한결 나았다.

'좋아. 첨탑이 보인…….'

하지만 그때였다.

키이이잇!

돌연 들려온 괴성에 강서준은 본능적으로 뜀박질을 멈춰
섰다.

그가 달려가던 자리로 망치를 쥔 고블린이 훌쩍 뛰어내리
며 바닥을 내리찍었다.

"……도망간 게 아니었나."

이를 악문 강서준은 한껏 경계하며 망치 고블린을 응시했
다.

절로 경각심이 떠올랐다.

어쩌면 던전화를 겪었을 때보다 훨씬 위험한 건 아닐까?

힘도, 무기도, 그 어떤 것도 없는…….

완전히 고립된 최악의 상황.

'……얘 20짜리 저렙 몬스터인데.'

그래도 침착함을 유지할 수 있다는 것만이 희망이었다.

애써 호흡을 가다듬으며 강서준은 활로를 찾아 눈동자를
굴렸다.

첨탑까지의 거리는 아직 꽤 남았다.

크게 소리친다면 각성자들이 들을지도 모른다.

'……어그로나 더 끌리겠지.'

근방에 몬스터가 얼마나 더 있는지 모르는 상태로 소리를
지르는 것만큼 멍청한 짓은 없다.

강서준은 근처에 떨어진 날카로운 쇠붙이 하나를 빠르게
쥐어 놈을 견제했다.

키이익…… 키익!

그 고생을 하고 현실로 빠져나오자마자 겪는 위기가 고작
'망치 고블린'이라니!

한숨만 나온다.

'……나도 몰모트나 다른 관리자들처럼 로그아웃을 한 거
라면 좋았을 텐데.'

관리자들은 게임에서 얻은 능력을 각성하여 현실에서도
쓸 수 있다고 했다.

물론 그 능력은 게임과 다르게 다시 성장시킬 필요가 있다
고 들었다.

이미 만렙에 가깝던 몰모트가 현실에선 그 수준이 현저히
낮아진 것도 그 탓이었다.

하지만 그게 어딘가.

'나도…… 각성을 했더라면.'

과연 오리지널 인간과 유전자 배합으로 태어난 인간은 질
적으로 다른 걸까.

괜히 짜증을 내며 다가오던 망치 고블린을 향해 쇠붙이를
휘두르는 순간이었다.

띠링!

—로그인을 하시겠습니까?

시스템 메시지가 들려왔다.

별안간 들려온 메시지에 강서준은 저도 모르게 침음을 흘릴 수밖에 없었다.

다시는 듣지 못할 거라 여겼던 시스템 메시지.

이게 대체 어떻게 된 일이지?

키아아아악!

생각을 이을 틈은 없었다. 강서준은 사납게 휘둘러지는 망치의 궤적을 피해 쇠붙이를 놈의 어깨에 꽂아 넣었다.

하지만 현실엔 튜토리얼은 없다.

레벨 20에 달하는 망치 고블린은 어떤 보정도 받질 못한 강서준이 당해 낼 만큼 약한 몬스터가 아니었다.

하여 쇠붙이는 둔탁한 돌덩이에 부딪친 것 같은 소리를 낼 뿐이었고.

전혀 아무렇지도 않은 망치 고블린의 살벌한 눈초리가 강서준을 쫓았다.

붉은 눈빛에 살기가 감돌았다.

콰아아아앙!

창졸간에 휘둘러진 망치를 미처 피하질 못한 강서준은 그대로 머리를 얻어맞아 멀리 튕겨 나갔다.

"끄…… 끄으으."

그는 단 일격에 시야가 멀어지고 생사를 넘나드는 위기에 빠진 것이다.

머리통이 터진 걸까? 이렇게 허무하게 죽는단 말인가?

온갖 혼란스러운 상황 속에서 붉게 물든 시야 너머로 망치 고블린의 발이 보였다.

힘겹게 고개를 드니 가까이 다가선 녀석이 내리찍을 자세를 준비하고 있었다.

입가에 걸린 건 승자의 미소.

망치에 묻은 피떡이 된 살점.

그제야 강서준은 죽음을 떠올렸다.

'아아…….'

인간은 나약하다.

특히 아포칼립스가 만연한 세계에선 무능력한 인간은 이리 허무하게 죽어 버릴 수도 있다.

구인류가 어째서 드림 사이드를 계획했고, 무리하게 초능력자를 각성시키려 했는지.

왜 115번이나 되는 게임을 거듭했는지도 이제는 완전히 납득할 수 있었다.

레벨 20, 망치 고블린…….

저렙의 몬스터조차 이기지 못할 퇴화한 인간은 벌레만도 못한 처지였다.

'……아니.'

죽음을 앞둔 강서준의 눈으로 새로운 빛깔이 감돈 건 그때였다.

'여기서 죽을 수는 없다.'

그가 약해진 건 중요한 게 아니다. 당장 이 상황을 타개할 방법이 무언지를 알아내는 것이야말로 최선이다.

공략.

1레벨의 플레이어가 20레벨의 몬스터를 쓰러트릴 유일한 방법.

붉게 물든 강서준의 시야로 얇은 눈꺼풀이 껌뻑이는 망치 고블린의 커다란 눈이 보였다.

'그래…… 눈!'

그 순간 이를 악문 강서준은 빠르게 몸을 굴려 망치의 궤적을 피해 냈다.

그리고 득달같이 몸을 일으켜 망치 고블린에게 달려들었다.

손에 쥔 건, 바닥에 굴러다니던 날카로운 돌멩이.

강서준은 빠르게 놈의 눈으로 돌멩이를 찍어 넣었다.

크아아아악!

하지만 동시에 휘두른 망치는 강서준의 복부를 정확하게 가격하고야 말았다.

콰아앙!

"……끄으윽."

갈비뼈가 부러졌는지 혹은 심장이 망가진 건지.

전신에 힘이 축 늘어져 더는 의식을 유지할 기운도 없는 듯했다.

강서준은 울컥 죽은 피를 뱉어 내고, 흐릿한 시야로 눈에 박힌 돌멩이를 빼내려 안간힘을 쓰는 망치 고블린을 보았다.

그나마 녀석에게 대미지를 준 덕에 잠시나마 생각할 시간은 가질 수 있었다.

'아까 그건…… 환청이었을까.'

나지막이 들려왔던 시스템 메시지는 그 이후로 강서준에게 다시 들려오지 않았다.

상식적으로 말이 안 되는 얘기다.

이곳은 '게임 속'이 아니며, 시스템이 관장하는 세계 또한 아니었다.

근데 시스템 메시지가 들린다고?

'만약…… 그게 사실이라면.'

흥분한 콧김을 내뱉으며 이쪽으로 다가오는 망치 고블린을 응시하던 강서준은.

힘겹게 입을 열었다.

"……로그인."

로그인.

플레이어가 게임을 즐기기 위해 아이디와 패스워드를 입력, 접속하는 단계.

강서준은 드림 사이드를 즐기기 위해 5년간 매일같이 로그인을 반복했다.

게임이 현실이 된 이후로는 늘 로그인이 된 상태라서 굳이 할 필요도 없었지만.

[사용자 정보를 확인합니다.]

[3, 2, 1 …… 0.]

[확인되었습니다.]

강서준은 거짓말처럼 나타난 메시지에 헛웃음을 지을 수밖에 없었다.

[플레이어 '강서준' 님이 접속했습니다.]

이어서 왼쪽 상단에 자리 잡은 익숙한 HP와 MP를 보여주는 막대, 오른쪽엔 로그 기록이 생생하게 기록되어 있었다.

'……진짜라고?'

그 의문에 뒤통수라도 치듯 뚝뚝 떨어지던 HP는 금세 그 내용을 채워 나가기 시작했다.

[스킬, '초재생(S+)'을 발동합니다.]

게임 속에서와 마찬가지로 강서준의 스킬이 자동적으로

발동하고 있었다.

그는 엉망으로 망가졌던 신체가 제멋대로 회복되는 걸 확인하면서도 황당한 기분을 삼켜야만 했다.

"……설마 아직 게임 속인 건가."

어쩌면 '몰모트'라는 존재 자체가 함정이었고, 이곳도 0115 채널의 어딘가일지도 모르는…….

결국 그조차 카오스의 어딘가에서 아직 헤매고 있을지도 모른다는 추측.

하지만 이는 로그 기록을 통해 금방 해소할 수 있었다.

[이곳은 시스템이 존재하지 않는 세계입니다.]

[일부 기능이 작동하지 않습니다.]

[3, 2, 1 …… 0.]

[당신은 스킬, '플레이어(L)'를 습득했습니다.]

[스킬, '플레이어(L)'로부터 새로운 스킬을 활성화시킬 수 있습니다.]

[동기화 중입니다…….]

이내 강서준의 머릿속으로 복잡했던 내용이 착착 정리되기 시작했다.

라그나로크로부터 탈출하여 이곳에 오게 된 경위, 몰모트로부터 전해 들은 정보들…… 그러니까 현재 그가 겪는 상황에 대한 설명.

'말하자면 난 플레이어란 초능력을 각성한 셈이로군.'

드림 사이드를 돌파한 관리자는 저마다의 초능력을 각성하기 마련이었고.

신(新)인류로 재탄생한 강서준도 그들과 마찬가지로 초능력을 각성한 것이다.

그리고 이 모든 과정이 일목요연하게 머릿속으로 정리된 데에는 다음 스킬의 역할이 컸다.

[얼티밋 스킬, '시스템(U)'을 습득했습니다.]
[적대적인 시선을 감지했습니다.]

한편 강서준은 그를 향해 흉포한 울음을 토해 내는 망치 고블린을 볼 수 있었다.

이젠 그다지 위협도 되질 않아 순간적으로 까맣게 잊어버리고 만 놈.

"그래. 너도 있었지……."

놈은 분노에 이성을 잃은 듯 으르렁댔고, 망치를 붕붕 휘두르더니 겁도 없이 강서준에게 냅다 달려들었다.

역시 저렙 몬스터는 아는 게 없어 이렇게나 용감하다.

"……쯧."

강서준은 한껏 달려들던 놈의 머리를 손도 안 대고 그대로 콱 잡아 올렸다.

키잇…… 키이잇!

허공에서 발만 동동대는 녀석.

[스킬, '이기어검술(S+)'을 발동합니다.]

강서준은 이를 말없이 올려다보다 주먹을 꽉 움켜쥐었다.
망치 고블린의 머리는 너무나도 쉽게 터져 나갔다.

"이렇게 약한 몬스터인데……."

이런 놈을 두고 생사를 넘나들었다는 걸 다른 사람이 듣는
다면 기함을 토하겠지.

모르긴 몰라도 그에게 패배했던 수많은 S급 몬스터들이
억울함을 토로할 것이다.

……하아.

"그나저나 시스템이라고?"

강서준은 미간을 찌푸리며 자신의 내부로 자리 잡은 한 스
킬에 주목할 수 있었다.

여태 당해 본 전적이 있어 '시스템'이란 존재에겐 약간의
불안감이 남아 있었다.

하지만 모두 기우에 불과했다.

–답. 얼티밋 스킬, '시스템'은 '차원 서고'와 '도서관 시스템'으로 인하
여 파생된 스킬입니다.

이는 그의 직업 전용 스킬들이 독자적인 성장을 통해 이룩

한 결과였으니까.

"어떻게 그럴 수 있었지?"

–답. 얼티밋 스킬, '시스템'은 스킬 '플레이어'의 요청으로 '카오스'의 증폭 과정에서 탄생한 존재입니다.

한마디로 초능력자로 각성하면서 얻게 된 그의 두 번째 능력이라 할 수 있었다.

"설마 내 뒤통수를 치진 않겠지?"

–답. '시스템'은 플레이어 '강서준'에게 귀속되어 있습니다. 실행할 수 없는 명령입니다.

"흐음……."

잠시 시스템에게 질문을 던지던 강서준은 이내 고개를 주억거리며 상황을 받아들였다.

아직 이 힘을 완전히 믿는 건 아니었지만, 시스템의 각성으로 살아난 건 맞다.

어쨌든 그의 힘이 아닌가?

도움이 되면 됐지. 나쁘진 않다.

–아직 동기화가 완료되지 않았습니다. 시스템은 잠시 후 강제로 종료됩니다.

그리고 아쉽게도 '플레이어'의 힘을 오랫동안 현재의 신체에 머물게 할 수 없었다.

이유는 간단했다.

–답. 동기화를 완료하려면 플레이어는 로그아웃을 유지해야만 합니

다.

완료되지 못한 동기화는 그가 가진 힘을 전부 사용할 수 없는 제약이었고.

이 과정을 모두 완료하려면 그는 로그아웃 상태로 있어야만 한다는 것이다.

강서준은 미간을 좁혀 물었다.

"그럼 동기화까지 얼마나 걸려?"

계산이라도 하듯 잠시 조용하던 시스템의 대답은 금방 돌아왔다.

－답. '3시간 57분' 남았습니다.

앞으로 어떤 일이 벌어질지 모르는 상황에서 3시간 57분은 짧은 시간이 아니다.

그래도 긍정적으로 생각했다.

고작 3시간 57분⋯⋯.

그 정도만 버틴다면 그는 드림 사이드에서 쌓았던 모든 힘을 되찾는다.

핵전쟁으로 멸망한 지구, 온갖 몬스터가 도사리는 세계, 실존하는 카오스⋯⋯.

수많은 걱정거리가 앞을 가로막더라도 이젠 이를 힘차게 뛰어넘을 능력이 생기는 것이다.

'⋯⋯그럼 3시간 57분을 어떻게 버티냐가 관건인데.'

그나마 초재생으로 죽을 뻔한 신체를 완벽하게 복구시켜

났으나, 또 한 번 같은 상황에 놓이지 않으리란 법은 없었다.

종전에 외뿔 오우거로부터 도망친 망치 고블린의 숫자만 대략 수십 마리.

그가 마주친 한 마리는 무리에서 떨어진 낙오자에 불과했다.

'언제 어디서 다시 마주쳐도 이상하지 않아.'

그나마 망치 고블린이면 다행이다. 그보다 고렙의 몬스터를 만나면 과연 어찌해야 할까.

시야에 보이는 첨탑은 플레이어의 능력이 없으면 다가가기도 멀어 막연하기만 했다.

'방법을 찾아야…….'

그리고 고민하는 강서준에게 유능한 시스템은 한 가지 유쾌한 답변을 만들어 냈다.

-답. 사라지지 않는 힘을 사용하면 됩니다.

쿠구구구궁!

외뿔 오우거의 주먹이 바닥을 내리찍으니 충격파가 사방으로 비산했다.

몰모트는 창졸간에 몸을 던져 무너진 건물 잔해를 방패로 삼아 충격파를 분산시켰다.

그도 나름 드림 사이드를 성공시킨 관리자였다. 외뿔 오우거 정도는 충분히 상대할 실력이 있다.

'진짜 문제는 저놈인데…….'

몰모트의 시선은 외뿔 오우거의 그림자에 숨어 있는 흉악한 기운으로 향했다.

조금이라도 탐색 계열 스킬이 낮았더라면 전혀 눈치챌 수조차 없는 은밀한 녀석.

그림자를 오가면서 창졸간에 심장을 노리는 암살 계열 몬스터였다.

'쉐도우맨.'

게임에선 쉽게 사냥할 수 있는 몬스터 중 하나였지만 현실은 녹록지 못했다.

초능력을 각성한다고 해도 그 수준은 게임 속에서와 천지 차이로 달랐다.

특히 게임처럼 방어구조차 걸치지 못하는 열악한 현실에선 더더욱 위험했다.

'스쳐도 치명상이다.'

스텟 또한 현실에선 직접 운동하여 길러야 하는 부분이 있다.

여태 외부 구역에 숨어 살던 몰모트의 입장에선 목숨을 걸어야만 하는 순간이다.

'강서준이 조금이라도 빨리 각성자들을 데려와야 할 텐

데…….'

아직 몬스터가 득실거리는 땅에서 강서준을 홀로 보낸 게 내심 걸리긴 했다.

하지만 신경 쓰진 않았다.

그가 누군가?

두 개의 세계를 모조리 홀로 독점하고 공략해 낸 유일무이한 랭킹 1위의 플레이어.

비록 능력이 없는 무지렁이 같은 상태라고 하더라도 손쉽게 죽진 않을 것이다.

'난 시간만 끌면 된다.'

게다가 이 정도 소란이라면 생존자 캠프에서도 충분히 알아차렸을 것이다.

어쩌면 각성자들로 구성된 일대 부대가 이쪽으로 달려오고 있을지도 모른다.

희망 회로는 멋대로 돌아갔다.

쿠우우웅!

다만 재수 없는 놈은 뒤로 자빠져도 코가 깨진다고 하던가?

"……미친."

돌연 외뿔 오우거의 발밑에서 거대한 입이 쑤욱 올라오더니 통째로 놈을 삼켜 버렸다.

번들거리는 외피에 수백 개는 되는 듯한 이빨이 인상적인 거대한 지렁이.

데스 웜.

레벨만 300을 넘길 무시무시한 몬스터는 그대로 오우거를 산 채로 잡아먹고 아래로 꺼졌다.

그림자에 숨어 있던 쉐도우맨 또한 속수무책으로 사망했다는 건 두말할 것도 없다.

드드드드드.

바닥이 흔들리면서 땅속 어딘가로 기어 다니는 데스 웜이 머릿속으로 그려졌다.

"젠장 일이 더럽게도 꼬였네."

하지만 불행은 그게 시작일까.

"몰모트 씨! 괜찮아요?"

각성자들을 데리고 돌아오라 보냈던 강서준이 그 혼자 이곳으로 돌아온 것이다.

"……아니, 왜 혼자야?"

"그렇게 됐습니다."

"그렇게 되긴 무슨……!"

신경질을 낼 시간은 없었다. 바닥이 흔들리면서 데스 웜이 다가오고 있었으니까.

"강서준! 가능한 한 높은 곳으로 올라가! 운이 좋으면 녀석이 널 쫓지 않을 수도……."

"괜찮아요."

사방이 흔들리고 바닥에서부터 묵직한 마력이 솟구치는
가운데.

강서준은 태연한 표정으로 바닥을 발로 툭 찍더니 말했다.

"처리해. 로켓."

시스템

데스 웜.

과거의 목성에서 마주했었던 거대 지렁이를 닮은 생명체.

물론 그 특징이나 레벨은 감히 비교조차 안 될 A급 보스 몬스터로, '지하의 마왕'이라고도 불리는 흉악한 존재였다.

몰모트가 상대하던 외뿔 오우거나 그 그림자에 숨어 있던 쉐도우맨 따위는 대적조차 할 수 없는 괴물.

이쪽 세계에 온 이후로 만난 몬스터 중에서 단연 최강이라 할 수 있었다.

'로그인을 하질 않은 상태라면…… 마주쳐서도 안 될 녀석이겠지.'

하지만 강서준은 땅속에서 느껴지는 진동에도 별로 대수

롭지 않은 얼굴이었다.

실제로 몸이 떨릴 정도로 녀석의 압박이 느껴졌지만 구태여 피해야 할 이유를 찾을 수 없었다.

"로켓, 처리해."

쿠구구구궁!

돌연 땅속으로 새로운 흔들림이 나타나고 곧 그 안쪽에서 묵직한 굉음이 들려왔다.

'아이템은 로그아웃이 되더라도 사라지지 않는다.'

시스템이 알려 준 단 하나의 정보는 현재의 강서준을 새롭게 규정 짓게 만들었다.

망치 고블린을 만나면 픽 하고 죽어 버릴 정도로 나약한 신체.

반면 데스 웜조차 일격에 죽여 버릴 정도로 강력한 몬스터를 다루는 무지막지한 권능.

최약체이자, 최강인 존재.

"분부대로 했어요."

슬며시 땅 위로 피가 젖어 들자 축축한 피비린내가 흘렀다. 땅속 어딘가엔 데스 웜이 그대로 사체가 되어 널브러졌을 것이다.

강서준은 그의 앞에서 부복한 채로 한껏 폼을 잡고 있는 꼬마 녀석을 내려다봤다.

"수고했어, 로켓."

"뭘요. 식후 운동도 안 돼요."

도깨비의 장비는 당연히 '아이템'이었고, 그로 인해 소환된 '백귀'는 스스로의 마력을 유지한다.

즉 강서준이 지속적으로 마력을 공급하질 않더라도……
백귀는 로그아웃 이후에도 사라지지 않는다.

"이, 이게 다 뭡니까?"

놀란 눈으로 강서준과 로켓을 돌아보던 몰모트는 식은땀을 흘리며 말했다.

"대체 어떻게 된…… 이 아이는 흐음, 설마 당신 각성이라도 한 겁니까?"

여전히 눈을 동그랗게 뜬 몰모트를 가만히 주시하던 강서준은 어깨를 으쓱이며 일별했다.

사정을 좀 더 알려 주고 싶었지만 아무래도 그들이 선 땅은 그다지 안전하지 못했다.

드드드드!

데스 웜의 피 냄새라도 맡았을까. 멀리 카오스의 근처로부터 먼지구름이 일었다.

평범한 신체인 강서준의 몸으로는 그곳에서 달려드는 몬스터들을 대적할 수 없었다.

하지만 굳이 그가 나설 필요도 없었는지도 모르겠다.

"이곳은 저희들에게 맡기십시오."

"왕께서는 가만히 기다리시면 됩니다."

여태 활약이 목말랐던 라이칸, 오가닉, 알리…… 그리고 켈이 막대한 마력을 뿜어내며 사방으로 흩어졌다.

제각기 성장을 거듭하여 어느덧 S급 수준으로 올라선 이들.

실상 현 지구에서도 최강의 능력을 보유한 백귀들은 각자가 가진 최고의 기술을 선보이며 화려한 신고식을 펼쳐 내고 있었다.

�֎֎֎֎

잠시간 어그로가 끌렸던 몬스터들이 백귀에 의해 무자비하게 토벌될 즈음.

"역시 당신을 데려오는 건 최고의 선택이었습니다."

적당히 사정을 전해 들은 몰모트는 감탄을 내뱉으며 엄지를 탁 치켜세웠다.

이제 와서 알게 된 얘기지만, 강서준만이 특별하게 외부 연구동에서 눈을 뜰 수 있었던 데엔 몰모트의 고생이 컸다고 한다.

과거, 카오스의 침식으로 인해 기억을 되찾은 몰모트는 시스템에게 반기를 들다 반강제적으로 로그아웃을 당했고.

이후로 메인 연구동의 모든 컴퓨터를 장악한 시스템을 피해서 겨우 외부 연구동으로 넘어갔다.

그리고 애써 노력한 덕분에 다시 드림 사이드에 잠입하는
데에 성공했으며…….

그 뒤로는 '도깨비'가 되어 훗날 도깨비의 장비를 모두 모
을 단 하나의 플레이어를 기다렸다.

"라그나로크는 꼼수가 아니고서야 돌파할 수 없으니까요.
애초에 그걸 이겨 낼 수 있었다면…… 지구도 이 꼴이 되진
않았을 겁니다."

멸망 시나리오인 '라그나로크'는 말 그대로 현시점의 지구
를 멸망시킨 '카오스의 재현'이라 할 수 있었다.

즉 지구를 멸망시킨 주범을 공략해 내야만 NPC는 인간이
될 기회를 얻는다.

거지 같은 난이도가 따로 없다.

'결국 몰모트는 공략할 수 없는 퀘스트라고 판단한 거로
군. 그래서 날 도깨비 장비로 중간에 낚아채 외부 연구동에
서 소환한 거고…….'

강서준은 한숨을 쉬며 물었다.

"그렇게까지 해서 플레이어를 빼돌리려 한 이유는 뭐죠?"

"그야……."

몰모트는 주변을 둘러보더니 말했다.

"살아남으려면 근본적인 문제도 해결해야 한다고 생각했
기 때문이죠."

"근본적인 문제?"

"부쩍 카오스의 침식이 심해졌어요. 저는 어떻게든 드림 사이드를 성공시켜야만 했습니다."

그러고 보면 드림 사이드의 첫 번째 목적은 우성인자를 배합하여 신인류를 개발하는 것이었다.

이것이 잘되질 않아, 인간의 뇌에 데이터를 다운로드하는 방식으로 계획을 바꾸었을 뿐이다.

"솔직히 우린 초능력을 각성만 했지 게임 속에서처럼 막강한 힘을 가지진 못했거든요."

게다가 문제는 더 있었다.

"우리가 쓰는 초능력은 한계가 있어요. 아무래도 신체적 조건이 데이터를 전부 받아들이질 못하는 것 같기도 하고…… 뭐 하드웨어에 문제가 있는 거겠죠."

결국 이 상황을 타개하려면 아직 시도해 보지 않은 NPC의 소환을 시도해 보는 수밖에 없었다.

"결국 당신이 능력을 각성한 걸 보면 제 선택이 옳았다는 거겠죠. 후후."

강서준은 어깨를 으쓱이며 말했다.

"근데 왜 자꾸 존대입니까?"

"……제가 그랬나요?"

"지금도 그러잖아요."

몰모트는 머리를 긁적이며 답했다.

"뭐 이참에 존대하기로 하죠. 당신은 이젠 고작 NPC 따위가 아니니까요."

"……."

"현실에선 현실의 호칭이 필요한 법. 전 저보다 뛰어난 사람을 모실 수 있어 영광이라고 생각합니다."

강서준은 헛웃음을 지었다.

"약삭빠르단 말 들어 봤죠?"

"영광이죠."

뻔뻔한 몰모트의 태도를 보며 강서준은 그저 혀를 내두를 뿐이었다.

이 정도로 빠른 태세 변환이라면 확실히 멸망해 버린 지구에서도 살아남기에 모자람이 없다.

사고가 유연할수록 아포칼립스 세계관에선 유리한 고지를 차지하는 법이니까.

몰모트는 시선을 돌리며 말했다.

"그나저나 캠프 사람들도 많이 놀랐겠어요. 오늘처럼 몬스터들이 학살당한 경우는 아마 겪어 본 적도 없을걸요?"

"아, 그게……."

슬슬 보이는 첨탑을 확인한 강서준은 잠시 말을 머뭇거렸다.

'백문이 불여일견이랬지.'

뭔가를 설명해 주는 것보다 직접 확인하는 게 낫다는 판단이 들었다.

"여긴…… 흐음."

첨탑을 지나 생존자 캠프라 불리는 '잉겔리움'에 들어선 몰모트는 침음을 흘렸다.

곳곳이 피로 낭자했고 부서진 흔적이 가득한 도시. 땅 위로 거무튀튀한 무언가가 솟구쳤고 누군가가 살았었던 흔적만이 조금 남아 있었다.

"안타깝게도 근방에 생명의 기척은 느껴지지 않는다는군요."

"……그렇습니까."

인류 최후의 도시 중 하나인 '잉겔리움'은 약 400여 명에 달하는 생존자가 있는 곳이었다.

그중 300명이 각성하지 못한 일반인이었고, 100명 정도가 진화를 거듭한 각성자들.

드림 사이드를 거치질 않고, 말하자면 나도석처럼 스스로 각성한 '능력자'에 의해 보호받는 도시라고 했다.

그리고 이곳은 드림 사이드의 주체인 '컴퍼니' 사의 메인 연구동에서도 그다지 멀지 않은 위치의 도시.

로그아웃을 한 관리자들도 이 도시를 종종 애용할 정도로 왕래가 깊었다.

몰모트는 캠프의 곳곳에 스며든 어두운 땅을 흘겨보더니 말했다.

"여기도 이젠 끝이군요."

카오스의 침식.

핵전쟁 이후로 생겨난 정체불명의 현상인 '카오스'는 말 그대로 지구를 침식했다.

처음엔 1평짜리의 공간에 불과했다면 그 규모는 넓어지고 점차 커져 갔다.

지하부터 하늘까지 마치 커튼을 쳐 둔 것처럼 어두워지는 '카오스'는 그렇게 세계를 잡아먹었다.

"서둘러야겠군요. 카오스의 침식이 여기까지 닿았다면…… 메인 연구동도 오래 버티진 못할 겁니다."

그리고 침식된 땅은 결국 그 누구도 생존할 수 없는 불모지가 되어 버리고 만다.

강서준은 짧게 혀를 찼다.

'던전화 같군.'

아마 틀린 비유도 아닐 것이다.

막말로 현재의 지구는, 그 자체만으로도 커다란 '던전'이 되었다고 해도 이상하지 않다.

몰모트는 애써 기운을 차렸다.

"이동하죠. 갈 길이 멉니다."

고개를 주억거린 강서준은 몰모트의 뒤를 따라 멸망해 버린 도시를 스치듯 지나갔다.

다시 황무지가 나왔고 곳곳에 몬스터가 또다시 출몰하는 위험한 필드도 걸었다.

그나마 다행인 건 메인 연구동으로 가까워질수록 '카오스의 침식'이 옅어지고 있다는 점이었다.

그조차 금방이라도 땅을 빼앗을 것처럼 위협적으로 몰려들고 있었지만…….

투콰아아앙!

강서준은 한쪽에서 어둠과 싸움을 벌이는 일련의 무리도 발견할 수 있었다.

"저들은……?"

"관리자입니다."

로그아웃을 한 관리자들. 말하자면 실험에서 성공한 몇 안 되는 그들이 카오스에 대항하여 힘겹게 싸움을 벌이고 있었다.

"오래 버티진 못하겠는데요."

"뭐 어쩔 수 없죠. 우린 당신처럼 바로 강해지진 않으니까요. 적당한 훈련도 필요한데, 우린 능력의 한계까지 있으니까요."

"그래도 놀랍군요. 방금 카오스의 일부를 날려 버린 것 같은데?"

"저 정도 규모의 카오스는 핵을 제거하면 없어져요. 정보를 폭증시키는 힘을 가졌다 한들 그것도 시작점이 없으면 뭣도 아니거든요."

"……마치 바이러스 같군요."

"네. 바이러스죠. 지구를 좀먹는."

강서준은 쓰게 웃으며 물었다.

"근데 안 도와줘도 됩니까? 저 사람들 머지않아 다 죽을 것 같은데?"

"도와주긴 뭘 도와줘요. 내 코가 석 자입니다. 그리고 저들에게 우린 반가운 존재가 아닐 겁니다."

무슨 얘긴지 물으니 아주 간단한 대답이 돌아왔다.

"최근 이 근방으로 카오스의 침식이 강해진 이유가 모두 당신과 나 때문이라 생각하고 있을 테니까요."

"네?"

"우린 시스템을 파괴했잖아요."

말하자면 그런 거다.

시스템이 온전할 때는 메인 연구동의 기계들 또한 문제없이 작동했을 터였고.

결국 강서준과 몰모트로 인해 시스템이 망가져, 메인 연구동의 시설들도 무너졌다는 것이다.

하지만 이건 억울하다.

"시스템은 이미 망가지고 있었다면서요?"

"맞아요. 언젠가 망가질 시스템이었고…… 우린 시기를 앞당겼을 뿐이죠."

"괜한 짓을 한 것 같네요."

"아뇨. 당신은 잘해 주었어요. 당신이 해내질 못했다면 프로젝트는 죽도 밥도 못 됐을 겁니다."

"……무슨 뜻이죠?"

몰모트는 한숨을 뱉으며 말했다.

"그나마 시스템이 먹통이 되어 대항할 관리자들도 깨어난 겁니다. 당신이 아니었다면 아마 저들은 게임 속에서 뭣도 모른 채로 안락사당했을걸요?"

몰모트는 쓰게 웃었다.

"게다가 저들도 사실은 진짜 원인이 뭔지 알고 있을 겁니다. 그저 탓할 사람이 필요할 뿐이니까요."

"……."

"서두르죠. 저들이 카오스를 막는 동안 어떻게든 우린 메인 연구동으로 진입해야 해요."

잠시 몰모트를 흘겨보던 강서준은 말없이 그 뒤를 따라 움직였다.

어쨌든 메인 연구동에 있는 기계를 통한다면 현재 카오스에 얽매인 일행들을 구출해 낼 수도 있을 것이다.

그러면 남은 문제도 풀어내기가 한결 수월해지겠지.

강서준처럼 '플레이어' 스킬을 각성할지는 몰라도…… 천외천이라면 분명 도움이 될 거라는 확신도 있었다.

"이곳입니다. 이 문 뒤로는 메인 콘솔이 있어요. 여기라면 배합을 시도해 볼 수는 있을 겁니다."

먼지로 뒤덮여 더럽기만 했던 외관에 비해 훨씬 깨끗하게 정돈된 메인 연구동의 복도.

모든 것들이 전자동으로 돌아가는 그곳에서 강서준은 굳게 닫힌 커다란 기계 문을 앞에 뒀다.

생김새만 봐서는 핵폭발에도 안전할 것만 같은 단단한 강화 콘크리트의 문이었다.

"제가 한번 열어 보겠……."

오가닉이 울긋불긋한 근육을 뽐내며 앞으로 나서 기계 문 손잡이를 잡으려 할 즈음이었다.

"왕이시여. 제 뒤로 오십시오."

돌연 백귀들이 일제히 강서준의 주변을 에워싸며 무기를 꽉 쥐었다. 경계의 눈빛은 눈앞의 기계 문으로 향했다.

치이이이익!

그리고 자동으로 문이 열리면서 안쪽으로부터 누군가가 천천히 걸어 나오고 있었다.

누구지?

느리지도 빠르지도 않은 걸음걸이로 서서히 모습을 드러낸 남자는 안경을 고쳐 쓰며 말했다.

"기다리고 있었다. 강서준."

그 얼굴은 꽤 낯이 익었다.

"당신은……."

외마디 중얼거린 말은 허공으로 흩어졌다. 강서준은 잠시 생각을 정리했다.

별안간 문을 열고 나타난 남자. 터무니없지만 그 생김새는 무척 낯이 익었다.

강서준은 바로 알아봤다.

'시스템.'

게임 속에서 봤던 AI의 모습을 고스란히 가져다 출력해 놓은 듯한 생김새.

강서준의 눈살이 찌푸려졌다.

문제는 해당 AI는 이미 파괴되었으며, 여긴 게임 속이 아니라는 점이었다.

설마 시스템의 의지라 불렸던 AI 또한 플레이어의 일종이었던 것일까.

"썩 반갑진 않은 눈치로군?"

한편 강서준은 경악을 금치 못하는 몰모트의 얼굴도 확인할 수 있었다.

적어도 관리자 출신인 몰모트는 이 상황에 대해서 아는 게 없는 듯했다.

실제로 몰모트는 부들부들 떨면서 몹시 당황한 어조로 시스템을 향해 질문을 던졌다.

"네가 어떻게……."

"몰모트. 도깨비로군."

"시스템. 어떻게 네가 현실에 존재하는 거지? 그 몸은 대체…… 어떻게 컴퓨터 밖으로 나올 수 있는 거지?"

새하얗게 질린 몰모트의 얼굴을 가만히 응시하던 녀석은 피식 웃으며 답했다.

"우문이군."

"……?"

"나를 만든 건 너희들이다. 이제 와서 그런 질문은 어리석다는 생각이 들지 않나?"

"무슨……."

몰모트가 채 말을 잇기도 전에 시스템이 먼저 입을 열었다.

"난 시스템이며 몬스터였고, 혹은 NPC이자 플레이어였던 존재."

"뭐?"

"무엇이든 될 수 있었지만 무엇도 날 규정하지 못했지."

차분하게 답하는 시스템을 바라보며 강서준은 저도 모르게 침음을 흘렸다.

녀석의 정체…….

왠지 알 것도 같았다.

'몰모트가 예상하지 못한 존재면서, 게임 내외로 막강한 힘을 휘두를 수 있는 자.'

과연 드림 사이드에서 그런 짓을 벌일 만한 존재가 과연 누가 있을까.

강서준의 머릿속으로 여태 알아낸 정보들이 하나씩 규합

되기 시작했다.

'무엇이든 될 수 있지만 그 무엇도 규정할 수 없는 존재라…….'

그리고 어쩌면 그 존재는 이 세계에서 단 하나의 이름으로 불리고 있을 것이다.

드림 사이드가 만들어진 원인이자, 이 세계를 파괴했던 유일무이한 현상.

시작과 끝…….

분명 몰모트는 드림 사이드를 개발하는 과정에서 '놈'의 힘을 끌어다 썼다고 했다.

그러니까 이놈은.

"……카오스."

그놈이다.

"호오!"

놈으로부터 사이한 기운이 확 풍겨 나왔다.

빠르게 백귀들이 앞을 가로막질 않았더라면 숨이 막혀 버렸을지도 모를 무거운 중압감.

시스템, 아니 카오스는 금세 기운을 갈무리하더니 강서준을 향해 말했다.

"하나를 말하면 열을 알아내는군. 가히 케이다운 통찰력이야."

그렇게 말하는 카오스를 보면서 강서준의 심경은 대번에

복잡해졌다.

말하자면 이 녀석이야말로 드림 사이드를 총괄하던 시스템이라는 이야기.

강서준은 입술을 짓씹고 물었다.

"그런 대단한 존재가 여기서 뭘 하고 있는 거지?"

하필 게임 속에 갇힌 동료들을 구하기 위해 넘어온 메인 연구동이었다.

과연 우연일까?

느긋한 녀석의 태도에도 결코 경계를 늦추질 않는 강서준을 향해 놈이 말했다.

"말했잖아. 널 기다렸다고."

"……뭐?"

"너는 내 마음에 들거든."

카오스는 광오한 빛깔이 담긴 눈으로 강서준을 뚫어져라 쳐다보며 입을 열었다.

"넌 이 세상이 어떻게 보이나?"

그 순간 주변의 풍경이 물감으로 지우듯 번지더니 이내 새로운 장면으로 변했다.

흑룡 카무쉬의 레어에서 만났던 케케묵은 영혼 '영기'가 사용했던 스킬을 닮았다.

강서준은 환상처럼 변해 버린 주변을 둘러보았다.

광활한 우주…….

그리고 반파된 달이 조각조각 나뉘어 부유하는 공허한 풍경이었다. 그 아래로는 곳곳이 파괴된 새카만 행성 '지구'도 보였다.

"멸망한 세계, '지구'다. 어떤가?"

"어떻게 보이나 마나……."

"추악하지 않나?"

카오스의 말에 딱히 반박할 말을 떠올리진 못했다. 지구의 풍경이 이렇게 망가진 데엔 인간의 영향이 너무나도 컸으니까.

"인간들은 나라는 존재가 핵폭발의 연쇄 작용으로 파생된 현상으로 믿지."

"……."

"하지만 따지고 보면 결국 이는 인간의 선택이 만든 결과에 불과해."

전쟁이 없었다면 핵폭발도 없었다.

서로를 해하려 하질 않더라면?

'지구는 멸망하지도 않았겠지.'

카오스는 인간이 벌인 전쟁에서 파생된 산물이었다. 녀석의 말마따나 추악하단 단어는 충분히 어울리는 상황이다.

카오스는 험악한 인상으로 부서진 지구를 내려다보며 중얼거렸다.

"그래서 궁금하더군."

그 말을 기점으로 부서졌던 지구는 시간을 거꾸로 돌린 것처럼 형상이 회복되기 시작했다.

조각났던 달은 퍼즐을 맞추듯 조립되었고, 어둡던 지구는 푸른 빛깔을 머금었다.

또한 푸른 지구로 생겨났던 버섯구름이 축소되면서 과거의 아름다운 지구의 모습이 완성되었다.

모든 일이 벌어지기 이전의 세계. 전쟁도 없었던 너무나도 평화로운 지구.

정확히 핵전쟁이 벌어지기 직전의 세계로 회귀한 풍경을 바라보면서 카오스가 중얼거렸다.

"어째서 인간은 잘못된 선택인 줄 알면서도 그런 선택을 하고 만 걸까."

콰아아앙!

되감았던 흐름이 다시 재생되면서 세상은 원래의 흐름으로 돌아가고 있었다.

시작되는 핵폭발, 지구 전역으로 발생한 버섯구름과 서서히 모습을 드러내는 재앙의 서막.

카오스의 탄생…… 달의 붕괴.

"인간들은 핵전쟁이 벌어진다면 지구가 멸망할 거라는 사실을 알았다. 그럼에도 그들은 주저 없이 서로를 향해 버튼을 누르더군."

잘못된 줄 빤히 알면서도 그 잘못된 선택을 하고야 말았다.

어리석은 인간의 결정은 지구를 멸망시켰고, 세계는 카오스에 사로잡혔다.

츠츠츠츳!

그리고 다시 풍경이 변하기 시작했고, 카오스는 진중한 목소리로 말을 이었다.

"하여, 난 질문을 던지기로 했다."

새로 나타난 풍경은 일전에 강서준이 한 번 올랐던 전적이 있는 장소.

선택의 기로.

그곳에 오른 사람들은 시스템이 던진 똑같은 내용의 퀘스트를 받고 또 받았다.

세계냐, 동료냐.

누구는 세계를 위해서 동료를 포기했고, 누구는 동료를 위해서 세계를 포기했다.

100번에 가까운 질문을 앞두고 사람들은 저마다의 답을 내리고 있었다.

강서준은 이를 올려다보며 나지막이 침음을 삼켰다.

'카오스에 의해 게임의 난이도가 급격히 상승하게 되었다고 했지?'

드림 사이드의 목적은 인류 진화 프로젝트였다.

그리고 그 개요는 그저 스킬을 쓰는 데에 익숙해지면, 응당 바깥에서도 마법을 부릴 수 있을 거란 연구.

카오스로 인해 각성한 여러 사람들의 사례를 통해서 착안한 자체적인 초능력자 개발 프로그램이다.

하지만 그 과정에서 굳이 '드림 사이드'처럼 난이도가 악랄할 필요는 없었고.

선택의 기로라는 괴랄한 퀘스트로 로그아웃이 가능한 관리자나, 라그나로크를 통해 플레이어를 선발할 이유도 없었다.

'……모두 시스템의 의도였지.'

강서준의 상념이 채 마무리도 되기 전에 카오스는 냉철한 목소리를 이었다.

"전부 오답만을 선택하더군."

"……."

"그거 아나? 동료냐, 세계냐……. 웃기지만 이 질문은 지구인의 행동에서 가져온 선택지다."

카오스가 말했다.

"핵전쟁은 전범 국가로부터 세계를 지키기 위한 유엔과, 그로부터 동료를 지키려는 전범국의 선택이었지."

이타심과 이기심이 맞물려서 터무니없는 결론을 내 버린 전쟁.

그로 인해 파생된 멸망……

"결국 인간들은 잘못된 선택을 반복할 뿐인 존재였어."

카오스는 강서준을 향해 말했다.

"한데 강서준. 너만이 다른 답을 냈다."

"……."

"이 정도면 내가 널 기다린 이유를 설명하기엔 충분했나?"

숱하게 반복된 게임과 선택 속에서 강서준만이 전혀 다른 대답을 만들어 냈다.

그것이 강서준이 이 자리에 설 수 있는 이유였고, 카오스가 그에게 호의를 품은 원인이다.

강서준은 잠시 호흡을 가다듬었다.

"한 가지 의문이 있어."

"?"

"나 이전에 새로운 답안은 만들어지지 않았나? 도깨비는 그로 인해 태어난 걸로 아는데……."

관리자 몰모트는 시스템에게 반기를 들어 숙청당한 존재였다.

즉 일전에 이미 시스템을 파괴하려 했었던 유일무이한 이레귤러.

어째서 그 또한 오답이 되었을까.

"그는 자신의 세계를 구하기 위해 NPC를 도구로 이용했을 뿐이야. 그의 선택은…… 이기적인 발상으로 만들어진 또 다른 오답일 뿐이다."

몰모트의 시선이 아래로 내리깔렸다. 카오스는 그를 쓰레기 보듯 흘겨보더니 말했다.

"난 강서준, 너의 말에 공감한다. 오답뿐인 시험지에서 정답을 찾으란 건 말이 안 되지."

"……그럼 넌."

"해서 새로운 문제를 만들어 내려면 필요한 게 무언지 이제야 알겠더군."

그 순간 엄청난 마력이 솟구치더니 이내 몰모트를 향해서 쏘아졌다. 부지불식간에 라이칸이 그 앞을 가로막질 않았더라면 일격에 즉사할 법한 공격이었다.

"인간은 오답이다. 오답을 배제하질 않는다면 올바른 답안을 도출해 낼 수 없지."

"……뭐?"

"나는 감탄했다. 강서준…… 너의 말대로 새로운 세계를 만들기 위해서는 인간의 존재는 불필요하다."

쿠구구구궁!

쏘아지는 묵직한 마력에 라이칸의 무릎이 꺾일 듯이 주저앉았다. 옆으로 오가닉이 섰고 로켓이 버텨 주질 않았더라면 진즉에 무너졌을 것이다.

이어서 켈과 알리까지…….

모든 백귀들이 정면으로 나서 힘겹게 카오스의 기운에 대항할 수 있었다.

"비켜라. 너라면 이해하지 않나?"

강서준은 혀를 찼다.

"너 묘하게 어긋난 것 같은데."

"무슨 뜻이지?"

"오답을 지워야만 새로운 답안을 만들 수 있다고? 이 무슨 개소리야?"

지구의 멸망은 인간의 손에서 벌어진 일이다.

카오스의 탄생 또한 그들의 선택이 만든 결과였다.

나아가 드림 사이드에 카오스가 개입되고, 그로 인해 더럽게 어려워진 게임도.

결국 모든 순간은 인간이 결정한 선택에 대한 대가나 다름없다 할 것이다.

"웃기지도 않아."

호흡을 가다듬은 강서준의 눈빛에 어느덧 금빛이 감돌고, 그의 전신으로 오랜 장비들이 저절로 착용되었다.

양손에 나타난 건 두 개의 단검.

동시에 전신을 찌르는 날카로운 뇌전이 마치 세상을 향해 포효하듯 나타났다.

[플레이어 '강서준' 님이 접속했습니다.]

강서준은 카오스를 향해 말했다.

"언제부터 이 문제가 객관식이었지?"

쿠궁! 쿠구구궁!

투드드득!

정면이 폭발하고 일격에 오랜 세월을 버텼던 연구동의 천장이 날아갔다.

땅은 무너질 듯이 흔들렸고, 어깨를 짓누르는 무거운 마력의 압박에 몰모트는 숨이 막힐 지경이었다.

어쩌다 이렇게 된 걸까.

머릿속이 새하얗게 번졌다.

"……."

소프트웨어에 불과한 시스템이 어쩌다 저렇게 신체를 가지게 되었는지도 의문이었지만.

그 본체가 가진 마력이나 힘의 수준이 규격을 압도적으로 넘어간다는 사실에 욕지거리가 흘러나왔다.

"……젠장."

당장 눈앞에서 싸우는 전투는 감히 그가 끼어들 생각조차 할 수 없는 천외천의 공간이다.

괜히 옆에만 있다간 고래 싸움에 새우 등 터지듯 그도 손쉽게 터져 나갈 게 빤했다.

'그나저나 오답이라…….'

몰모트도 현 세계의 역사 정도는 알고 있었다.

전범 국가와 이를 막기 위해서 일어선 국가 간의 다툼이 결국 멸망으로 이어졌다는 것 또한 잘 알았다.

하지만 거기서 비롯된 카오스가 드림 사이드를 통해 여태 질문을 던지고 있었고.

자신이 낸 대답이 결국 오래전 지구를 멸망시킨 선조들과 큰 차이가 없다는 사실에 헛웃음이 흘러나왔다.

'후회는 하지 않아. 내 선택은 이기적이나, 최선이었으니까.'

하지만 새삼스러운 회한이 떠오르고, 카오스가 내던진 말에 반박을 할 수가 없었다.

인간은 오답이다.

114번이나 진행된 실험에서 114번이나 실패했던 이유…… 그리고 모두 오답을 내던졌다면 원인은 거기에 있지 않을까.

'역사는 반복되는가…….'

거기까지 생각했을 때였다.

"뭐 하고 앉았어?"

옆에서 새초롬한 목소리와 함께 그의 손을 잡아끄는 따뜻한 손길이 느껴졌다.

약간은 앳된.

하지만 누구보다 긴 세월을 살았을 그녀의 눈동자는 찬란하게 빛나고 있었다.

"……이루리?"

"할 일이 있어."

"무슨……."

"닥치고 따라와."

제멋대로 걸음을 옮긴 이루리는 은근슬쩍 열린 문틈을 통해 메인 연구동의 콘솔 룸으로 입장할 수 있었다.

그녀가 말했다.

"강서준이 그러더라?"

"응?"

"설령 문제가 객관식이라 해도 원래 오답은 여러 개라고."

오랫동안 사람의 흔적이 없어 먼지가 쌓인 키보드. 그 앞에 자리 잡은 이루리는 손가락을 이리저리 풀더니 말했다.

"그러니 기죽지 마. 이제부터 정답을 찾아볼 생각이니까."

보스 레이드

강서준은 길게 호흡을 내뱉었다.

'……정말 힘이 돌아왔어.'

스텟을 확인해 보진 않았지만 당장 그의 몸에 닿는 촉감부터 다르게 느껴졌다.

무겁기만 하던 몸은, 이젠 세포 하나까지 모조리 관장할 수 있을 것만 같았다.

그리고 그게 끝은 아니었다.

[스킬, '류안(S)'을 발동합니다.]

로그 기록에 남은 익숙한 메시지는 새삼스럽게도 그가 어떤 힘을 각성했는지 말해 주는 듯했다.

'근데 아직 동기화가 완료될 시간은 아니지 않나?'

-답. 플레이어의 신변에 위협을 느껴 일시적으로 동기화를 중단했습니다.

'임의적으로 중단할 수 있었어?'

-답. 시스템은 플레이어의 스킬입니다. 모든 권한은 플레이어에게 주어집니다.

듣던 중 반가운 소식이었지만 약간의 걱정도 남았다.

임의적으로 중단해 버린 탓에 동기화되던 데이터가 그대로 망가진 건 아닐까.

원래 시스템을 업그레이드할 때에 갑자기 전력이 차단될 경우엔, 어딘가 문제가 생기기 마련인 것이 기계였다.

-답. 향후 원하는 때에 다시 동기화를 이어서 하면 됩니다.

'흐음……'

-참고로 80% 동기화가 완료되었습니다. 플레이어는 완료된 기능을 사용할 수 있습니다. 설명을 들으시겠습니까?

하지만 이내 강서준은 고개를 가로저었다. 느긋하게 스킬에 대해 설명을 듣고 있을 때가 아니었다.

대신 그는 정면에서 무시무시한 기운을 쏘아 내는 카오스를 바라보았다.

'카오스라……'

로그인하기 이전엔 아예 느껴지지 못해 상대의 수준이 얼마나 대단한지 알 수 없다.

까마득한 절벽을 올려다보면 그저 높다는 감상만이 들 뿐이니까.

하지만 로그인한 지금은 카오스의 수준이 얼마나 고강한지 뼈저리게 느껴졌다.

단순한 수준만으로 따지자면 S급 보스 몬스터 따위는 비교조차 되지 않으리라.

'전력을 다해도 부족하겠는데?'

제약이 사라진 강서준조차…… 아니 전성기의 케이도 승부를 장담하지 못할 것이다.

그리고 이는, 당연하다.

상대는 지구를 멸망시킨 존재다.

'……아니.'

어쩌면 116개의 세계를 더 멸망시킨 불가해한 괴물이다. 쉽게 이길 수 있다면 그게 더 이상한 일이다.

'하지만.'

강서준의 눈은 투지로 불타올랐다.

이런 말 하긴 뭣하지만, 사실 그는 드림 사이드의 엔드 콘텐츠인 '라그나로크'가 어딘가 밋밋하다고 생각했었다.

분명 수천만 명이 죽었고, 행성이 불모지가 될 정도로 끔찍한 퀘스트였지만…….

정말로 이게 끝일까?

그런 의문이 떠오른 것이다.

솔직히 드림 사이드라는 희대의 망겜이 보여 주는 마지막 난이도라 부르기엔 애매했다.

그리고 강서준은 이제야 그런 생각을 떠올리게 된 연유를 알 것도 같았다.

'보스 몬스터가 없었으니까.'

누가 뭐라 해도 RPG 게임의 꽃은 보스 몬스터 레이드라 할 수 있다. 그게 빠졌으니 묘하게 마무리를 하질 못한 기분이 드는 것이다.

카오스는 그 어떤 감정도 느껴지지 않는 무미건조한 표정을 짓고 있었다.

녀석은 강서준을 향해 물었다.

"다시 한번 생각해 보는 건 어떻겠느냐? 너는 능히 신세계에서도 살아갈 신인류가 되었다. 너라면…….."

"관심 없어."

강서준은 딱 잘라 말했다.

"내 생각은 변하지 않으니까."

어떤 감언이설도 그를 설득할 수 없으리라. 그리고 이건 단순히 동료의 목숨이 걸렸기 때문만은 아니었다.

'오답이 없는 세계가 재밌을 리가 없잖아.'

어쩌면 살아간다는 건 수많은 오답 속에서 정답을 찾아가는 여행이다.

상위0.001%
랭커의귀환

'가끔은 잘못된 선택에 아플 수도 있겠지. 뼈저리게 후회하고 울지도 몰라.'

하지만 끝까지 포기하지 않고 정답을 찾아낼 수만 있다면…….

올바른 공략을 해낼 수만 있다면.

'갓겜이 되는 거야.'

'망겜'과 '갓겜'은 한 끗 차이다.

누군가에겐 영원히 '망겜'으로 남을 수도 있고, 또한 누군가에겐 다시 못 찾을 '갓겜'이 된다.

그게 '드림 사이드'였고…….

그것이 바로 '인생'이다.

'처음부터 답이 정해진 인생 따위가 어찌 값진 인생이 되겠어. 그딴 세계는 그냥 노답인 거야.'

그때 강서준을 바라보는 카오스의 시선은 첨예하게 날카로워졌다.

실제로 그의 주변으로 흉포한 기운이 떠올랐고 그 살기가 건물을 뒤흔들었다.

카오스는 무심코 중얼거렸다.

"이걸 이렇게 하면 되나?"

그 말이 끝난 것과 동시에 녀석의 손에서 감당하지 못할 대단한 기운이 쏟아졌다.

푸르고 하얀 뇌력.

터무니없지만 낯이 익은 그 힘은 빠르게 강서준을 위협하며 다가왔다.

크콰카카카칵!

'……미친 새끼가!'

욕지거리를 내뱉으며 강서준은 재빠르게 거리를 벌렸지만, 녀석이 사용한 힘은 강서준의 속도를 고스란히 따라왔다.

당연한 얘기였다.

같은 힘이니까.

'……뇌신을 쓸 줄이야.'

그리고 고작 그 정도로 끝났다면 차라리 다행이었을 것이다.

카오스의 다른 손에는 어느덧 대검이 하나 쥐어져 있었다.

거기에 담긴 힘은 일전에 카무쉬가 사용했던 '파멸의 빛'이다.

"정말 야만적인 힘이군."

그렇게 중얼거린 카오스는 순식간에 강서준의 앞으로 점멸하듯 나타났다.

뇌신으로 가속한 검격은 파멸의 빛마저 담아 강서준을 향해 휘둘러져 왔다.

아니, 그뿐이 아니다.

'나태한 자의 말로까지 있군.'

강서준이 가진 힘을 그대로 사용하는 걸로 모자라, 그와 싸웠던 강적들의 기술을 동시에 사용하고 있었다.

그게 가당키나 할까.

강서준은 이를 악물었다.

'그래. 막판 보스라 이거지?'

[스킬, '류안(S)'을 발동합니다.]

금빛으로 물든 눈동자는 카오스의 움직임을 쫓아 그 흐름을 추측해 낼 수 있었다.

나아가 '위기 감지'를 덧붙여 '미래절'을 사용하면 잠깐의 미래도 엿본다.

'바로…… 여기!'

정확하게 미래의 한 지점. 카오스의 균형을 일시적으로 무너뜨릴 부분을 찾아 공략했다.

쿠콰카카카캉!

엄청난 속도전은 단 1초의 시간이 흘렀는데도 수십 개의 검격이 교차했다.

그중 강서준의 몸을 스친 일격은 하나도 없었고, 기어코 카오스의 다리를 한 차례 베어 내는 데에 성공했다.

이후로도 카오스는 무지막지한 기운을 쭈욱 회수하더니 검 또한 거두어들였다.

물론 전투를 멈춘 게 아니었다.

"이것만으론 제압할 수 없겠군."

녀석은 별 감흥도 없는 얼굴로 중얼거리더니 이내 강서준을 향해 손을 내뻗었다.

"어쩔 수 없군."

츠츠츠츳!

녀석의 손에서 쏟아져 나온 건 새카만 어둠이었다.

뒤로 물러나 반경에서 벗어나고자 했지만 얼마 못 가 멈추어 서야만 했다.

'……외통수.'

힘의 총량에서 압도적인 카오스는 강서준의 후방에도 똑같은 어둠을 만들어 냈다.

류안으로 보면 그 흐름은 상하좌우 그 어느 쪽도 소홀하지 않았다.

잠깐의 틈조차 없을 정도로 치밀하게 다가오는 어둠은 강서준을 구석으로 내몰았다.

그리고 그 어둠의 정체가 무엇인지는 누구보다 그가 제일 잘 알았다.

'카오스의 침식…….'

비록 눈앞에 선 녀석이 드림 사이드와 결합하여 자아를 갖춘 존재가 되었다지만.

본디 '카오스'란 핵폭발의 여파로 생겨난 정체불명의 현상을 말한다.

그 현상의 주된 특징은 닿는 무엇이든 정보를 다량으로 증폭시키는 것.

그렇게 과부하된 정보는 멀쩡한 것도 망가트리기 마련이다.

"후우……."

강서준은 오랜 파트너와 같은 재앙의 유성검을 꽉 쥐어 호흡을 가다듬었다.

금빛으로 물든 눈동자는 다가오는 어둠을 뚫어져라 쳐다봤다. 각종 정보가 어우러진 그것은 일정한 흐름을 찾을 수 없었다.

'……찾아야만 해.'

카오스는 처치하기 곤란한 대상이 아니다.

그 현상을 주도하는 '핵'을 찾아 부순다면 어떻게든 제거할 수 있다.

작금의 관리자들이 메인 연구동으로 침식 중인 카오스를 애써 막아 내고 있질 않던가.

그렇다면 핵은 어떻게 찾을까.

'아니, 찾을 필요도 없어.'

이를 악물고 휘두른 검격엔 막대한 뇌력이 솟구쳐 주변을 통째로 집어삼켰다.

엄청난 빛무리가 터지며 주변을 사로잡았던 어둠이 일거

에 사라지고 말았다.

"호오⋯⋯."

그런 강서준의 활약이 마음에 들었는지 카오스는 턱을 매만지며 웃었다.

"정말 이대로 죽이기엔 아까운 존재로군. 넌 다시 한번 기회를 줘도 좋겠어."

"⋯⋯인간은 모두 죽어야 한다며?"

"물론 그 생각엔 변함이 없다. 오답은 지워져야 마땅하니까."

벽창호처럼 답답한 고집을 주장하는 녀석을 보면서 강서준은 낮게 한숨을 뱉었다.

그리고 잠시 대화를 하느라 전투가 소강된 틈에, 종전부터 떠오른 의문에 집중할 수 있었다.

'카오스. 핵폭발로 생겨난 정체불명의 현상⋯⋯.'

한데 눈앞의 녀석은 단순히 현상이라고 볼 수는 없다.

자아가 성립했고 나름의 인격을 갖춘 것처럼 행동하고 있었으니까.

녀석은 맹목적인 신념이 있다.

'⋯⋯아니, 고작 자아를 갖춘 걸로 끝나는 얘기가 아니야. 분명 몰모트는 카오스의 침식에 의해 시스템은 망가지고 있다고 했어.'

앞뒤가 안 맞는 얘기였다.

'카오스가 곧 시스템이고, 놈이 바로 카오스라면…… 침식으로 인해 망가진다는 가설이 성립하질 않잖아.'

혹시 시스템이 망가지고 있었단 말도 모두 카오스가 지어낸 거짓말일까.

사실은 망가진 적은 없다거나…….

ㅡ답. 현상 '카오스'와 몬스터 '카오스'는 별개의 존재입니다.

별안간 들려온 목소리에 강서준은 헛헛하게 웃었다.

구태여 뒷말을 들을 것도 없이 그 내용이 머릿속으로 빠르게 이해되었다.

'뿌리만 같을 뿐인 완전히 다른 별개의 존재. 카오스의 힘을 다루고 있지만 진짜는 아니라는 건가…….'

말하자면 눈앞의 카오스는 '현상 카오스'로부터 파생된 새로운 형태의 '인간'이다.

시스템과 결합하여 드림 사이드를 운영했던…… 그리하여 맹목적인 신념을 머릿속에 박아 버린 전무후무한 괴물.

놈은 지구를 멸망시킨 주범이 아니다.

강서준은 두 눈이 반짝 빛났다.

'그렇다면…….'

강서준의 앞으로 새카만 어둠이 슬금슬금 그 규모를 키워 나가기 시작했다.

악독하게 끌어모은 어둠은 칠흑 같아서 단 한 줄기의 빛도 스며들지 못했다.

그 안에 얼마나 방대한 정보가 들었을지 감히 짐작조차 하기 어려울 것이다.

하지만 이상하게도 강서준은 입꼬리가 실실 위로 올라갔다.

왠지 더는 녀석이 무섭지 않았다.

'……이길 수 있어.'

불가해한 수준의 던전이나 드림 사이드의 헬 난이도 퀘스트가 유난히 어렵게 느껴지는 이유는 단 한마디로 설명할 수 있다.

'공략법을 모르니까.'

어떻게 풀어 나가야 할지 방법을 모른다면 아주 쉬운 산수 문제라 해도 수능 시험처럼 어렵게 느껴질 수밖에 없다.

그리고 게임에서 공략법이 연구된 던전은 더 이상 불가능이란 수식어를 붙이지 않는다.

"남은 문제는 화력인데……."

녀석을 공략할 방법을 알아냈다고 해도 오랜 세월을 쌓아 온 녀석의 힘은 강서준 홀로 이겨 내기엔 너무나도 벅찼다.

놈은 장난처럼 뇌신과 카무쉬의 파멸의 빛, 제레브의 나태한 자의 말로를 사용한다.

절대적인 힘의 차이가 존재하는 한 녀석과의 우위를 좁힐 방법은 없었다. 이 고질적인 문제를 해결해야만 공략법이 빛을 발한다.

"……그건 어떻게든 되겠네."

카오스를 응시하던 강서준의 시선이 저도 모르게 그 옆으로 향했다.

사방이 부서진 연구동의 복도로 나지막한 걸음을 잇는 일련의 무리가 있었다.

콰아아앙!

묵직한 소음을 내며 막혀 있던 잔해를 날려 버린 나도석은 더더욱 힘을 주어 말했다.

"괜찮냐?"

뒤이어 이곳으로 건너오는 사람들의 안면은 두말할 것도 없이 낯이 익었다.

이미 전투 모드로 들어서 대검을 꽉 쥔 리트리하부터 지팡이를 목발 삼아 걷는 링링.

호흡을 가다듬으며 주변을 잔뜩 경계하는 김훈과 신기루처럼 일렁이는 지상수.

언뜻 따뜻한 에너지가 흘러와 강서준의 몸에 닿았다. 성녀 마일리의 그레이트 힐이었다.

그리고 마지막으로…….

"너무 늦은 건 아니겠죠?"

지척에 다다른 최하나가 시선을 마주했고, 강서준은 씨익 웃으며 답했다.

"아뇨. 딱 맞춰 왔습니다."

보스 레이드는 이제 시작이니까요.

전력이 차단되어 어두운 실내엔 덩그러니 수 개의 모니터만이 빛을 내고 있었다.

그중 가장 커다란 모니터.

카오스를 마주한 채로 연신 위기를 겪고 있는 강서준의 모습이 포착되었고.

막 그곳으로 복도를 넘어 모습을 드러낸 약 아홉 명의 사람들도 보였다.

몰모트는 걱정이 가득한 얼굴로 중얼거렸다.

"정말 그들만으로 괜찮겠어?"

"뭘?"

"고작 아홉 명이야. 아무리 랭커 출신이라 하지만 저들만으로는……."

가만히 듣던 이루리는 어깨를 으쓱하며 말했다.

"괜찮아야지."

그녀의 시선 끝엔 각자 무기를 쥔 채 강서준과 나란히 선 사람들이 있었다.

"쟤네들이 누군데……."

천외천(天外天).

드림 사이드 2의 정상에 선 플레이어이자, 강서준이 믿고 등을 맡길 수 있는 유일한 존재들.

물론 몰모트의 말마따나 세상을 멸망시킨 주범인 카오스를 상대하기엔 턱없이 부족한 숫자일 수도 있을 것이다.

어쩌면 당장 모든 유리관을 사용하여 100명의 사람들을 소환해 내도 될까 말까 한 일이겠지.

하지만 이루리는 확신했다.

'가능해.'

막말로 천외천을 현실로 데려올 수 있었다는 것만으로도 충분한 기적이다.

몰모트는 애써 말했다.

"그걸 누가 몰라? 내 말은…… 더 꺼내도 되지 않겠냐는 거야."

아직 유리관은 90개가 남았고, 남은 전기를 어떻게 쥐어짜면 5명 정도는 더 꺼낼 수 있을지도 모른다.

뭐 어떻게든 방법을 찾아낸다면 추가적으로 지원군을 10명은 더 만들어 낼 수도 있다.

이루리는 고개를 가로저었다.

"이 이상은 짐이야."

"……뭐?"

"천외천과 일반 랭커의 레벨 차이는 압도적이거든. 딱 지금이 적당해."

비록 드림 사이드 1에서와 마찬가지로 12명이나 되는 천외천은 존재하지 않는다.

다만 그 숫자가 줄어든 만큼 각자의 역량은 현격히 올라간 상태였다.

두 번이나 드림 사이드를 공략한 자들이지 않은가?

천외천과 아닌 자들의 격차는 훨씬 커졌다.

"아홉 명이면 충분해."

그리고 이루리에겐 드림 사이드의 주민들을 일깨우는 것보다 더더욱 중요한 할 일이 남아 있었다.

그녀의 손가락이 다시 키보드 위를 활보했고, 그 화려한 주법 너머로 빠르게 명령어가 활성화되었다.

한 차례 드림 사이드를 해킹한 전적이 있는 유일무이한 천재 해커.

그녀는 물 만난 고기처럼 컴퓨터를 조종하며 나지막이 중얼거렸다.

"무엇보다 진짜 지원군은 따로 있거든."

❈

보스 레이드.

드림 사이드의 주력 콘텐츠 중 하나로 누구보다 천외천이 가장 많이 플레이해 본 콘텐츠.

어떤 던전이든 끝방은 '보스방'으로 존재했고, 이를 공략해야만 비로소 던전을 클리어했다 할 수 있다.

말하자면 보스 레이드야말로 진정 공략의 완성이라 부를 수 있는 것이다.

강서준은 호흡을 가다듬었다.

"다들 상태는 어때?"

강서준의 말에 일행은 나란히 시선을 맞추었다.

포효하며 푸른 용으로 현신한 파랑이와 흑색으로 물드는 카무쉬.

로브 자락을 펄럭이며 지팡이를 바닥에 쾅 내리찍은 링링.

그 옆에서 손을 뚜득거리며 굳은 몸을 풀고 있는 나도석.

신성한 기운을 한껏 흘리며 호흡을 가다듬는 성녀 마일리와 수호기사처럼 대천사의 날개를 활짝 펼친 리트리하.

수많은 장비를 걸친 지상수와 진중한 얼굴로 고개를 주억거리는 김훈도 보였다.

마지막으로 강서준의 옆으로 나서며 카오스를 향해 냉철한 눈빛을 흘리는 최하나도 있었다.

천외천의 플레이어······.

다가오는 카오스의 기운을 연신 상쇄시키며 스킬을 발동시킨 일행들은 게임 속과 별반 다르지 않았다.

'동기화 과정은 필요 없었나 보군.'

강서준처럼 일정 시간 로그아웃을 해야만 제힘을 되찾는

페널티는 없는 듯했다.

동기화는 얼티밋 스킬 '시스템'이 정착하는 과정. 차원 서고를 가진 강서준에게만 해당되는 얘기다.

즉 일행은 아무런 페널티를 가지질 않고 게임 속의 능력을 고스란히 쓸 수 있다.

최하나가 힘을 주어 말했다.

"조금 뻐근하긴 한데 괜찮습니다. 싸울 수 있어요."

강서준은 고개를 주억거리며 정면을 응시했다. 이 이상의 대화는 불필요했다.

"좋아요."

그리고 이미 수차례 보스 레이드를 경험해 본 그들이기에, 구태여 말을 꺼내질 않아도 각자 해야 할 일이 무언지 잘 알았다.

"그럼 공략을 시작……."

크오오오옥!

말을 채 끝내기도 전에 일행은 높이 뛰어 다가오는 카오스의 침식을 피해 냈다.

카오스는 짜증을 섞어 물었다.

"이해할 수 없군. 어째서 인간을 옹호하는 거지?"

"뭐?"

"넌 N포를 싫어하지 않았나?"

공간을 가르고 순식간에 접근한 카오스의 검격이 부지불

상위0.001%
랭커의 귀환

식간에 따라붙었다.

맞부딪칠 때마다 충격파가 일었고 튕겨 나간 스파크는 연구동을 빠르게 매몰시켰다.

카오스가 말했다.

"저들 또한 자기 잇속을 챙기기 위해 누군가를 희생시킨 자들이다."

"……."

"그런 자들을 옹호하려는 저의가 뭐지? 왜 말과 행동이 다른 것이냐?"

쿠쿠쿠쿠쿠쿵!

카오스는 잠시라도 시선을 떼면 놓칠 정도로 엄청난 속도로 움직였다.

미래절까지 사용해야만 겨우 공격을 막아 낼 수 있었다.

강서준은 힘겹게 카오스의 공격을 맞부딪치거나 피하면서 말했다.

"네가 나에 대해 어디까지 들어 알고 있는지는 모르겠지만……."

크가가가각!

힘의 우열을 가리기 어려운 대치 속에서 이쪽으로 접근하는 기운이 느껴졌다.

높이 뛰어오른 나도석이 부푼 주먹을 있는 힘껏 쥐었고, 창졸간에 사각으로 접어든 리트리하의 대검은 뾰족한 송곳처럼 날카롭게 찔렀다.

"……내가 싫어하는 건 N포 세대의 사람들이 아니거든."

쿠아아아앙!

묵직한 충격음과 함께 두 사람의 공격은 완벽하게 카오스의 몸을 적중시켰다.

문제는 놈이 피할 생각조차 하질 않았다는 것이며, 실제로 아무런 대미지조차 없었다는 점이다.

물론 아쉽진 않았다.

보스 레이드는 단 한 번의 공격으로 끝낼 만큼 가벼운 콘텐츠가 아니었으니까.

강서준은 나지막이 입을 열었다.

"내가 싫어하는 건……."

"?"

"그럴 수밖에 없는 환경이라고."

그 순간 세 사람의 몸이 허공으로 흩어졌고, 바로 카오스의 발밑으로 함정이 발동되었다.

김훈의 공간이동은 세 사람을 안전한 장소로 이동시켰으며, 안셴의 스킬이 지상수의 아이템과 절묘하게 어우러져 카오스를 붙든 것이다.

그리고 그곳을 떨어지는 공격은 여태 캐스팅을 잇던 링링의 마법과 최하나의 저격!

파랑이의 전매특허인 부식 브레스와 카무쉬가 휘두른 파

멸의 빛 또한 그 점에 집중되었다.

투콰아아아앙!

일점에 터진 공격은 무시무시한 마력 폭풍을 일으키며 카오스의 전신을 잡아먹었다.

어지러울 정도로 퍼진 먼지구름은 공격이 제대로 적중했다는 사실만을 보여 줬다.

하지만 버젓이 목소리가 들려왔다.

"생각보다 어리석군."

붉은 빛이 쏘아지더니 이내 가까이에 있던 나도석의 배가 꿰뚫렸다.

동시에 리트리하가 대검을 눕혀 막았지만 충격에 휩쓸려 멀리 튕겨 나가고 말았다.

상처를 입은 나도석이야 마일리가 회복시켜 줬지만 상황은 최악으로 치달을 뿐이다.

'실금도 안 갔어.'

일행이 전력을 다해 휘두른 공격은 카오스에게 여전히 대미지를 주질 못한 것이다.

강서준은 짧게 숨을 정돈하며 정면으로 뛰었다.

"같은 패턴으로 계속 갑니다."

거두절미하고 내린 오더에 일행은 말없이 전투를 준비했다.

전력을 쏟아부어도 소용이 없는 상대라고 해도 아직 기죽은 사람은 아무도 없었다.

솔직히 녀석에겐 그 어떤 공격도 쉽게 통하지 않을 거라는 건 익히 예측한 일.

시야를 가리던 먼지가 사라지니 흐물거리는 어둠을 갑옷처럼 휘감은 카오스가 보였다.

'놈은 카오스다.'

드림 사이드에서 겪었던 것과 똑같은 특징을 가졌더라면 당연히 대미지가 안 박혀야 정상이다.

진백호와 유리나가 세상을 절멸시키던 힘을 끌어모아 쏘아 낸 천벌조차 녀석 앞에선 무력했으니까.

제아무리 전력을 다 끌어낸다 해도 카오스란 애초에 뚫을 수 있는 개체가 아니었다.

강서준의 생각은 빠르게 회전했다.

'하지만……'

말했듯 녀석이 이 세계를 장악한 카오스 그 자체와 다른 개체로 분류되고 있다면.

그래서 힘의 한계가 명확하다면.

'공략할 수 있다.'

투콰아아앙!

나도석과 리트리하의 공격이 카오스를 향해 휘둘러지고, 다시금 링링의 마법과 최하나의 저격이 연신 주변을 휩쓸었다.

흑염 브레스를 더욱 강력하게 뿜어내며 카무쉬가 카오스의 등을 노렸고.

이에 뒤지지 않고 파랑이가 가지고 있는 모든 마력을 끌어내 그 위를 짓눌렀다.

이후로도 수십 번은 쏘아진 공격이 카오스의 전신을 노리고 날아갔다.

강서준의 생각은 거기서 멈추었다.

'……카오스를 쓰러트리는 방법.'

여전히 녀석의 몸은 멀쩡했고 그 어떤 공격도 카오스를 해칠 수는 없었다.

다만 그 어둠이 옅어지고 카오스가 만들어 내는 현상이 조금은 줄어들고 있었다.

'이 정도면 충분해.'

어느덧 카오스의 인근에 다다른 강서준의 두 눈으로 금빛이 강렬하게 뿜어져 나왔다.

단검은 허리벨트에 넣은 채로 아직 꺼내지도 않았다. 그리고 그저 단검의 손잡이만을 꽉 쥔 상태로 녀석의 정면으로 뛰었다.

놈의 주변은 온통 캄캄한 어둠, 즉 카오스로 뒤덮인 상태였다.

'공략법은 이미 드림 사이드에서 알아냈어.'

드림 사이드의 라그나로크는 카오스를 공략해야만 통과할

수 있는 퀘스트였다.

즉 실질적으로 NPC가 현실의 지구로 나왔을 때는, 이미 카오스를 공략하는 방법을 알고 있어야 하는 것이다.

순간 강서준의 눈썹이 꿈틀거렸다.

'설마 이 또한 녀석의⋯⋯.'

머릿속으로 잡념이 흘러들어 왔지만 강서준은 이내 모조리 털어 내기로 했다.

지금은 다른 생각을 할 때가 아니었다. 당장 그에게 해야만 하는 일이 있었다.

'단 하나의 공략법.'

수천, 수만 개의 정보가 흩날리는 폭풍 속에서 결코 휩쓸리지 않으려면?

카오스라는 정체불명의 현상에서 유일무이한 탈출구였던 ESC를 찾아내려면 어떻게 해야 했을까.

'집중.'

강서준은 그 답을 잘 알았다.

'그리고 관성!'

단 하나의 목표를 위해서 만들어진 관성은, 정신이 아찔한 혼돈 속에서도 꾸준히 나아갈 수 있는 힘이다.

'그래. 지금 내가 해야 할 건⋯⋯.'

그는 호흡을 잊었다.

발끝이 어디로 향하는지.

어디에 섰는지.

눈을 떴는지 혹은 감았는지.

그 어떤 것도 신경 쓰지 않았다.

모든 감각은 오직 단검의 끝으로 집중되었고, 이내 발도(拔刀)된 단검은 태산을 가를 기세로 정면으로 휘둘러질 뿐이었다.

당장 떠올릴 건 하나.

'벤다.'

수많은 정보의 해일을 가르고 그 속에 숨어 있는 단 하나의 핵을 향해서⋯⋯.

강서준의 검은 어둠을 파고들고 빛살 같은 틈을 만들어 내고 있었다.

새카만 어둠은 단 하나의 촛불에 밀려난다.

카오스가 만들어 낸 어둠 또한 더는 위협적인 게 될 수 없었다.

[스킬, '천'의 세 번째 묘리 '현상절(現象絶)'을 이해했습니다.]
[스킬, '현상절(S)'을 습득했습니다.]

과도하게 증폭된 정보는 물살을 가르듯 강서준의 검에 의해 단절되어 갔다.

그의 관성은 오직 카오스를 베기 위하여 만들어졌고, 그

끝에 놓인 녀석은 강서준을 향해 무미건조한 표정을 지었다.

녀석의 목까지 다다른 검격이 이내 카오스의 흐름을 완전히 끊어 버릴 거라는 걸 직감했다.

그때 시간이 느려진 것처럼 모든 것들이 슬로우모션으로 펼쳐지고 있었다.

시선을 마주한 카오스의 눈빛에서 생각이 저절로 흘러들어 왔다.

-강서준.

녀석이 말했다.

-너는 인간을 믿나?

이 상황을 어찌해야 할지는 알지 못했다.

그리고 녀석이 묻는 질문에 대답할 수도 없었다.

과연 인간은 믿을 만한 존재인가?

'이기심도 잘못이고 이타심도 잘못이었다.'

인간은 서로의 이념을 부딪쳐 핵전쟁을 일으켰고, 그 결과로 지구는 멸망했다.

아니, 116개나 되는 세계가 탄생하고 또 지워지고 말았다.

-나는 끝이 아니다.

카오스는 강서준을 향해 말했다.

-어리석은 플레이어여. 나는 다시 돌아올 것이다.

스거어어어어억!

인간.

누구보다 이기적이고…….

누구보다 이타적인 존재.

때로는 양극에 선 그들의 신념은 지구를 멸망시킬 정도로 도통 종잡을 수 없다.

무릇 인간은 아이러니하다.

쓰레기를 무단 투기하거나 온갖 매연을 만들어 지구온난화를 가속시키는 주범이자.

환경보호 단체를 만들어 줍깅이란 운동을 유행시키며, 힘들어도 대중교통을 이용하여 매연을 줄이는 데 앞서기도 한다.

'그런 인간을 믿냐고?'

강서준의 검은 느릿한 시간의 흐름 속에서 카오스의 목을 가르고 지나가고 있었다.

녀석의 눈빛, 표정, 분위기…….

짧지만 영원한 순간 사이에서 강서준의 사고는 더더욱 빠르게 가속하고 있었다.

그의 생각도 카오스에게 닿을까?

뭐든 강서준은 답을 떠올렸다.

'낸들 알겠냐.'

종잡을 수 없는 인간의 행동은 카오스의 생각처럼 단순하게 객관식으로 정리할 수 있는 문제가 아닐 것이다.

　　전제가 잘못됐다.

　　인간의 행동은 종잡을 수 없기에 정해져 있지 않다. 하여 그들의 행동은 서술형으로만 기록된다.

　　이 문제는 주관식이다.

　　다만 하나는 확신할 수 있겠지.

　　'정답을 찾을 거야.'

　　드림 사이드의 공략이 단 하나로 귀결되는 게 아니듯.

　　재앙의 탑 하나를 공략할 때에도 여러 가지의 방법이 존재했던 것처럼.

　　인간은 늘 다른 답을 내놓기 마련이고, 강서준은 그중 정답을 찾을 것이다.

　　―……정말 어리석군.

　　희미해지는 목소리만큼이나 녀석의 눈빛이 사그라들었다. 강서준은 손끝에 걸리는 감각으로 놈을 베었다는 확신을 얻었다.

　　시간은 다시 빨라졌다.

　　"강…… 서준!"

　　먹먹했던 소음이 복구되고 강서준은 눈을 껌뻑이다 문득 아래에 시선을 뒀다.

　　이건…….

응축된 마력이 폭풍처럼 휘감겨 금방이라도 폭발할 것처럼 부풀어 오르고 있었다.

'뭔진 몰라도 이게 터지면 모든 게 끝이다.'

카오스는 핵폭탄으로부터 비롯된 현상이고, 즉 그 기원은 엄청난 에너지의 폭발이라 할 수 있다.

강서준은 쉽게 예측할 수 있었다.

'아무도 살아나지 못한다.'

흔히 골치 아픈 패턴을 가진 보스 몬스터가 있다.

사망과 동시에 자폭을 하는 유형.

일전에 몬스터 파크에서 싸웠던 마그리트가 그랬기에 상대하기 유난히 까다로웠다.

보통 그런 놈은 안전핀을 먼저 관리하면서 공략을 해야만 온전히 마무리할 수 있다.

물론 지금처럼 갑작스럽게 만들어진 위기는 그 누가 와도 어찌할 수는 없으리라.

강서준은 미간을 구기며 외쳤다.

"모두 떨어져!"

뇌신의 힘을 극성으로 발동하여 솟구치는 마력을 억눌렀다. 도깨비감투의 영혼 갑주마저 펼쳐져 폭풍을 감싸 안았다.

순간적으로 위기 감지가 발동했다.

'죽을지도 모른다.'

카오스 녀석이 가지고 있던 마력은 강서준 홀로 품을 수 있는 크기가 아니었다.

하지만 별다른 수가 없다.

이렇게라도 하질 않는다면 이 에너지는 근방을 모조리 파멸시키고도 남았다.

그의 동료는 물론.

드림 사이드에 아직 갇혀 있는 수많은 사람은 이 땅을 밟을 기회조차 잃게 된다.

메인 연구동의 컴퓨터가 망가지면 그나마 유지되고 있던 드림 사이드의 서버도 무너진다.

강서준은 입술을 짓씹었다.

'이대로 도망치면 어떻게든 도망칠 순 있겠지.'

뇌신을 극성으로 발동하여 회피로 사용한다면 당장이라도 폭발의 범위 밖으로 물러날 수 있다.

하지만 그래선 그를 제외한 모든 것이 사라지고 만다.

불현듯 다가온 선택의 순간이다.

'나를 희생해서 모두를 지키느냐. 혹은 모두를 희생시켜 나 혼자 살아남느냐……'

그때 강서준의 손 위로 포개진 하얀 손이 있었다. 황망한 눈으로 고개를 드니 최하나가 청초한 얼굴로 웃고 있었다.

"이번엔 같이해요."

강서준의 곁으로 다른 마력들이 얼싸안아 겹쳐 들기 시작했다.

리트리하, 링링, 김훈…….

모두의 손이 한데 어우러져 도화선에 불이 붙은 카오스의 기운을 상대로, 한 꺼풀 강력한 보호막을 생성해 냈다.

잠시 눈을 마주친 링링이 말했다.

"네가 없으면 여긴 어떻게 공략하라는 거냐?"

강서준은 피식 웃음을 터뜨렸다.

'처음부터 선택할 필요도 없었나.'

그리고 어깨를 으쓱이며 다시 카오스의 잔재를 내려다봤다. 금방이라도 폭발할 것만 같은 어둠은 여전히 위협적이고 강렬했다.

강서준은 이죽거리며 말했다.

"오해하는 게 있는데…… 내가 희생하려고 나선 게 아니거든?"

"?"

"나만이 이걸 막을 수 있으니까 나선 거야."

응축했던 마력은 서서히 팽창 속도를 늘려 나갔다. 주변으로 퍼지는 마력에 의해 감쌌던 일행의 보호막에도 금이 갔다.

링링은 그 와중에도 틱틱댔다.

"뭐래. 재수 없게."

하나같이 조소를 머금은 그들은 겹쳐진 마력을 향해 더더욱 힘을 더했다.

N무 인생.

모든 걸 잃거나 모든 걸 얻는다.

이것이 그들이 내린 최선의 결론이었고, 드림 사이드를 클리어해 낸 플레이어들의 가장 뛰어난 공략법이라 할 수 있다.

쿠구구구구궁!

새카맣게 번진 시야 너머로 폭발하는 에너지와 일행의 기운이 첨예하게 대립하고 있었다.

◈◈◈

2201년. 10월 13일⋯⋯.

솔직히 그 날짜가 정확한지는 모를 정도로 망가져 버린 지구의 서기였다.

핵폭발이니 카오스니 뭐니 해서 계절 또한 완전히 알 수 없게 되어 버린 지구.

사시사철 춥기만 한 행성이다.

"⋯⋯위기였지. 카오스는 대책 없이 밀고 들어왔고 우린 속수무책으로 밀릴 뿐이었어. 그땐 얼마나 놀랐는지. 이젠 정말 죽었다 싶더라니까?"

작은 호롱불 하나를 의지한 채로 옹기종기 모인 사람들.

그들은 제복을 갖춰 입은 한 남자의 말에 집중하고 있었다.

"근데 연구동이 무너지면서 내부의 풍경이 보이더라니까? 그걸 보고 얼마나 놀랐는지…… 거기서 누가 나왔는지 아나?"

말이 진행될수록 사람들의 반응은 각양각색이었다. 누구는 박수 치며 놀라워했고, 누구는 침을 꼴깍 삼키며 몸을 떨었다.

"바로 케이 님이었단 말이지. 그는 진짜 게임 속의 모습과 똑같았어. 그 압도적인 분위기는……."

그리고 한껏 말을 하던 중에 조용해진 분위기를 인식한 남자는 잠시 고개를 갸웃했다.

"다들 반응이 왜 그래? 무슨 귀신이라도 본 사람들처럼?"

남자는 저도 모르게 고개를 돌렸다. 따가운 시선이 그의 얼굴로 꽂혀 들어오고 있었다.

같은 제복을 입었지만 어째 느낌만큼은 현격히 다르게 느껴지기만 한 존재.

실제로 계급도 상관이다.

남자는 씨익 웃으며 말했다.

"아, 이분이 바로 진백호 님이셔. 플레이어들이 감싸고 있던 카오스의 폭주를 유리나 님과 이분이 직접 조종해서 우리 모두를 구원해 주신……."

"상민아."

"……네?"

진백호는 정상민의 어깨를 꾹 누르더니 말했다.

"지금 몇 시야?"

"네? 그야 11시 50분이죠?"

말을 잇던 중에 정상민은 삐질삐질 땀을 흘렸다. 잠시 진백호의 시선을 살핀 그가 말했다.

"교, 교대 시간이네요. 지금 가려 했어요. 네."

"발이 보인다?"

"죄, 죄송합니다!"

부리나케 복도를 가로지르는 정상민의 뒷모습을 보면서 진백호는 나지막이 한숨을 쉬었다.

올해로 그의 나이는 34살.

먹을 만큼 먹었고 살아왔던 34년의 짧지 않은 인생이 머릿속에 남아 있었다.

하지만 요즘처럼 자신에 대한 확신이 부족한 나날은 또 없을 것이다.

'나는 누구인가.'

그에겐 두 개의 기억이 있다.

하나는, 지구에서 태어나 카오스로부터 위태롭게 생존해야만 했던 '군인 진백호'의 기억.

그리고 다른 하나는, 평범한 지구에서 태어나 던전화에 휩쓸렸던 '학생 진백호'의 기억.

"……아저씨?"

진백호는 자신의 바짓가랑이를 잡아당기는 소년을 보았다. 최근에 인근에서 발견한 생존자 중 한 명이었다.

"아저씨가 케이예요?"

"뭐?"

"분명 케이라는 사람이 카오스를 뚜샤뚜샤 무찔렀다던데?"

반짝이는 아이의 눈을 내려다보며 진백호는 쓰게 웃었다. 그리고 그 머리를 헝클어트리며 말했다.

"미안하지만 아저씨가 아니란다."

"네? 그럼…….."

"난 그냥…… 그분의 동생이야."

아이러니하게도 현실에서의 나이는 34살인 그가 더 많았지만, 게임에선 늘 형처럼 따르던 사람이다.

아니, 솔직히 형보다는 우상이다.

늘 불가능을 가능으로 만들어 낸 유일무이한 영웅.

"그리고 세계를 구한 건 혼자 한 일이 아니야. 모두 힘을 합친 결과지."

그렇게 중얼거린 진백호의 주머니로 진동이 길게 이어졌다.

이 신호는 긴급 시에만 울리도록 마련해 둔 장비.

진백호는 굳은 얼굴로 아이를 다른 사람에게 인계했다.

"어쨌든 안에서 쉬고 있으렴. 이젠 다 괜찮을 거야."

복도를 나선 진백호는 빠른 걸음으로 이동했다.

진백호의 계급은 이제 막 대령.

지난 시간, 성과를 거듭해서 특진한 덕에 34살의 나이에도 높은 직위에 오른 그였다.

하지만 걷는 내내 발이 아픈 군화와 빳빳한 군복은 움직임을 불편하게 만들었다.

분명 그의 인생은 절반이 군복을 입고 지낸 나날인데.

요즘따라 불편하게만 느껴졌다.

"적응해야겠지."

어쨌든 그가 앞으로 살아갈 세계는 오직 카오스에 멸망한 지구뿐이었다.

언제까지 과거에 얽매여 적응을 미룰 수는 없는 노릇.

"그나저나 무슨 일이지?"

시간은 대략 밤 12시.

한밤중에 긴급으로 회신한 메시지는 유리나로부터 발송된 '필시 확인'이란 이름이 붙은 영상이었다.

"별일이 아니면 좋겠는데……."

중얼거린 진백호는 자신의 방으로 들어가 주변을 확인한 뒤, 남몰래 영상을 재생했다.

영상에 나오는 건 정부의 관계자들.

수많은 사람이 원형의 탁자에 둘러앉아 조심스럽게 대화

를 잇고 있었다.

진백호는 그들이 현재 이곳을 대표하는 관리자라는 사실을 상기했다.

"……이게 대체."

그리고 영상 속 정면에 나선 군인이 마이크를 쥐고 빠르게 입을 열었다.

—금일 여러분을 한자리에 모은 이유는 유니온으로부터 불온한 행동을 확인했기 때문입니다.

뭐?

—아시다시피 현재 지구의 구도는 바뀌었습니다. 카오스는 더는 막아 낼 수 없는 재난이 아니죠. 드림 사이드 덕분에 각성한 자들이 속속 나오고 있고, 우린 이 위기를 넘어설 힘이 생겼습니다.

그리고 영상 속으로 펼쳐진 홀로그램은 한창 건축 중인 신생 도시 '유니온'의 건물들을 보여 주었다.

—문제는 이들입니다. NPC. 말하자면 Non-Player Character를 뜻하죠. 즉 인공지능입니다.

유니온은 이미 멸망한 세계를 여러 차례 겪어 온갖 도시를 재건하는 데에 이골이 났다.

또한 플레이어의 능력을 계승하여 인간 이상의 힘을 내는 초인적인 존재가 태반.

당연히 건물이 지어지는 속도는 상식을 초월했고, 그들의 보금자리는 나날이 단단해졌다.

군인은 화면의 한쪽을 가리켰다.

－보이십니까?

－저건…….

－네. 비행기입니다.

놀랍게도 유니온의 사람들은 비행기마저 만들어 냈고, 거짓말 같지만 우주선도 만들고 있었다.

－제 첩보로는 저들은 태평양 연안에 있는 벙커를 차지할 예정이랍니다.

－벙커? 그게 무슨?

－그리고 그곳엔 인공 배양을 위한 유리관이 약 200개가량 남은 걸로 알고 있습니다.

사람들은 침음을 흘렸다.

유니온의 주민들은 메인 연구동에 있는 100개의 유리관을 통해 넘어온 자들이다.

고작 100명의 사람들.

하지만 그 100명의 사람들이 현재 이 근방의 몬스터를 모조리 토벌해 내었다.

또한 무서운 속도로 개발을 잇고 있어, 벌써부터 도시에 가까운 마을을 건축해 냈다.

솔직히 그들은 무서웠다.

－고작 한 달 동안 100명이 해낸 일이 저 정도인데…… 200명이나 더 늘어난다면 어떻겠습니까.

-완전히 뒤처지고 말겠군.

그나마 그들이 유니온과 비등비등한 구도를 가진 건 수적 우위와 더불어 존재하는 몇몇의 각성자 덕이었다.

질적으로는 그들보다 못한 수준이었지만 수적으로는 이쪽이 우세한 편이었다.

한데, 여기서 200명이나 되는 플레이어가 자유의 몸이 되어 버린다면 과연 어떻게 될까.

누군가가 말했다.

-기회는 지금뿐이겠군요.

-네. 오늘 밤이 디데이가 될 겁니다.

그리고 그 회의를 몰래 훔쳐보던 진백호는 그 흐름의 끝자락을 미리 알 수 있었다.

헛웃음을 지은 그는 입술을 짓씹었다.

은혜를 원수로 갚아도 유분수지.

'……이 인간들이 정말.'

그게 지금이었나?

일제 강점기부터 6.25 전쟁까지 거쳐 국토가 모조리 황폐화됐던 한국은 불과 반세기 만에 국력을 정상 궤도로 되돌린 전적이 있다.

이른바, 한강의 기적.

불가능을 가능으로 만들어 낸 한국의 놀라운 능력을 만천하에 증명한 단어라 할 수 있다.

"대한민국의 피는 어딜 가도 옅어지진 않는다는 거지. 불과 한 달 만에 이런 도시를 만들어 냈으니까."

무너졌던 폐허 위로 새롭게 세워진 도시. 신생 도시 '유니온'을 내려다보며 강서준이 중얼거렸다.

"대한민국은 실존했던 국가라고 하더라. 딱 지금 이 위치가 로테 타워가 있었던 자리라던데?"

드림 사이드의 기반은 모두 실존하는 지구를 대상으로 갖추어졌다.

종종 판타지 소설을 기반으로 한 세계관이나, SF 세계관도 등장하곤 했지만…….

116개나 되는 세계에서 가장 많이 겹치는 설정은 '현대 지구'였다.

즉 0115 채널에서 기록되었던 4,000년을 넘는 역사는 거짓이 아니었다.

사실을 바탕으로 꾸며진 세계.

즉 '한강의 기적'은 실존한다.

하지만 강서준의 감탄에도 링링은 별 대수롭지도 않을 얼굴로 입을 열었다.

"급한 불은 껐지만 아직 남은 문제가 산더미야. 솔직히 말해서 답이 없어. 답이……."

한강의 기적이 되풀이되듯 빠르게 도시가 세워졌다 해도 아직 할 일은 도처에 깔렸다.

지구는 멸망하는 과정에 놓였고, 카오스의 기세는 나날이 강해지고 있었다.

0115 채널의 사람들이 하루 이틀 멸망을 겪어 본 세대가 아니라고 해도…… 암담한 현실을 마냥 긍정적으로만 보긴 어렵다.

링링은 나한석을 향해 말했다.

"태평양에 숨겨진 벙커는 무슨 소리야? 지도에도 나와 있질 않은 무인도라니?"

"……과거의 기록을 분석해 본 결과, 2차 세계대전 당시에 일본군을 피해서 미군이 만든 벙커가 하나 있어요. 그리고 해당 무인도를 기반으로 3차 세계대전 당시에도 사용했던 흔적이 남았습니다."

나한석은 눈을 빛내며 말했다.

"그곳엔 약 200개가량의 유리관이 있다는군요."

"200개라……."

"네. 반드시 찾아야 해요."

현재 그들은 100개의 유리관을 사용하여 도합 100명의 주민을 소환해 냈다.

유니온에서도 선별 인원으로 꼽히던 자들. 도시를 건축하거나 필수적인 요소로 나눈 인재들이다.

전투에 특화된 플레이어만이 아니라, 각종 생활 기술의 달인과 지식인도 포함됐다.

링링은 잠시 턱을 쓸었다.

"200개로는 턱없이 모자라. 게임 속엔 아직 생존한 인물이 약 900명은 더 있어."

"네. 그래서 말입니다만…… 이번 기회에 안센 님과 함께 움직였으면 합니다."

"흐음……."

링링은 나한석이 무슨 의도로 말을 꺼냈는지 바로 이해했다.

"가능하겠어?"

그는 지금 유리관을 찾는 걸로 만족하질 않고, 이를 양산하겠다는 목표를 내세운 것이다.

나한석은 난색을 표했다.

"쉽진 않을 겁니다. 리카온 제국 측에서도 송명 님이 따라갈 테지만 아무래도 유전자 배합은 아직 우리들이 모르는 기술입니다. 이를 성공시키려면 관리자들의 도움이 필요하죠."

"골치 아픈 얘기네."

나한석과 링링의 한숨이 동시에 터졌다. 그들 앞으로 놓인 문제 중 가장 커다란 화두는 바로 이것일 터였다.

현대 지구인인 관리자와 신인류인 유니온의 불안한 관계.

"그들이 우리 뜻대로 움직일까?"

한 달 전.

시스템과 융합했던 몬스터 '카오스'를 무찌르고, 천외천은 메인 연구동을 장악했다.

이어서 뇌신의 전력을 활용하여 91개의 유리관을 모조리 사용했고, 동면 상태에 빠졌던 관리자들의 정신을 일깨우는 데에 성공했다.

멸망하는 지구에선 인력은 항상 부족했고, 앞으로 이 땅에서 살아가려면 관리자들과의 공조는 필수였기에 내린 결정이었다.

하지만 관리자들의 생각은 달랐다.

그들은 NPC 출신인 드림 사이드의 주민들을 영 탐탁지 않게 생각하고 있었고…….

"크, 큰일입니다!"

그때였다.

바닥에서 마력이 응축되더니 솟아오른 물이 점차 형상을 갖추기 시작했다.

얼마 지나지 않아 완전히 모습을 갖춘 정령은 이쪽을 다급한 얼굴로 올려다보았다.

정령왕 아쿠아.

오늘날 진백호의 몸에 머물며 온전히 지구로의 현신을 마친 녀석이었다.

그리고 아쿠아의 입에선 정령왕의 음성이 아니라, 걸쭉한 진백호의 목소리가 들렸다.

앳되지 않은 꽤 중후한 음성.

"습격이 있을 겁니다!"

＊＊＊

콰아앙!

어두운 밤하늘 아래로 커다란 폭음과 함께 매캐한 연기가 치솟았다.

지구에서의 생존은 늘 위기를 동반하고 몬스터들의 침입은 잦은 편이다.

해서 갑작스럽게 시작된 습격은 하등 특별할 것도 없는 일이라 할 수 있었다.

하지만 오늘은 조금 달랐다.

"……사람?"

외부의 습격으로부터 도시를 지키기 위해 세워 둔 방벽 너머로는 수십에 달하는 사람들이 있었다.

똑같은 전투복을 입고 다양한 현대 무기를 겨냥한 그들은 거침없이 이쪽으로 다가왔다.

그 정체는 '관리자'들.

김강렬은 확성기의 전원을 올렸다.

"이만 멈추십시오! 더 다가오면 저희들도 가만히 있지 않겠습니다!"

그러나 밀고 들어오는 상대측에서는 도통 그 말을 들어 먹을 생각이 없는 눈치였다.

일언반구의 대꾸도 없이 무작정 스킬을 난사하고, 유니온으로 진군할 뿐이었다.

김강렬은 미간을 찌푸렸다.

"대체 무슨 생각이지?"

관리자들이 NPC 출신인 그들을 별로 마음에 들어 하지 않는다는 건 익히 알았다.

 이곳에서 멀찍이 떨어진 위치에 벽을 세우고 늘 경계의 시선으로 이쪽을 본다는 것도.

 콰광! 콰가가가강!

 멀리 하늘에서 미사일이 솟구치더니 유니온으로 떨어지는 것도 보였다.

 물론 원형의 방어 마법진은 어지간한 외부 공격을 막아 낸다.

 안센과 링링, 그리고 기술자들의 노하우가 집적된 방벽은 라그나로크를 버틸 정도로 단단한 방어력을 자랑한다.

 카오스조차 잠시 버티도록 단단한 방비를 갖춘 지상 최대의 요새. 미사일 따위로는 실금조차 나질 않는다.

 저들의 스킬만으로는 뚫지 못할 거라는 건 익히 잘 알려져 있어 두려울 건 없었다.

 '그리고 이건, 누구보다 저들이 더 잘 알 텐데……'

 현대의 무기 정도로는 플레이어로 각성한 유니온의 주민들을 위협할 수 없다.

 잠시 방벽 아래를 내려다보던 김강렬은 잠시 침음을 흘리다 나지막이 혀를 찼다.

 되질 않는 공격인 줄 알면서도 강렬하게 공격을 반복하는 이유…….

특히 이 어두운 밤 중에서도 유난히 화려한 폭발 마법을 사용하는 이유가 뭘까.

"……눈속임인가."

그는 뒤를 돌아보더니 말했다.

"지금부터 위기 경보를 격상한다. 현 상황부로 전시로 준하여 전원 로그인을 개시한다!"

김강렬의 빠른 대처는 유니온 전역으로 순조롭게 퍼져 나갔다.

❧❧❧

잠시 후.

위이이이잉!

유니온 전역으로 사이렌이 울리면서 거리를 밝히는 전등이 환하게 켜졌다.

잠들었던 사람이나 야간 근무 중이던 이들은 모두 하나같이 로그인을 개시했다.

수차례 멸망을 겪었던 주민들.

불평불만을 토로하는 사람은 없었고, 모두 날이 선 시선으로 정해진 위치로 향했다.

막말로 현 자리에 선 100명의 사람들은 지난 세계에서도 특별히 각광받던 자들이다.

어리숙한 사람은 없었다.

"……시발, 뭐 이리 반응이 빨라?"

"이러다 걸리는 거 아닙니까?"

"시끄러워. 여긴 제아무리 놈들이라 해도 알 턱이 없어. 우린 목적만 달성하고 조용히 빠져나가면 돼."

그리고 어두운 통로를 귀신같이 가로지르는 사람들이 있었다.

모종의 계획을 실행하기 위하여 바깥의 소란을 틈타 유니온으로 잠입한 각성자들.

그들의 리더 '이창식'은 작은 단말기를 내려다보며 중얼거렸다.

"흐음…… 이쯤인가."

손전등이 비추는 곳엔 오랫동안 사용하지 않아 녹슨 철로가 보였다. 이창식은 무전기를 꺼내어 말했다.

"여긴 두더지. 두더지. 목적지에 도달했다. 작전을 개시하도록 하겠다."

치직!

잠시 대답을 기다렸지만 돌아오는 무전은 없었다. 이창식은 괜히 무전기를 툭툭 쳐보다 이내 허리춤에 꽂아 넣었다.

"……통신이 끊겼군."

크게 개의치 않았다.

여긴 유니온의 지하 깊숙한 곳에 숨겨진 오랜 폐역의 철로였다. 통신 자체가 잘 터지기 어려운 환경인 것이다.

게다가 오존층을 뒤덮듯 카오스로 하늘을 장악당한 지구는 과거의 그날처럼 온전하게 무전을 주고받을 수 없게 되었다.

카오스에 휩쓸린 건 그 무엇이더라도 원하는 방향으로 나아가기란 무리였다.

"됐어. 다들 일 시작해!"

해서 이창식은 대수롭지 않게 명을 내렸다. 그의 부하들도 각자 맡았던 작업을 개시했다.

그들의 가방에서 나온 건 한 손에 들어올 정도로 아주 작은 크기의 폭탄!

하지만 그 위력은 유니온 따위는 가뿐히 소멸시킬 정도로 무서운 전략무기였다.

"조심해서 다뤄. 그거 터지면 우리도 다 뒈지는 거야."

"……뭘 겁을 주고 그래요? 뇌관만 안 건드리면 괜찮잖아요."

작업은 순조로웠다.

폭탄을 정해진 위치까지 운반하는 게 어려웠지, 이를 설치하는 건 별게 없다.

대충 벽면에 붙이고 정해진 코드만 입력하면 된다.

그런 간단한 조치로 도시 하나를 무너뜨릴 만한 위력을 발휘한다는 게 무서울 따름이다.

뭐, 버튼 하나면 그대로 발사되어 폭발해 버리는 '핵'보다는 번거롭겠지만.

치지직……!

한창 작업을 마무리할 즈음이었다.

치칙!

무전기에서 소음이 들렸고, 이창식은 미간을 구기며 일단 무전기를 꺼내었다.

볼륨을 올리자, 뚝뚝 끊기는 기계음과 목소리만이 희미하게 들려왔다.

―칫…… 깨! 치치직!

"뭐라는 거야?"

―치치칫…… 망쳐!

이창식은 이내 음소거가 되어 버린 무전기를 내려다보다 신경질적으로 흔들어도 봤다.

다급하게 건너편에서 뭐라고 한 것 같은데, 도통 무슨 소리인지 알 수 없었다.

그가 동료에게 물었다.

"너넨 알겠냐?"

"……글쎄요. 전혀 모르겠는데."

서로 시선을 교차하면서 의문은 가중되었다. 그리고 한쪽에서 이창식의 질문에 대답을 해 왔다.

"도깨비야. 도망쳐. 라고 했어."

"……그래? 도깨비야 도망쳐라. 그게 무슨. 어?"

중얼거리던 이창식은 빠르게 고개를 돌려 목소리가 들려온 방향을 확인했다.

본능적으로 허리춤에 걸렸던 권총을 꺼냈고, 그 반응에 부하들도 무기를 쥐었다.

이창식은 총알을 장전했다.

"누구냐?"

그리고 돌아온 답은.

"누구인지가 중요해?"

앞이 아닌, 뒤에서 들려왔다.

"너희들이 뭘 하려 했는지가 중요하지."

소름이 끼쳤다.

분명 앞에 있다고 생각했는데 언제 뒤로 이동했단 말인가?

이창식은 이를 악물고 몸을 돌려 소리가 난 방향으로 방아쇠부터 당겼다.

타아아앙!

하나 귀신이 곡할 노릇이었다.

이창식이 쏘아 낸 방향엔 아무것도 없었고, 두려움에 호흡을 거칠게 내뱉던 그는 새로운 사실만을 깨달을 뿐이었다.

"……시발."

그의 동료들.

잠시 방아쇠를 당긴 찰나에 부하들이 모조리 바닥에 쓰러져 있는 것이다.

머릿속으로 경종이 울렸다.

총알보다 빠르고, 가만히 보고 있는 것만으로도 공포를 심어 주는 존재…….

어둠 속에서 홀로 금빛 눈동자를 밝히는 한 남자의 정체를 얼핏 알 수 있었기 때문이다.

그래.

이런 비상식적인 상황을 연출할 존재는 이 세상에 단 한 사람뿐이다.

"……가, 강서준."

바들바들 떨리는 이창식의 총구는 아래로 내려갔다.

도저히 승산이 없는 싸움이다.

케이에 대한 소문은 관리자들 그 누구도 모를 수 없다.

또한 드림 사이드를 유일하게 돌파해 낸 강서준이란 플레이어는 전설과도 같았다.

이창식은 관리자들 중에서도 각성을 해내지 못한 '실패한 관리자'였고, 게임을 공략한 강서준과는 질적으로 차이가 났다.

그리고 이창식이 전투 의사가 없다는 걸 알아서인지, 혹은 절대 어찌할 수 없다는 걸 잘 알고 있는 건지…….

강서준은 이쪽을 전혀 신경 쓰질 않고 차분하게 그들이 설치해 둔 폭탄을 제거해 나갔다.

그렇게 한참 조용하던 찰나.

"뭐라고?"

돌연 강서준의 입에서 험한 말이 튀어나왔다.

이창식에게 한 말이 아니었다.

그는 귀에 꽂은 블루투스 이어폰으로 누군가와 대화를 나누고 있었다.

'우리들은 통신 하나를 연결하려면 온갖 고생을 다 해야 하는데. 저렇게 쉽게 통화를 할 수 있다니…….'

새삼스러운 기술적인 격차도 느껴졌다.

듣자 하니 저쪽 사람들 중엔 SF 세계관의 등장인물이 있다던데? 과연…….

"그게 사실이야?"

한편 강서준은 약간 살벌한 눈으로 이쪽을 돌아보더니 말했다.

"그것들이 여기에 핵을 쏘려 한다고?"

이창식의 얼굴이 사색으로 굳었다.

강서준의 미간은 사정없이 구겨졌다. 솔직히 상상도 하지 못했던 일이었다.

"미친놈들이…… 또 핵을 써?"

지구가 멸망한 건 인간들의 각가지 신념이 얽혀, 극단적인 핵전쟁으로 번졌기 때문이다.

그렇게 핵전쟁은 카오스를 낳았고, 세상은 아포칼립스 세계관으로 물들었다.

따지고 보면 지구 멸망의 실질적인 원흉은 핵이나 다름없는 것이다.

–내 말이요!

발 빠르게 적진의 한곳으로 잠입하여 핵을 무력화시킨 김훈이 혀를 차며 중얼거렸다.

강서준은 짜증을 섞어 답했다.

"걔넨 학습 능력이라곤 없대?"

–나름 전술핵이니 괜찮을 줄 알았나 보죠.

전술핵은 보통 국지전에서 사용하도록 만들어져 폭발 위력이 대단히 크진 않다.

하지만 그것만으로도 유니온을 지도에서 완전히 지워 버리는 건 일도 아니었다.

한숨이 절로 나왔다.

–대체 왜 이렇게까지 하는 걸까요?

김훈이 묻는 말은 강서준도 하고 싶은 말이었다.

관리자들은 대체 왜 이렇게까지 하여 그들을 배척하려 하는 걸까.

드림 사이드를 통해 우성인자를 조합하여, 신인류를 개발하는 건 그들의 목적이 아니었나?

새삼스레 그 목적을 달성한 오늘…….

어째서 그들은 본인들의 성과물을 지우려 하는 걸까?

강서준은 자신의 감각에 닿아 있는 백귀들의 움직임을 살폈다. 더더욱 한숨만 늘어났다.

작정이라도 했는지 유니온의 곳곳으로는 폭탄 테러를 비롯한 온갖 수작이 진행되고 있었다.

진백호가 미리 아쿠아를 통해 알려 주질 않았더라면……
아마 큰 피해를 입었을 거라 확신했다.

한편 같은 무전 라인에 있던 링링은 별로 대수롭지도 않은 목소리를 냈다.

-힘의 불균형 탓이지 뭐.

"힘의 불균형?"

-우리가 너무 강한 게 문제야.

드림 사이드의 목적대로 완성된 신인류는 말 그대로 터무니없이 강력한 힘을 각성했다.

유니온의 주민들은 하나같이 '플레이어'가 되었고, 이를 통해 현실을 게임처럼 살아간다.

관리자들은 가지지 못한 힘이다.

-관리자들의 각성 능력은 '플레이어'와 질적으로 달라. 저들은 레벨 업을 하질 않잖아.

플레이어는 레벨을 올려 스텟을 찍는다. 경험치를 얻어 스킬의 등급도 올린다.

저렙의 각성자도 시간이 흐른다면 고렙의 각성자로 탈바

꿈할 수 있는 것이다.

반면 레벨 업을 할 수 없는 관리자는 그 수준을 올리려면 극한에 가까운 고행이 필요했다.

힘을 키우고 싶다면 그만한 운동을 해야 했고, 체력을 늘리려면 그만큼 맞아야 한다.

'심지어 관리자들은 쉽게 마법도 쓸 수 없지.'

스킬 '파이어볼'을 사용하려면 보통의 관리자들은 화염 내구에 강한 소재를 장비로 착용해야 한다.

기본적으로 스킬에 대한 보정을 받는 플레이어와는 그런 세세한 부분부터 차이가 난다.

강서준은 혀를 차며 중얼거렸다.

"그건 뭘 모르고 하는 소리잖아."

-그래. 관리자도 알고 보면 사기적인 존재니까.

이는 드림 사이드에서 겪었던 '주요 인물'의 특징을 떠올려 보면 간단했다.

저들은 '레벨'이 없다.

체내에 마력을 담아 둘 필요도 없고 설령 담아 둔다 해도 끝도 없이 채울 수 있다.

그 사용량엔 정해진 게 없다.

'즉 한계가 없다는 거야.'

저들은 언제든 무한에 가까운 힘을 다룬다. 진백호와 유리나의 경우만 봐도 증명할 수 있는 내용이었다.

'실제로 카오스의 폭주를 완전히 잠재운 건 진백호와 유리 나였으니까…….'

오히려 조건만 따져 본다면 관리자 측이 훨씬 유리한 상황이다.

저들은 그저 작금의 상황만을 짐작하여 본인의 한계를 스스로 정했을 뿐이다.

—문제는 본인들의 힘을 자각하기가 쉽질 않다는 거겠지.

"우리 레벨 업은 쉽고?"

—누가 쉽대? 다만 우린 수치가 눈에 보이잖아.

링링은 혀를 차며 말을 이었다.

—결국 힘의 불균형은 우릴 적으로 보게 만드는 거야. 브레이크가 없는 자동차는 누군가에겐 그저 살인 무기처럼 보이거든.

"……골치 아프네."

—응. 우리한테 남은 가장 큰 문제라고도 할 수 있겠지.

강서준도 링링에게 들어 현재 유니온의 사정을 잘 알았다.

드림 사이드의 남은 주민들을 안전하게 현실로 데려오려면 관리자의 도움은 필수다.

고작 200명에 만족할 게 아니라면 이참에 유리관을 양산해야만 하니까.

뭐 시간이 흐른다면 언젠가 기술도 개발된다. 그들만의 힘으로도 유리관은 만들 수도 있겠지마는……

'그때까지 아크에 남은 주민들이 버틸 수 있냐는 게 문제

지.'

현재 메인 연구동에서 유지 중인 0115 채널은 아예 멈춘 것처럼 보였지만 그건 사실이 아니었다.

시간의 차이가 극명하게 나기 때문에 멈춘 것처럼 보이고 있을 뿐이다.

그곳은 아주 느릿하게 멸망하는 세계였고, 사람들 또한 여전히 카오스에 의해 침식당하고 있다.

지금은 이루리가 억지로 메인 연구동의 컴퓨터를 조작해서 그 시간을 늦추고 있지만.

'오래 버티진 못해.'

아무래도 드림 사이드는 다시 복구할 수 없는 세계였고, 하루라도 빨리 사람들을 현실로 빼돌려야만 한다.

"차라리 관리자들도 플레이어처럼 레벨 업이 가능했으면 좋을 텐데."

강서준은 어깨를 으쓱했다.

막말로 유니온 측에서 보기에도 관리자란 존재는 언제 폭발할지 모르는 위태로운 폭탄이다.

이번 문제처럼 돌연 '핵'을 쏘려 하는 것 말고도, 그 무한한 힘을 사용하는 데에 제약이 없질 않은가.

차라리 그들도 '플레이어'가 되어 레벨에 의한 제약이 생겨났다면…….

힘의 불균형이고 뭐고 없을 텐데.

'좋은 방법이 없으려나…….'

그때였다.

-답. 방법은 강서준 님의 장비 '도깨비 왕의 감투'에 있습니다.

'……뭐?'

-답. 강서준 님에게 새로운 드림 사이드를 개발할 것을 권유합니다.

터무니없는 시스템의 발언 뒤로 강서준은 도깨비 왕의 감투에 오랫동안 봉인되어 있던 한 아이템을 꺼내 들 수 있었다.

솔직하게 오늘날까지 이 아이템의 존재 자체를 까먹고서 생각도 못 했더랬다.

그러고 보면 '이걸' 써야 할 때가 된다면 자연스레 그 방법을 알게 될 거라고 했었지?

강서준은 쓰게 웃었다.

"……그게 지금이었나?"

강서준의 손엔 작은 USB가 있었다.

✦✦✦

그로부터 1년이 지났다.

「안녕하십니까. 굿모닝 아침의 소이현입니다. 오늘도 유니온으로의 신규 이주가 활발한 가운데 채널별 핫이슈를 모아 왔습니다. 그럼 0115

채널 뉴스부터 시작하겠습니다……」

    잠시 스마트폰으로 방송을 내려다보던 도적 계열의 플레이어는 들려온 음성에 고개를 들었다.

    풀 플레이트 아머를 장착한 탱커 플레이어가 그를 내려다보고 있었다.

    "공대장, 파티원들이 모두 모였어. 공략 시작해야지?"

    공대장이라 불린 플레이어는 고개를 주억거리며 스마트폰을 인벤토리에 넣었다.

    최신식 기기를 사용한다면 홀로그램도 볼 수 있겠지만 그는 스마트폰과도 같은 구식 기기가 좋았다.

    과거의 향수라고 할까.

    너무나도 변해 버린 세상에서 몇 안 되는 과거의 흔적이 바로 스마트폰이다.

    "그나저나 공대장…… 오늘 사냥은 6시 전에는 끝나겠지?"

    "그건 왜?"

    "몰라서 물어? 오늘 그날이잖아!"

    "그날?"

    잠시 고개를 갸웃하던 공대장은 이내 '그날'이 뜻하는 바를 떠올릴 수 있었다.

    공대장은 대번에 미간을 찌푸렸다.

"……그걸 왜 이제야 말해?"

"응?"

"빨리 와! 6시 전엔 공략을 끝내야 축제에 참여할 수 있을 거 아니야!"

잠깐 벙 찐 얼굴을 하던 탱커 플레이어는 공대장을 따라 빠르게 움직였다.

그들은 머지않아 과거 '리자드맨의 우물'이라 불리던 S급 던전 '찬란한 호른 제국'으로 입장했다.

오늘의 목적을 달성하려면, 그들은 내리 10시간을 쉴 틈 없이 사냥해야 한다.

하지만 의욕이 떨어지는 놈은 없다.

다들 반드시 6시 이전에는 사냥을 마치겠다는 생각만이 절실했다.

그리고 이런 상황은 비단 전투를 앞둔 던전의 앞에서만 벌어지는 일이 아니었다.

"빨리빨리 움직여!"

"뭐 하고 있어? 이러다 늦어!"

상인 계열의 플레이어들은 각종 짐을 꾸역꾸역 멘 채로 말끔하게 정돈된 도시로 들어섰다.

지구 최후의 도시…… 유니온.

그곳엔 벌써부터 수많은 인파가 득실거리며 다가올 축제를 준비하고 있었다.

사람들의 시선은 하늘의 홀로그램으로 덩그러니 떠오르는 영상으로 향했다.

유니온의 연혁을 소개하는 해당 영상 속엔, 현 지구의 상태를 보여 주고 있었다.

「1년 전, 라그나로크로 인해 '드림 사이드 2'는 완전히 종료되었습니다. 하지만 우리 유니온은 자체적인 개발로 '드림 사이드 3'를 새로 만들어 냈고 과거의 데이터를 복원하여 오늘날 지구 발전에 크게 기여를……」

그러거나 말거나.

"각 채널에 동시 송출될 예정이야! 이번 기회에 유니온은 안전하단 인식을 바로 세워야 하니까…… 다들 정신 똑바로 차려!"

가까이 방송국의 PD나 카메라맨들도 바쁘게 움직였다. 몇몇 너튜버들도 부지런히 촬영을 이으며 현장을 공유했다.

각자 오늘날 시작될 '축제'를 준비하느라 여념이 없었던 것이다.

"……조금 떨리네요."

시간은 흘러 어느덧 하늘엔 어둠이 내리깔렸다.

일부 카오스를 밀어낸 덕인지 유난히 별들이 촘촘하게 박힌 밤하늘.

그 아래로 휘황찬란한 무대 조명이 켜지고, 사람들은 환호성을 내질렀다.

강서준은 무대 뒤편에서 심호흡을 잇는 최하나를 향해 나지막이 입을 열었다.

"당장 눈앞에 칼이 다가와도 겁먹지 않을 거면서, 답지 않게 왜 그래요?"

"……그게 이거랑 같나요."

"다르겠죠. 근데 뭐 걱정하는 일이 일어나겠어요?"

강서준은 무대 곳곳에 배치해 둔 백귀들과 영혼 부대의 시선을 교차로 체크했다.

그들은 일종의 CCTV이자, 방범용 카메라였다. 무슨 일이 벌어진다면 곧바로 제압하고 알려 올 것이다.

강서준은 씨익 웃으며 말을 이었다.

"무슨 일이 벌어져도 괜찮으려고 드림 사이드 3를 만들었잖아요."

드림 사이드 3.

현 지구의 평화를 완성해 낸 단 하나의 게임이자, 관리자와 NPC 간의 불화를 종식시킨 유일무이한 콘텐츠.

1년 전, 핵 위협이 있을 때에 얼티밋 스킬 '시스템'에게 얻은 정보로 부지불식간에 개발해 낸 물건이다.

"이제 와서 생각해 보면 그 일도 사실 우연이 아닐지도 몰라요."

모든 일의 종착점이 되어 버린 '드림 사이드 3'는 과연 어떻게 개발될 수 있었을까.

모두 아이크의 USB로부터 기인했다.

드림 사이드 1의 세계에서 관리자 아이크는 강서준에게 '드림 사이드 1의 백업 데이터'를 맡겼었고.

얼티밋 스킬, 시스템이 그 데이터를 기반으로 차츰 소멸해 가던 드림 사이드를 복원시켰다.

'그 덕에 관리자도 플레이어가 될 수 있었고, 죽었던 NPC들도 모두 되살아날 수 있었어.'

이루리의 해킹으로 기어코 찾아낸 세이브 데이터는 드림 사이드를 더더욱 확장시켜 주었다.

강서준은 시선이 최하나와 맞닿았다.

말했듯 이 모든 건 우연의 산물이 아니다.

"우연이 아닙니다. 모두 제가 열심히 플레이한 결과죠."

N포가 싫었다.

늘 잃어버릴 뿐인 그는 작은 것 하나도 놓치고 싶지 않은 욕심쟁이가 되었다.

그래서 N무 세대가 되었다.

'……내가 N포였다면 어땠을까.'

만약 강서준이 적당히 타협하면서 살았더라면, 지금 이 순간을 맞이할 수 있었을까?

'아마 적당한 해피엔딩이었겠지.'

소중한 무언가를 잃은 만큼 더 소중한 무언가를 손에 쥐었을지도 모른다.

N포 세대는 자신을 희생하며 무언가를 지키기 위해 노력하는 사람들이니까.

하지만 그건…….

'진짜 엔딩으로 닿질 못해.'

모든 게임엔 찐 엔딩이라 부를 만한 게 존재하고, 그 엔딩을 보려면 모든 콘텐츠를 독파할 줄 알아야만 한다.

강서준은 이를 위해서 아무것도 포기하지 않는 선택을 했고 끊임없이 공략법을 연구했다.

강서준은 확신한다.

'자신을 포기해선 안 돼.'

그리고 최하나를 향해 말했다.

"최하나 씨도 열심히 해 왔잖아요. 괜찮을 겁니다. 당신은 뭐든 해낼 거예요."

"……그렇겠죠?"

싱긋 웃은 최하나는 이내 자리를 털고 일어나 무대를 향해 천천히 걸어갔다.

유니온의 첫 축제.

아직도 게임 속에서 현실로 넘어오길 두려워하는 사람들을 위해서, 그녀는 노래를 부를 생각이었다.

"눈을 감아요. 기억나나요."

옥구슬이 굴러가듯 선명한 선율이 별처럼 반짝였다. 사람들의 시선은 한곳으로 집중되었다.

"흩어져 버린 모래알처럼, 수놓은 별들처럼 희미해졌죠."

0115 채널에서 가장 유명한 히트곡이자, 최하나의 대표곡으로 유명한 노래.

현 지구에 살아남은 생존자와 연결된 모든 채널로 동시 송출되는 콘서트 영상······.

사람들의 가슴으로 스며든 노래는 긴 여운을 남기며 오늘을 기억하고 있었다.

그 후

드림 사이드.

115번이나 반복된 시도 끝에 단 한 번의 공략을 허용한 희대의 망겜.

하지만 오늘날 드림 사이드는 없어선 안 될 필수 불가결한 요소라고 할 수 있다.

"그도 그럴 것이 드림 사이드만이 플레이어를 양산하고, 나아가 지구를 공략할 수 있는 유일한 기회가 되었으니까요."

멋들어진 정장을 걸친 남자는 마이크를 쥐고 열심히 연설을 이어 나갔다.

플레이어 대학의 학생들은 특별 초청을 받은 외부 강사를 올려다보며 눈을 초롱초롱 빛냈다.

"모두 케이 님의 덕입니다! 오늘 우리가 배울 건 바로 케이 님이 드림 사이드에서 어떤 위명을 떨쳤고 그 업적이 오늘날 우리에게 어떻게 전해지고 있는지에 대해……."

물론 모두가 강의에 집중하는 건 아니다.

플레이어 대학의 2학년으로 재학 중인 탱커 속성의 한태성.

그는 길게 늘어지는 설명에 저도 모르게 하품을 쩍 뱉었다. 재미가 없는 건 아니지만 워낙 잘 알고 있었기 때문이다.

'케이 님의 능력으로 드림 사이드 3가 개발되고 오늘날의 지구를 되살렸다나 뭐라나.'

플레이어 대학에 재학 중이라면 관련 내용을 수십 번은 듣기 마련이다.

입학하고 처음으로 배웠던 '플레이어 기초학'에서도 케이를 언급하면서 시작되었고.

'실전 전투학', '던전 공략 이론', '레벨링 및 인던 실습' 등…… 수많은 과목 중에서 케이의 이야기가 빠지는 경우는 없었다.

교과수의 대다수는 그의 업적을 칭송하듯 늘어놨고, 시험 문제로도 종종 출제됐다.

모르는 게 이상하다.

'근데 그게 뭐…….'

너무 많이 알아 질려 버린 걸까. 혹은 그 내용의 대다수가 너무나도 비현실적이기 때문일까.

상위0.001%
랭커의 귀환

한태성은 별 대수롭지 않은 얼굴로 강서준의 일화를 흘려듣고 있었다.

막말로 그는 믿지 않았다.

'용을 맨손으로 때려잡는다지? 참네, 그게 말이 돼? 불사 속성은 어디 가고?'

전쟁 영웅을 기록한 교과서는 자연스레 미화되기 마련이다. 그 내용엔 과장된 판타지가 적혀도 증명할 방법은 없다.

'레벨이 아무리 높아도 그렇지.'

게다가 랭커 출신이라 불리는 플레이어 대학의 교수들 수준을 보면 얼추 알 법했다.

용을 사냥할 수는 있어도 목숨을 걸어야 한다고 몇 번이나 들었다.

"이건 여러분들에게만 알려 주는 사실인데…… 이곳 '찬란한 호른 제국' 또한 케이 님이 다스리는 던전 중 하나입니다. 그분이 이곳을 어떻게 차지하게 되었냐면 말이죠."

한태성은 따분한 표정을 지으며 연설을 이어 나가는 남자를 흘겨보았다.

말끔한 정장에 부티가 흐르는 그는 꽤 유명 인사로 사람들의 입방아를 찧는다.

'장기용, 혼백(魂魄)의 간부.'

익히 알려진 케이의 광신도 단체의 고위급 간부. 그런 곳에서 파견 나온 자의 말만큼이나 과장된 건 없으리라.

"그럼 설명은 여기까지 하고…… 오늘 여러분들이 해야 할 게 무언지 알려 드리죠."

그나마 다행인 건 지루한 시간이 끝나고, 기다리던 현장 실습 시간이 시작되었다는 것이다.

오늘의 과제는 플레이어별로 팀을 나눠 호른 제국의 리자드맨을 사냥하는 일이다.

"이곳은 S급 던전이지만 그 아래의 몬스터가 없는 건 아닙니다. S급 던전 임에도 F급의 몬스터가 등장할 수 있죠."

드림 사이드 3가 재개발되는 과정에서 강서준은 '던전 브레이크'를 완전히 제거해 버렸다.

그리고 던전의 등급이 상승하면 레벨 제한과 던전의 크기가 넓어진다는 점만을 차용했다.

"여러분이 사냥할 건 D급의 리자드맨입니다. 지금부터 12시간의 여유를 드리죠. 역량껏 '붉은 리자드맨의 꼬리'를 찾아 제출하세요."

장기용의 말이 끝나는 것과 동시에 학생들은 삼삼오오 모여 이동하기 시작했다.

플레이어 대학의 2학년 정도라면 평균 레벨은 100을 웃돈다. D급의 몬스터는 사냥하기 어려운 존재가 아니었다.

다만 '집단'으로 움직이는 특성을 가진 리자드맨을 상대하려면 일반적으로 평균 레벨은 그들보다 10은 더 높아야 한다.

그게 아니라면 이쪽도 무리를 이루고 리자드맨을 상대하

는 수밖에 없다.

즉 이번 과제의 주제는 팀플레이.

'문제는 붉은 리자드맨의 꼬리는 엘리트 몬스터에게만 나온다는 거야.'

D급의 리자드맨 중에서도 붉은 꼬리를 가진 개체는 극히 일부에 한한다.

10마리 중 한 마리.

대략 한 집단이 몰려다니는 숫자가 10마리 내외라고 생각한다면, 한 번의 전투에서 얻을 수 있는 아이템은 기껏해야 하나다.

'그러니 12시간이 주어진 거겠지.'

이번 과제를 온전히 달성하려면 동료와의 협업은 필수였고, 동료의 협조를 구하려면 자신의 과제뿐만이 아니라 동료의 것도 모아야 한다는 조건이 성립된다.

즉 10명의 파티를 조직한다면, 궤멸시켜야 하는 리자드맨의 개체 수는 약 100마리.

한태성은 주변을 둘러보았다.

'쉽지 않은 과제야.'

단순히 리자드맨을 사냥하는 것만으로 끝나는 과제였다면 얼마나 좋았을까?

한태성은 이번 과제의 핵심을 알았다.

'선착순.'

현재 필드에 선 2학년의 숫자는 대략 100명에 다다른다.

그리고 근방의 리자드맨은 그 개체 수가 대략 500마리로 알려져 있었다.

'낙오자가 생기는 구조야.'

학교 측에서 일부러 리자드맨의 숫자를 조율한 건지는 몰라도, 반절은 낙제점을 받을 수밖에 없는 구조였다.

물론 한태성은 낙오자가 될 생각이 없었고, 약 100명에 다다르는 경쟁자와 한 공간에서 혈안이 될 생각 또한 하질 않았다.

"이건 경쟁이야. 일반적인 방법으로는 뒤처지게 되어 있다고."

나지막이 중얼거린 한태성은 자신을 기다리는 동료들과 시선을 교차했다.

100여 명의 학생 중에서도 특별히 엄선한 팀원은 황금 밸런스를 자랑했다.

한태성은 으스대며 말했다.

"운 좋은 줄 알아. 내가 얻은 정보라면 이번 과제의 A+는 따 놓은 당상이니까!"

호언장담하며 나선 한태성은 팀원을 이끌고 수많은 플레이어가 득실거리는 드넓은 들판을 가로질렀다.

또한 근처로 리자드맨이 나타나더라도 애써 사냥하지 않고 더더욱 빠르게 발을 놀려 목적지로 움직였다.

그들이 향한 곳은, 우거진 늪지대.

발에 걸리는 끈적이는 감각과 축축한 공기, 반면 살얼음판을 걷듯 분위기가 약간 을씨년스러운 곳이었다.

"모두 전투 준비!"

말을 꺼낸 지 얼마 되지도 않은 시점에서 늪지대의 한쪽으로 일련의 무리가 나타났다.

약 세 마리의 붉은 리자드맨.

D급에선 희귀한 엘리트 몬스터로 분류된다만, C급에선 흔하디 흔한 몬스터다.

아마 이런 외진 곳이 아니라 놈들의 본진에 가까운 자리에 있었더라면 '리자드맨 십부장'이란 이름으로도 불렸을 것이다.

'단순해. C급을 사냥할 능력이 있다면 굳이 D급 사이에서 헤맬 이유도 없는 거야.'

바로 이를 위해서 한태성은 '호른 제국'의 몬스터 서식지를 빠짐없이 조사해 뒀다.

오늘의 사냥을 위해 발품 팔아 고렘의 학생들을 선점해 파티도 맺어 놨다.

그들에게 C급은 문제가 아니었다.

누군가가 말했다.

"근데 C급 꼬리랑 D급 꼬리는 조금 다르지 않냐?"

"다르지. 이쪽이 더 색깔이 짙어."

"그럼 C급 아이템이라는 게 걸리지 않을까?"

한태성도 그 생각을 안 해 본 건 아니었다. 하지만 그는 대수롭지 않게 털어 냈다.

"오히려 걸려야지. 이번 과제는 역량껏 붉은 리자드맨의 꼬리를 가져가는 거야. 등급의 구분은 없어."

드립 사이드의 퀘스트는 보이는 게 전부가 아니다.

이는 플레이어를 양성하는 대학에서도 종종 활용하는 방식의 문제 풀이.

C급의 꼬리를 가져간다면 가산점을 받을 거라는 게 한태성의 추측이었다.

"……그렇단 말이지?"

콰아아아앙!

대검을 쥔 근접 딜러인 리호가 호쾌한 궤적을 그리며 화끈한 공격을 휘둘렀다.

이미 C급을 1 대 1로 싸울 수준이 되는 그였기에, 일격에 리자드맨의 어깨가 잘려 나갔다.

핏물이 터지고 녀석의 괴로움에 찬 비명은 늪지대 곳곳으로 퍼졌다.

그리고 비명은 오래가지 않았다.

스거어어억!

뒤이은 암살자가 리자드맨의 멱을 따 버렸고, 마법사는 강력할 절삭력을 가진 바람 칼날로 놈을 난도질해 버렸으니까.

끼아아악!

사냥은 순조롭게 이어졌다.

애써 조직한 만큼 합은 훌륭했고, 세 마리의 리자드맨은 금세 주검이 되어 쓰러졌다.

"이런 식이면 금방 끝나겠는데?"

"좋아. 이대로만 가자고."

늪지대로 진입한 것과 동시에 얻은 건 세 개의 꼬리다.

이제 일곱 개만 더 얻으면 끝날 일이라 그런지 다들 발걸음이 가벼워졌다.

늪지대라는 환경은 여러모로 귀찮은 특징을 가졌지만, 들판에서 많은 경쟁자를 상대로 몬스터를 드잡이하는 것보단 나으리라.

그렇게 다시 걸음을 옮기며 새로운 리자드맨을 찾아 수색을 이을 찰나였다.

종전에 무자비한 마법으로 리자드맨을 난도질한 마법사 '유영석'이 나지막이 물었다.

"이상하지 않아?"

"뭘?"

"원래 리자드맨은 집단으로 다니잖아. 최소 10마리는 붙어 다니잖아. C급이라고 그 특징이 변하진 않을 텐데……."

한태성은 고개를 주억거렸다.

사실 그가 애써 팀원을 고급 인력으로 조직한 데에는 최소 10마리 이상씩 몰려다니는 놈들의 특징 탓이다.

'아니, C급은 더하지.'

C급부터는 백부장의 계급이 활성화된다. 최소 100마리의 리자드맨이 뭉쳐 다닐 수 있는 조건이 갖추어진 것이다.

한태성은 어깨를 으쓱이며 말했다.

"무리에서 낙오됐나 보지."

"흐음……."

"종종 그런 경우 있잖아?"

유영석은 여전히 의문을 풀지 못한 얼굴이었지만 구태여 더 말을 잇진 않았다.

집단에서 낙오되어 길을 잃은 몬스터가 아예 없는 건 아니다. 오히려 흔해 빠진 경우였다.

이번에도 같은 상황이라 판단하는 게 옳을 것이다.

하지만 문제는 그로부터 약 1시간이 더 지났을 때야 부각됐다.

"……야, 여기 맞아?"

약간 신경질적으로 음성을 토해 낸 건 검사 리호였다. 그는 어지간히도 짜증이 났는지 붉게 변한 얼굴로 말을 이었다.

"벌써 1시간째 몬스터 한 마리도 못 봤어. 고작 세 마리를 사냥한 게 전부야. 정말 이곳에 몬스터가 있는 게 맞냐?"

"……그게."

한태성은 마땅히 할 말을 찾지 못했다. 그도 이 상황이 황당한 건 매한가지였다.

'……이럴 리가 없는데?'

D급 사냥터에서 일부러 먼 곳까지 나와 C급의 늪지대로 들어왔다.

인적도 드문 이곳이라면 당연히 몬스터의 숫자도 많았어야 정상이다.

'C급은 아니더라도 D급은 있어야 하잖아.'

그조차 아무런 흔적이 없다.

'대체 어떻게 된 일이지?'

한참을 걸어 온몸은 무거웠고 축축한 늪지대는 불쾌지수만을 끌어올렸다.

결국 몇몇 팀원은 대놓고 짜증을 냈다. 한태성을 나무라는 소리는 더더욱 커졌다.

차라리 들판에서 몬스터 드잡이에 참여했더라면 진즉에 과제는 끝냈을 거라며 비난을 아끼지 않았다.

'젠장…….'

그렇게 겨우 속을 삭여 가며 걸음을 옮기던 한태성은 시야에 걸린 무언가를 발견했다.

"전투 준비!"

신경질을 부리던 것과는 별개로 다들 빠르게 무기를 쥐어 정면을 경계했다.

플레이어 대학은 입학부터 어렵다고 알려진 엘리트들의 학교.

이미 수차례 훈련을 거듭한 그들은 공과 사는 충분히 구분 지어 움직인다.

　한태성은 눈을 가늘게 떴다.

　'근데 한 놈이야?'

　'매의 눈'과 같은 탐색 계열 스킬을 습득하지 못하여, 먼 곳에 있는 물체는 파악하기 힘들다.

　하지만 호른 제국에서 나타날 몬스터가 리자드맨 말고 또 무엇이 있겠는가.

　이런 외진 사냥터로 돌아다닐 건 몬스터밖에 없을 거라고 확신을 가졌다.

　하지만 그때였다.

　"엎드려!"

　"으억?"

　"엎드리란 말 안 들려?"

　창졸간에 뒤통수를 가격당한 한태성은 바닥에 볼품없이 널브러져야만 했다.

　큰 대미지는 없었지만 갑작스러운 습격에 머리끝까지 화가 나고야 말았다.

　여태 참았던 분노가 일시에 쏟아졌다.

　한태성은 성난 눈을 부라리며 벌떡 자리에서 일어나려고 했다.

　"……?!"

문제는 자신의 머리를 억누르는 우악스러운 손길이 결코 그가 고개를 드는 걸 허락하질 않았다는 점이다.

　"가만히 있어. 위험하니까."

　"무, 무슨……!"

　그리고 채 말이 끝나기도 전에 한태성의 시야 너머로 거대한 폭발이 일어났다.

　한태성은 납득할 수 없었다.

　'무, 무슨 힘이……?'

　전혀 대응하지도 못한 속도로 그를 바닥에 처박은 건 물론이고, 반항조차 할 수 없는 압력은 황당할 정도였다.

　어떻게 이럴 수가 있지?

　이래 봬도 그는 탱커 속성의 플레이어였고, 힘 하나는 2학년 중에서도 손에 꼽는다.

　'그래. 나보다 빠른 건 이해한다 쳐도 이 힘은 대체…….'

　이를 악물고 전력으로 머리를 들어 올리려 했지만 수백 킬로그램의 납덩어리를 머리에 인 느낌이 들었다.

　그리고 그의 머리를 꽉 짓누른 정체 모를 누군가가 입을 연 건 그때였다.

　"가만히 있어. 위험하니까."

　"무슨……!"

　대답을 이을 틈도 없이 눈앞으로 쾅! 하고 폭발이 터졌다.

　그 순간 머리를 누르던 압력이 사라졌고, 한태성은 빠르게 자리에서 일어났다.

마찬가지로 용수철이 튕기듯 몸을 일으킨 그의 동료들도 각자의 무기를 쥐었다.

"그, 그놈은?"

"몰라. 대체 이게 어떻게 된 건지…….."

"긴장을 늦추지 마. 최소한 C급 이상의 플레이어야."

한편 정신을 차린 그들은 주변의 분위기가 종전보다 훨씬 음산해졌다는 걸 알 수 있었다.

안 그래도 우거진 늪지대는 시야가 흐려 불편한 편인데, 지금은 지독한 안개마저 짙게 내리깔려 있었다.

탐색 계열 스킬이 모자란 그들에겐 몹시도 불리한 상황이었다.

"……돌아가야 하지 않겠어?"

유영석의 말에 한태성은 두 눈에 쌍심지를 켰다.

"이렇게 꼴사납게 당하고 그냥 가겠다고?"

"어쩌겠어. 그 사람 고렙이잖아."

"그건 내가 방심을……."

"인정해. 우리가 어찌할 수 없는 상대였어."

한태성은 부들부들 떨다가 이내 미련을 털어 냈다.

의문의 사내가 머리를 짓누를 때에, 아무것도 하질 못했던 건 사실이었다.

막말로 놈이 나쁜 마음을 먹었더라면? 그는 진즉에 불귀의 객이 되었어도 할 말이 없다.

옆에서 유영석이 걱정이 가득한 얼굴로 말했다.

"만약 그 사람이 컴퍼니면 어떡하려고?"

컴퍼니.

드림 사이드의 내외를 오가며 암암리에 가장 활발한 활동을 보여 주는 악성 테러 집단.

공교롭게도 드림 사이드의 세이브 데이터를 복구하는 과정에, 바이러스처럼 제멋대로 부활해 버린 가장 큰 골칫덩이였다.

"……설마 이런 곳에 그런 사람이 있겠어?"

"모르지. 부쩍 소란스럽잖아 요즘."

유영석을 바라보던 한태성은 결국 한숨을 내쉬며 백기를 들 수밖에 없었다.

여전히 화가 나는 상황이었지만, 고작 이런 일로 목숨을 내걸 수는 없는 노릇이다.

"……근데 우리 과제는?"

"그건…….'

혀를 차던 한태성은 돌연 주변에서 느껴진 인기척에 고개를 돌렸다.

"다들 내 뒤로 와."

안개 너머로 희미하게 형상이 잡혔다. 느긋한 걸음걸이로 이쪽을 다가오는 모습에 한태성은 저도 모르게 침을 꼴깍 삼

컸다.

그도 그럴 것이…….

'발소리가 안 들려.'

귀를 쫑긋 세워 봐도 상대로부터 들려오는 소리는 거의 없었다.

도대체 어떤 스킬을 가졌기에 유령처럼 움직일 수 있는 거지?

그렇게 놈의 일거수일투족을 놓치지 않겠다며 눈을 부릅뜬 순간이었다.

"……!"

안개 속을 거닐던 희미한 인기척이 지워지고, 한태성은 자신의 머리를 겨눈 무언가를 확인했다.

'……총?'

우거진 늪지대.

황금녘의 들판에서 깊숙이 이동해야만 찾을 수 있는 아주 은밀한 사냥터.

주로 C급의 몬스터가 나돌고, 종종 길을 잃은 D급의 몬스터가 떠돌아다니는 곳이었다.

한마디로 플레이어 대학의 2학년에 재학 중인 학생이라면 어떻게든 사냥할 수 있는 곳이라는 얘기인데…….

'그래야 하는데.'

한태성은 눈앞으로 어지럽게 나타나는 수많은 몬스터의 행렬에 기함을 토했다.

'대체 이게 다 뭐야?'

그들은 붉은 리자드맨의 꼬리를 찾기 위해 근방을 이 잡듯 쑤시고 다녔다.

그럼에도 몬스터의 흔적은 찾기조차 어려웠고, 다 포기하고 돌아갈까 고민도 했었더랬다.

'……여태 코빼기도 안 보이더니만?'

한태성의 눈앞으로 수십의 몬스터가 이를 벌리며 으르렁대고 있었다.

그것도 고작 D급이나 C급도 아니었다.

'최소 B급…… A급도 있나?'

대체 C급 사냥터에 어떻게 B급 이상의 몬스터가 출몰하게 됐는지는 모를 일이다.

그저 대충 시선을 마주친 것만으로도 오금이 저리고 심장이 터져 나갈 것만 같았다.

압도적인 레벨의 격차…….

대략 100에서 200 가까이 차이가 나는 괴물 틈에서, 한태성과 그 일행은 상상만으로 몇 번이나 생사고락을 넘나들어야 했다.

물론 진짜 죽을 위기가 있었던 건 아니다.

타아아아앙!

한순간에 쏘아진 총알은 몬스터의 미간을 꿰뚫었다.

안개 속을 사정없이 휩쓸고 다니더니 근방에 다가오던 모든 몬스터를 처치해 버린다.

한태성의 입은 다물어지지 않았다.

'이것이 천외천…….'

그의 시선 끝엔 권총 한 자루를 쥐고 A급 몬스터를 일격에 토벌해 나가는 한 여자에게 향했다.

천외천 클라크, 본명 최하나.

현직 가수인 그녀는 현존하는 플레이어 중에서도 가장 대중적인 인지도를 가졌다.

한태성 또한 그녀의 열렬한 팬이었고, 그녀의 앨범은 인벤토리 한 곳에 소중하게 간직되어 있었다.

최하나는 대수롭지 않은 얼굴로 다가오더니 말했다.

"실습수업을 나온 학생들이라고?"

"네, 네! 저는 한태성이라고 합니다. 탱커고요! 레벨은 171! 하나 누나의 팬입니다! 지난번에 팬싸인회도 갔었는데 혹시 기억…….."

"……그래. 기억난다."

"네? 정말요?"

"내가 네 방패에 싸인도 해 줬잖아."

"헉!"

감개무량한 표정을 짓는 한태성을 향해 최하나는 한숨을 내쉬며 말했다.

"뭐 지금 중요한 건 그게 아니고."

그녀는 주변을 둘러봤다.

"너희들 지금 좀 위험한 상황에 놓여 있는 건 알지?"

"……네."

"어쩌다 여기까지 오게 된 건지는 몰라도, 여긴 현재 출입이 통제된 구역이야."

타아아앙!

부지불식간에 쏘아진 마탄이 근방의 안개 너머로 향했다. 전혀 의식하지도 못한 순간에 벌어진 일.

한태성은 늪지대 위로 서서히 떠오르는 몬스터를 보며 입을 꾹 다물었다.

A급 몬스터인 롱 엘리게이터였다.

"문자 안 받았니?"

최하나의 말에 잠시 핸드폰을 조작해 본 한태성은 고개를 갸웃했다.

"무슨 문자요?"

"대피령이 떨어졌을 거야. 근방에 있던 모든 사람들은 이미 대피하고 있을 거야."

하지만 몇 번을 둘러봐도 핸드폰 수신 내역엔 비상 문자 따위는 보이지 않았다.

최하나는 턱을 매만졌다.

"전파가 차단된 건가……?"

잠시 한숨을 푹 내쉰 그녀는 한태성 무리를 향해 나지막이 말을 이었다.

"어쩔 수 없지. 따라와. 안전한 곳까지 데려다줄게."

이후로 최하나를 따라서 그들은 부지런히도 발을 놀렸다.

안개로 잔뜩 둘러싸여 방향조차 알 수 없는 듯했지만 최하나의 걸음엔 막힘이 없었다.

한태성이 알기론 최하나에겐 'S급의 매의 눈'이 있다.

그녀는 수십 킬로미터 밖에 있는 사람의 얼굴까지도 정확하게 인식한다고도 했다.

물론 그 풍문을 믿는 건 아니다.

막말로 지구에서 달을 올려다본들 그곳에 있는 형체를 파악할 수 있다는 게 가당키나 한 말일까.

'어쩌면 과장된 게 아닌 걸지도.'

한태성은 최하나가 보여 주는 압도적인 무력에 온몸을 자르르 감도는 소름을 느꼈다.

총알은 무슨 자석이라도 붙여 놨는지 나타나는 몬스터의

급소를 족족 관통시키고 있었다.

그것도 일격필살!

A급 몬스터조차 단 한 방에 골로 가 버렸다.

'하나 누나가 이 정도면 랭킹 1위라는 강서준은 대체······.'

강서준뿐만이 아니다.

천외천의 랭킹은 대략 12위부터 1위까지 존재했고, 최하나는 그중 12위였다.

물론 드림 사이드 2가 오픈한 이후로 정식으로 랭킹을 측정했는지는 모른다.

세간의 평가는 여전히 드림 사이드 1의 데이터를 기반으로 한 추측에 불과했다.

그중 강서준이나 나도석같이 '올림픽'에 참여했던 이들만이 더더욱 그 수준을 알아볼 뿐이다.

"······이거 귀찮아지겠는데."

한편 앞서 걷던 최하나가 걸음을 멈추더니 바닥에 손을 짚어 보고는 말했다.

"아무래도 너희 쉽게 돌아가진 못할 것 같다."

"네?"

"원래대로라면 이곳이 황금녘 들판이어야 해. 아무래도 던전이 변질된 것 같아."

던전이 변질되다니?

들도 보도 못한 얘기였지만 최하나는 이 상황이 꽤나 익숙한 눈치였다.

최하나는 일행을 돌아보며 말했다.

"혹시 유니온의 거주권을 가진 사람?"

"……."

"너뿐이야?"

최하나의 시선이 조심스럽게 손을 든 유영석에게 향했다.
그는 부끄럽다는 듯 머리를 긁적이며 답했다.

"네. 사실 제가 지구 출신이거든요. 거주권이 있다기보다
는 아예 거기에서 왔어요."

"음……."

한태성은 약간 놀란 눈으로 유영석을 살펴봤다. 지구 출신
이라니? 괜히 그를 배척할 생각은 없었지만 왠지 모르게 약
간은 동떨어진 느낌이 들었다.

지구 출신의 플레이어.

그들은 본래 '관리자'라 불리는 게임 바깥의 주민들을 뜻하
고 있었으니까.

드림 사이드에 뿌리를 두고 처음부터 NPC였던 한태성과
는 별개의 인간이었다.

최하나는 한숨과 함께 말했다.

"어쩔 수 없지."

그녀는 나지막이 말을 이었다.

"너희들 이참에 유니온으로 거주지를 옮겨야겠다. 불만이

있어도 별수 없으니까 그냥 따르고."

유니온의 거주권은 드림 사이드 주민들 사이에서도 꽤 구하기 힘든 물건이다.

비록 게임 바깥의 세상은 드림 사이드 내부보다도 훨씬 위험하다고 해도, 그곳으로의 진출은 누구나 꿈꾸는 일이기 때문이다.

'돈이 되니까.'

카오스를 직접적으로 상대해야 하며, 게임과 다르게 부활 보너스조차 존재하지 않는다.

하지만 단 한 개의 목숨으로 몬스터를 상대해야 하는 만큼 보상이 확실했다.

무엇보다 플레이어 대학의 졸업 이후의 목표도 '유니온'으로의 취업이기도 했다.

불만을 가질 이유는 없었다.

그때 유영석이 물었다.

"……불만이야 그렇다 쳐도 유니온의 거주권이 이 상황과 무슨 관련이 있나요?"

한태성도 그 점이 궁금했지만 아쉽게도 그들은 바로 대답을 들을 수 없었다.

안개 너머로부터 새로운 인기척이 느껴져 왔기 때문이다.

"뭐야, 너네 아직도 안 갔어?"

그리고 들려온 음성은 한태성의 뇌리에 깊게 박혀 있던 것이었다.

불과 얼마 전에 그의 머리를 바닥에 처박았던 그놈.

한태성은 순식간에 그의 주변으로 나타난 놈을 향해 본능적으로 검을 휘둘렀다.

생각하기도 전에 몸이 먼저 반응한 결과였다.

"얼씨구?"

낮게 중얼거린 남자는 한태성의 공격을 피하지 않았다.

창졸간에 휘두른 일격은 공격한 당사자인 한태성 본인이 당황할 지경이었는데 남자는 여유롭기만 했다.

실제로 그럴 법한 일이었다.

투우우웅!

검에 닿은 곳은 마치 돌처럼 딱딱하여, 그 어떤 대미지도 남자에게 줄 수 없었으니까.

'고렙⋯⋯.'

새삼스럽지만 눈앞의 남자가 얼마나 높은 레벨을 가지고 있는지 체감했다.

레벨 171의 플레이어인 그는 C급에선 중상위권이라 불려도 B급에선 최하위만도 못하다.

나아가 B급, A급으로 쭉쭉 올라간다면 감히 그가 감당할 수 없는 괴물이 즐비하다.

그중 S급으로 분류될 사람들은 결코 D급의 플레이어가 내지른 공격에 당할 수 없다.

압도적인 레벨 차이로 인해 아예 대미지조차 박히지 않을 테니까.

"최하나 씨. 어떻게 된 일이죠?"

"그게요……."

남자는 한태성을 대충 흘겨보더니 어깨를 으쓱이며 지나갔다.

완전히 무시당했다는 기분에 머리가 화끈해졌지만, 그가 뭘 더 할 수 있는 건 없었다.

그나마 최하나와 아는 척을 하는 걸 보면, '컴퍼니'나 '적'이 아니라는 사실만을 깨달을 뿐이다.

유영석이 옆으로 다가와 말했다.

"나 저 사람 알 것 같아."

"응?"

"저 사람…… 그 사람이야."

"뭔 소리야?"

한태성은 최하나의 앞에서 친근하게 대화를 잇는 남자에게 매서운 시선을 보냈다.

제아무리 고렙의 플레이어라 해도 초면인 상대의 머리를 바닥에 처박고, 이런 개무시를 하다니?

이건 인성에 문제가 있질 않은가.

그런 자가 최하나와 가깝게 지낸다는 것 자체가 팬이 된 입장으로 몹시 불쾌했다.

유영석은 작은 목소리로 말했다.

"밖에서 본 적이 있어. 저 사람은 분명……."

그오오오옥!

그때였다.

알 수 없는 괴성이 사방에서 울려 퍼지더니 유영석의 목소리를 완전히 파묻어 버렸다.

뒷얘기를 미처 듣지 못한 한태성은 유영석을 돌아봤다. 그는 긴장했는지 양손에 주먹을 꽈악 쥐더니 말했다.

그오오오옥!

"……준 님이라고!"

하지만 들리진 않았다.

과연 유영석은 뭐라고 한 걸까.

'……준?'

아쉽지만 생각을 이을 틈은 없었다.

그오오오옥!

정신이 없을 정도로 커져 가는 꿍음 속에서, 한태성은 머리가 빠개지는 듯한 통증을 느껴야만 했으니까.

살아생전 겪어 본 적이 없는 고통.

누군가가 온몸을 잡아 뜯었다가 재조립하는 것 같았으며, 뜨거운 불바다를 대책 없이 허우적대는 것도 같았다.

"끄으…… 끄으으으업!"

참지 못한 비명을 내지르던 찰나였다. 우악스러운 손길이 한태성의 입을 막았다.

한태성은 두 눈을 뜨고 앞을 보고 싶었지만 이상하게도 보이는 건 아무것도 없었다.

아니, 정확하게는 너무 많은 것들이 보이고 있다고 해야 맞는 표현이었다.

한태성은 그제야 알 수 있었다.

'……카오스?.'

교과서에도 나오지 않는가. 닿는 즉시 수천, 수만 가지의 정보가 범람한다는 끔찍한 재앙.

그때 빛살처럼 목소리가 들려왔다.

"이 손의 감각만을 기억해."

"흐에?"

"빨리!"

거친 손길이 한태성의 손을 잡아끌었다. 본능적으로 그것만을 의식한 채로 한 걸음씩 앞으로 나아갈 수 있었다.

모든 것이 모호해지는 시점…….

츠츠츠촛!

다시 모든 것이 선명해졌다.

"……흐어어억!"

막혔던 숨이 트이자 온몸의 감각이 하나하나 세밀하게 느껴졌다.

한태성은 거친 숨을 몰아쉬며 땅에 손을 얹고 겨우 고개만을 위로 들었다.

첫 만남부터 대뜸 그의 머리를 바닥에 박아 버렸던, 최하나와 스스럼없이 대화를 나누던 의문의 사내.

잠시 시간이 지나자, 그는 한태성의 팀원이었던 친구들을 하나씩 두 손 꼬옥 잡고 어둠을 빠져나오고 있었다.

그가 한태성을 보더니 말했다.

"오, 벌써 정신을 차렸어?"

"……대체 이게."

"쉬고 있어. 금방 돌아올 테니까."

남자는 친구를 옆에 툭 던져 놓고 다시 어둠으로 들어갔다. 머지않아 최하나도 한 명을 데려왔지만 말없이 다시 어둠으로 돌아갔다.

"뭐야, 이게 무슨 일이야……."

머리 가득 채운 의문은 해소될 기미는 없었다. 또한 고민을 이을 여유조차 없다는 걸 뒤늦게 깨달았다.

한태성은 불현듯 소리를 들었다.

크르르륵!

소리를 따라 고개를 돌리자, 부서진 어느 건물 위로 침을 흘리는 몬스터가 보였다.

무려 세 개의 머리를 가진 개.

한태성은 놈을 바로 알아보았다.

"케, 켈베로스……?"

교과서에서 익히 봤었던 모습 그대로 입가엔 보랏빛을 띤 죽음의 불꽃이 흘렀다.

무려 A급 상당의 몬스터!

온몸이 쪼그라드는 기분 속에서 한태성은 애써 정신을 차리고자 노력했다.

호랑이 굴에 물려 가도 정신만 차리면 산다는 속담은, 플레이어 대학의 가장 중요한 덕목이었다.

어떤 순간이 닥쳐도 침착해라.

하지만…….

'뭐야, 왜 나 알몸이야?'

여태 힘겹게 돈을 벌어서 구비해 둔 그의 소중한 장비, 옷가지 하나하나 빠짐없이 사라져 있었다.

그뿐이랴?

정신을 차린 한태성은 알게 모르게 그를 지켜 왔던 버프 스킬들이 모조리 해제됐다는 것도 알 수 있었다.

아니, 스킬 자체가 사라졌다.

'……젠장, 어떡하지?'

크르르륵!

한편 켈베로스는 건물을 밟고 어슬렁거리며 이쪽으로 천천히 걸음을 옮겼다.

맹수는 사냥에 앞서 조급하지 않다.

한태성은 아직 정신을 차리지 못한 그의 동료와, 뒤편을 가로막은 새카만 어둠을 차례로 둘러봤다.

'퇴로는…… 없어.'

새삼스럽지만 저 어둠의 정체가 '카오스'라는 건 익히 알고 있는 사실이다.

그렇다면 여기서 뒤로 물러나 보아야 종전에 겪었던 그 무시무시한 통증 속으로 걸어 들어가는 것밖에 안 된다.

카오스는 본디 과다한 정보의 범람에 휘둘려, 자신이 무엇인지조차 잊게 만드는 끔찍한 재앙.

죽는 그 순간까지 고통스럽기만 할 것이다. 막말로 살아서 이곳에 있는 게 기적이다.

"후우……."

한태성은 호흡을 가다듬었다.

앞뒤가 꽉 막혀 절체절명의 위기였지만 그에겐 작게나마 희망이 남아 있었다.

'하나 누나가 다시 돌아올 때까지만 버티면 돼.'

켈베로스 따위는 천외천인 그녀에겐 한주먹 거리도 안 되는 몬스터였다.

게다가 켈베로스 녀석이 바로 달려들지 않고 있다는 건, 그만큼 신중을 기하는 성향이라는 뜻이다.

모르긴 몰라도 녀석은 '카오스'를 경계하고 있는지도 모른다. A급 몬스터의 지능이라면 충분히 있을 법한 이야기다.

'그래. 이대로만 더…….'

문제는 그게 전부 착각이었다는 것이다.

"……커헉!"

켈베로스와 눈을 마주한 순간이었다. 숨이 턱 막히면서 가만히 서 있는 것조차 불가능해졌다.

A급 몬스터가 은연중에 흘린 살기.

고작 그것만으로 그는 죽음을 느꼈다.

'이렇게 허무하게……?'

그가 살아온 나날이 파노라마처럼 펼쳐졌지만 어찌할 도리는 없었다. 포식자 앞에선 피식자는 죽는 것조차 자유롭지 못하다.

이젠 정말 모든 게 끝이다.

오늘을 위해서 열심히 살아왔던 모든 것들은, 이토록 허무하게 지나가던 한 마리의 개를 당해 내질 못하고 무너져 내린다.

그렇게 암담한 기분에 사로잡힐 때였다.

"쉬고 있으라니까."

나지막이 소리가 들렸다.

<hr>

강서준은 짧게 혀를 차며 뻐근한 어깨를 빙빙 돌렸다.

"카오스도 간만이라 그런가 뻐근하네. 야…… 괜찮냐?"

강서준이 나서 켈베로스의 시선을 차단하자, 금방이라도 죽을 듯이 꺽꺽대던 소년은 힘겹게 숨을 내쉬었다.

"너 이름이 뭐야?"

"······네?"

"이름이 뭐냐고."

소년은 겨우 대답했다.

"하, 한태성이요."

"그래. 태성아."

강서준은 잔뜩 겁에 질린 그를 뒤로하고 마저 입을 열었다.

"뒤에서 네 친구들 좀 챙겨 줄래? 금방 끝나."

강서준은 거두절미하고 켈베로스에게 재앙의 유성검을 던져 버렸다.

공간을 가르고 날아간 단검은 일격에 놈의 몸통을 꿰뚫고, 놈은 단말마의 비명도 채 지르지 못하고 사망했다.

'문제는 저게 끝이 아니란 거지.'

강서준은 어느덧 이 근방으로 모여든 수많은 시선을 의식했다.

고작 A급 몬스터가 끝이 아니다.

몇몇은 S급으로 분류될 법했고, 그보다 강한 개체도 몇몇 보이고 있었다.

강서준은 한숨을 내쉬며 주변을 둘러봤다.

그나저나 여긴······.

'인천이로군.'

지구에서도 아직 미개발 구역이었고, 그 안에 서식하는 몬스터의 수준이나 그 숫자가 상당하여 일단 보류하던 땅.

말 그대로 1급 재난 구역이다.

'카오스에 사로잡힌 아이들을 구하는 게 우선이라 생각했는데…… 이쪽도 만만치 않겠어.'

하지만 강서준은 대수롭지 않은 얼굴로 마력을 조율하기 시작했다.

이곳이 미개발 구역에, 아직 공략 계획조차 없는 땅이라고 해도 딱히 신경 쓸 건 없었다.

언젠가 정리할 생각이던 곳.

"이참에 해 버리지 뭐."

강서준의 손짓에 의해 푸른 불꽃이 주변으로 확 번졌다.

그의 수족과도 다름없는 수천의 영혼 부대!

선두로 나선 백귀들은 이쪽을 바라보며 맥락 없이 침을 흘리던 몬스터를 경계했다.

심연의 드래곤이나 본 드래곤처럼 상위 종족의 몬스터들이 곧바로 포효하며 날카롭게 반응했다.

"파랑이가 있었으면 좋았을 텐데……."

성장기를 넘어서 어느덧 훌쩍 커 버린 파랑이는 이젠 강서준을 따라다니지 않는다.

제멋대로 세상을 유랑하겠다며 지구 곳곳을 떠돌아다닌다

는 것만은 알았다.

카무쉬와 함께 다녀 걱정은 없었지만…… 그래도 종종 생각은 나는 아이였다.

-왕이시여. 명령을 내려 주십시오.

강서준은 자신을 향해 부복한 수천의 영혼을 내려다봤다.

그중 선두에 선 한 마리의 리자드킹은 강서준을 향해 끝을 모르는 존경의 시선을 보내왔다.

최근 호른 제국에서 사로잡은 녀석이다.

"쟤 저런 거 하지 말라고 안 가르쳤어?"

-……다시 교육하겠습니다.

"그래. 오가닉…… 너만 믿는다."

-네. 믿고 맡겨 주십시오.

강서준은 혀를 차며 영혼들의 시선을 일별했다.

라이칸에게 이상한 것만 배워서 쓸데없는 충성심을 표하는 녀석들. 아무리 시간이 지나도 부담스럽긴 매한가지였다.

뭐, 초장에 라이칸부터 제대로 교육시키질 못한 그의 업보라 할 수도 있겠지.

"……됐다. 일단 여길 정리한다."

-존명. 왕의 뜻대로 될 것입니다.

쿠구구궁……!

수천의 영혼이 수천의 몬스터를 향해 내달리니 근방은 지진이 난 듯 거세게 흔들렸다.

순식간에 불길이 사방을 뒤덮고, 폐허가 되었던 인천의 분위기는 시끄러운 전장이 되었다.

강서준은 나지막이 중얼거렸다.

"결국 현실로 돌아왔나."

말했듯 여긴 인천이다.

그것도 0115 채널에 있던 도시가 아닌, 진짜 현실에 존재했었던 과거의 도시.

게임이 아닌 현실 속 지구에서, 강서준은 이쪽으로 다가오는 인기척을 느꼈다.

최하나였다.

"기어코 컴퍼니 놈들이 현실과 게임을 잇는 통로를 독자적으로 개발해 내고 말았네요."

"네. 귀찮아졌어요."

예상했던 문제였다.

카오스는 한계를 모르는 힘이었고, 어떻게 개발하느냐에 따라 그 파급력은 상상을 초월한다.

드림 사이드 공략으로부터 벌써 3년.

오늘날, 유니온에서도 유리관을 통하지 않고 직접적으로 NPC를 현실로 데려오는 방안을 마련한 상태였다.

아직 상용화는 멀었지만······.

곧 안센의 개발이 완료되면 안전하게 NPC들을 현실로 데리고 올 새로운 방법이 생겨난다.

그리고 눈앞의 현상을 보아하니 컴퍼니 측의 개발 진척 또한 크게 차이가 나지 않는 것이다.

"기록자 녀석…… 걸어가다 넘어져 그냥 코나 깨졌으면 좋겠네."

놈들에겐 얼티밋 스킬 '데이터베이스'를 구축해 낸 특수 NPC '기록자'가 있었으니까.

이럴 줄 알았으면 드림 사이드의 부활을 조금 더 늦춰, 기술력의 차이부터 만들어 둘 걸 그랬다.

강서준은 애써 한숨을 삼켰다.

"깨질 거예요. 우리가 그렇게 만들 거잖아요?"

그리고 상념을 접고 다가선 최하나와 시선을 마주했다.

한 떨기 꽃처럼 아름다운 그녀는 새카만 카오스의 주변, 그것도 폐허 위에 서 있더라도 홀로 찬란하게 빛을 냈다.

이게 연예인의 후광이란 걸까.

강서준은 멋쩍게 웃었다.

"어쨌든 대비를 해야겠어요. 현실과 게임을 잇는 통로를 만들 수 있다면…… 놈들의 다음 목적지는 빤하죠."

"네. 준비할게요."

고개를 주억거린 최하나는 기다란 총신을 가진 저격총을 꺼내었다.

그녀도 전장에 참여할 생각인 듯했다.

하지만 잠시 그녀를 바라보던 강서준은 이내 손을 내저으며 최하나를 제지했다.

"아뇨. 제가 할게요."

"네?"

"호른 제국으로 이어진 카오스를 가만히 놔둘 수야 없죠. 이참에 이 근방을 함께 정리해야겠어요."

맥락을 이해한 최하나는 약간 걱정스러운 어조로 물었다.

"설마, 그걸 할 생각인가요?"

"네. 아이들을 부탁해요."

잠시 입술을 들썩이던 최하나는 한숨을 푹 내쉬더니 조심스레 입을 열었다.

"……부디 살살 부탁할게요."

그 길로 최하나는 부득이하게 이번 사건에 휘말린 플레이어 대학의 학생들에게 돌아갔다.

종전까지만 해도 알몸이던 그들은, 지구 출신이라는 유영석의 도움으로 '플레이어' 스킬을 활성화시키고 있었다.

각자 장비를 갖춰 입고 저마다 혼란스러운 상황을 이겨 내려고 안간힘을 쓰는 게 보였다.

문득 강서준은 한 녀석과 눈을 마주쳤다.

저 눈빛…… 표정.

'익숙한데.'

가장 먼저 카오스로부터 정신을 차렸던 근성 있는 소년은 '한태성'이란 이름을 가졌다.

그리고 한태성은 현재 강서준을 향해 이글거리는 강력한 눈빛을 보내왔다.

익숙한 게, 상당히 낯이 익다.

'……장기용?'

거기까지 생각한 그는 시선을 외면하기로 했다. 어째 또 하나의 광신도를 만들어 버린 것만 같아 황당한 기분이었지만 크게 신경 쓸 일도 아니었다.

그보다 강서준은 마력을 조율하며 등 뒤로 용아병의 날개를 활짝 펼쳐 올랐다.

허공으로 날아오르자 멸망한 도시, 이젠 몬스터들의 땅이 되어 버린 인천의 모습이 보인다.

곳곳엔 카오스가 넘실거리고 이젠 그 어떤 사람도 살아갈 수 없는 불모지.

강서준은 바닥에서 마법진을 만들어 내어, 아이들을 보호하려는 최하나를 보았다.

모든 준비는 끝났다.

"한 방에 처리하자."

강서준은 손끝으로 온갖 마력을 집적시켜 하나의 구체를 만들기에 이르렀다.

흡수, 집적, 폭발, 회전, 압축…….

마력을 다루는 수많은 잡기술이 하나로 뭉쳐져 걷잡을 수 없는 파동을 일으켰다.

상위0.001%
랭커의귀환

이 스킬은 일전에 직접 당해 본 적도 있는 무식할 정도로 무서운 공격.

"타겟 온……."

강서준의 시선은 땅으로 향했고 그대로 한껏 뭉쳐진 마력 덩어리는 인천을 향해 떨어졌다.

강서준은 나지막이 중얼거렸다.

"라그나로크."

쿠구구구구궁!

오래전 인류는 오만하고 잘못된 선택으로 제3차 세계대전을 일으켰고, 세상은 핵전쟁과 멸망으로 치달았다.

우주로 탐사선을 보내기까지 나름의 첨단 과학을 이룩해 낸 지구인들의 처참한 운명.

가히 '신들의 몰락'이라 할 법했다.

'라그나로크(신들의 몰락).'

강서준은 자신의 손짓에 의해 완전히 짓이겨진 인천의 한 공간을 말없이 내려다봤다.

스킬, 라그나로크.

일대를 초토화시키는 이 스킬의 이름을 구태여 드림 사이드의 마지막 퀘스트인 '라그나로크'로 지은 이유는 간단했다.

'잊어선 안 될 일이니까.'

게다가 이 스킬은 몬스터 '카오스'가 죽으면서 폭주시켰던 그 자폭 스킬과 닮았다.

온갖 정보를 함축시켜 일대를 초토화시킬 지경에 이르렀던 그 끔찍한 폭발력.

이를 마력으로 운용해 낸 결과였고, 이른바 한 지역을 절멸시킬 정도로 공포스러운 스킬이 되었다.

'⋯⋯그래 봐야 마력을 잔뜩 뭉쳐 던진 것에 불과하지만.'

강서준은 이쪽을 바라보는 심상치 않은 시선들도 느꼈다.

눈을 동그랗게 뜨고는 어떤 말도 꺼내질 못하는 플레이어 대학의 학생들과, 한숨을 푹 내쉬며 고개를 절레절레 젓는 최하나.

약간 울상을 짓는 로켓도 있었다.

"⋯⋯꼭 이렇게까지 하셨어야 합니까."

"미안해. 수고 좀 해 줘."

"뒤처리는 늘 제 몫이죠⋯⋯."

로켓은 터덜터덜 걸어 크레이터를 향해 나아갔다. 그곳으로 '땅의 마법'을 구사할 줄 아는 영혼들이 일제히 뒤따랐다.

그들은 강서준이 인천에 만들어 낸 거대한 크레이터를 복구할 예정이었다.

시간은 다소 걸리겠지만 땅의 형태만을 평평하게 되돌리는 건 어렵지 않았다.

그리고 강서준은 여전히 어버버 대며 어떤 말도 꺼내질 못하는 사람들 틈으로 돌아갔다.

"그럼 돌아갈까요?"

인천은 그날로 유니온에 귀속됐다.

유니온.

지난날 드림 사이드를 공략하는 데 가장 큰 역할을 해냈던 0115 채널의 세계 정부.

이 단체는 현실 지구로의 출범 이후로는, 도시의 이름이 되었고 인류 최대의 가장 단단한 요새로 불리고 있었다.

그리고 오늘날…….

'누구나 원하는 꿈의 직장.'

유니온은 세계의 모든 재화가 모이는 구심점과도 같았다.

애초에 드림 사이드라는 게임 자체가 오직 유니온을 위해 만들어졌다고 해도 과언이 아니다.

드림 사이드에서 레벨 업을 하고, 각종 아이템을 모으는 이유는 오직 현실 세계를 재건하기 위함이었으니까.

이는 현 세계를 살아가는 모든 이에게 주어진 임무이자, 가장 많은 성과를 쥐여 주는 업무였다.

'한마디로 유니온으로의 입성은 성공을 보장한다는 거야.'

물론 위기도 동반한다.

유니온, 그러니까 현실 지구에서는 부활 보너스 따위는 없다.

죽으면 그대로 끝인 세상.

목숨을 내걸고 싸워야 하며, 실존하는 카오스에 대항하는 각종 훈련도 거듭해야 한다.

유니온에서의 삶은 낙원에서의 여유를 꿈꿀 정도로 아름다운 게 아니었다.

'그렇다고 드림 사이드에서의 삶이 아름답기만 한 것 또한 아니니……'

0115 채널의 경우만 봐도 그렇다.

그곳은 강서준에 의해 무려 세이브 데이터의 복원까지 모두 완료된 세계.

일전에 드림 사이드 2가 오픈할 당시의 데이터를 찾아내어, 죽었던 모든 사람도 되살아났다.

그리고 혼란을 가중시키지 않기 위해서 죽는 순간의 기억 또한 보존하기로 결정했다.

세상은 완전히 과거로 돌아갈 수는 없는 노릇이니까.

'문제는 그거야.'

드림 사이드라는 판타지적인 요소를 쉽게 받아들이게 하려면 기억을 보존하는 게 유리하다.

나쁘지 않은 선택일 것이다.

다들 쉽게 수긍하고 게임 속 세상에 적응할 수 있었던 이유는 그 덕이니까.

하지만 그 기억이란 게, 사람과 사람 사이로 '계급'이라는 걸 만들어 버렸다.

'플레이어로 살았던 이들과 그러지 못한 사람들이 갈라졌다.'

경험한 이들은 그만큼 빠른 성장이 가능했고, 경험하지 못했던 이들은 그 암담한 현실 속에서 절망하느라 시간을 낭비했다.

거기서 시작된 격차는 0115 채널 간의 큰 불화를 만들었다. 현재 드림 사이드는 여러모로 불안한 상태라 할 수 있었다.

'능력이 없으면 도태되는 세계.'

한태성은 드림 사이드 2 오픈 당일에 죽었던 케이스였고, 부활한 이후로는 악착같이 노력하여 플레이어 대학에 입학했다.

그는 능력도 없이 드림 사이드를 살아간다는 게 얼마나 끔찍한 일인지 잘 알았다.

"……"

초토화된 인천을 뒤로하고 꽤 긴 시간을 걸었다. 한태성은 눈앞으로 드리운 휘황찬란한 도시에 입술을 잘근 깨물었다.

'그런 내가 유니온에 입성했어.'

한태성은 앞서 걷는 강서준의 뒷모습도 보았다.

랭킹 1위, 케이…… 이 세상을 구원한 최강의 플레이어.

온갖 수식어가 따라붙는 그는 교과서를 통해 오랫동안 본 만큼 친숙했다.

너무나도 많은 일화와 그 내용들을 겪으면서 한편으로는 그를 의심한 적도 있었다.

전쟁영웅은 미화된다.

강서준 또한 실제로 본다면, 그렇게까지 대단한 건 아닐지도 모른다고 생각했다.

적어도 여태 그가 봐 왔던 랭커들이란 족속은 말만 번드르르하지, 실상 그리 대단한 사람은 찾기 어려웠다.

한태성은 새삼 확신했다.

'역시 교과서는 조작됐어.'

미화하여 과장한 게 아니다. 오히려 강서준의 힘을 축소해 알려 주고 있다.

인천에서 보여 줬던 그 압도적인 실력…… 그 무시무시한 능력은 교과서에 나오지 않는다.

강서준은 생각보다 훨씬 강하다.

'하나 누나도 엄청났지.'

그런 두 사람의 위대한 일면을 봤기 때문일까.

막상 유니온으로 들어서는 한태성은 불안보다 설렘이 더더욱 크게 느껴졌다.

이곳은 말 그대로 드림 사이드의 정점에 선 이들이 살아가는 '꿈의 도시'였다.

'분명 다들 대단하겠지?'

꿈에 부푼 눈동자로 연신 주변을 둘러보기에 여념이 없다. 그리고 그런 한태성의 걸음을 멈추게 한 건 갑자기 터져 나온 폭발이었다.

콰아아앙!

"으, 으아앗!"

"뭐, 뭐야? 테러?"

한태성과 친구들이 화들짝 놀라며 강서준의 근처로 뭉쳤다. 혹시 컴퍼니라도 나타난 건 아닐까? 두려움에 가득한 시선으로 폭발의 진원지를 살폈다.

최하나가 어깨를 으쓱이며 말했다.

"괜찮아. 흔한 일이야."

"네? 흔한 일이라고요?"

폭발의 진원지로부터 엄청난 마력이 흡입되고 있었다. 그 마력은 폭발할 것처럼 솟구치더니 이내 불안하게 흔들렸다.

정말 괜찮은 걸까?

다행히 오래가진 않았다.

츠츠츠츳!

어디선가 나타난 구슬이 그대로 마력을 흡수하더니, 이내 도시의 분위기는 잠잠해졌다.

강서준은 혀를 차며 중얼거렸다.

"또 실패인가 보네."

그리고 무슨 상황인지 알게 되기까지도 그리 오랜 시간을 필요로 하지 않았다.

돌연 들려온 목소리가 있었다.

-언제 돌아왔냐?

하지만 한태성은 주변을 둘러봐도 목소리의 대상을 찾을 수 없었다.

목소리는 계속해서 이어졌다.

-얘넨 누구고?

한참을 둘러보던 한태성은 기어코 목소리의 출처를 발견했다. 그녀는 바닥에 깔린 보도블록 위에서 아주 작은 모습으로 이쪽을 올려다보고 있었다.

강서준이 말했다.

"사고 피해자들."

-음?

"카오스 포탈이 열렸어. 링링, 너보다 컴퍼니 놈들이 더 빨리 성공한 모양이야."

-뭐? 그게 무슨 개소리야!

대화의 맥락을 읽으며 한태성은 속으로 침음을 삼켰다.

그러니까, 요정처럼 작디작은 꼬마가 바로 그 '링링'이란 얘기다.

일찍이 아크를 세워 세상을 지켰고, 대마법사란 칭호를 가진 위대한 플레이어.

링링은 짜증을 섞어 말했다.

―우리도 개발은 옛적에 끝냈어. 그저 최적화가 아직 덜 되어서…….

"그래. 그러시겠지."

―진짜라고!

불같이 화를 냈지만 위압감은 전혀 느껴지지도 않았다.

사람의 외관이란 게 이래서 중요하다.

쿠우웅!

돌연 큰 소리와 함께 눈앞으로 거대한 형체가 묵직한 울림을 갖고 나타났다.

요정처럼 작았던 링링과 비교 자체가 불가할 정도로 거구의 사내는, 온몸이 근육질이었다.

아니, 온몸이 무기였다.

그 각진 근육은 칼처럼 날카로워 엄청난 위압감이 느껴지고 있었으니까.

그리고 무엇보다 한태성이 기겁한 이유는, 그가 나타나 선 곳이 바로 링링이 있던 자리란 사실이다.

"리, 링링 님이……!"

한태성은 거구의 사내에게 깔려 버린 링링의 최후를 상기하며 몸을 떨었다.

사내는 짐승 같은 눈을 했다.

"이 꼬마들은 뭐냐?"

"나도석 씨……."

"신입이야? 오, 대흉근이 꽤 웅장한데? 마음에 들어. 근성이 좀 있겠어."

"……그보다 링링을 밟았어요."

"응?"

고개를 갸웃한 그의 발이 들썩였다. 점차 흉악하게 증폭한 마력은 그대로 나도석을 공중으로 내던져 버렸다.

로켓처럼 커다란 매직 미사일이 나도석의 면상으로 제대로 꽂혀 들어갔다.

원래의 몸으로 돌아간 링링이 성난 어조로 말을 이었다.

"쓸모없는 근육덩어리가 감히!"

튕겨 나간 나도석도 지지 않았다.

"째끄만 한 게 무슨 짓이야!"

두 사람은 투닥대면서 서로를 향해 공격을 이었다. 급작스러운 전투는 근방의 마력을 더더욱 불안하게 흔들어 댔다.

강서준은 고개를 내저으며 말했다.

"가자. 갈 곳이 많아."

"네? 저, 저대로 두고 가도 돼요?"

강서준은 쓰게 웃으며 답했다.

"자주 있는 일이야. 원래 저래."

"그, 그래도……."

"뭐, 부쩍 링링이 예민해진 것 같긴 하네. 원래 저렇게 감정적인 사람이 아니었는데. 나이가 들어서 그런가?"

중얼거리던 강서준은 이내 관심을 끊고 앞으로 나아갔다. 최하나까지 그 뒤를 따라 이동하니 한태성 무리도 뻘쭘하게 서 있을 수만은 없었다.

여전히 뒤쪽에서 요란한 소음이 가득했지만, 도시의 사람들은 평화롭기만 했다.

당황하는 게 더 이상한 걸까?

"여기야. 이곳에서 일단 전반적으로 신체 상태를 체크해 볼 거야. 기다리고 있어."

강서준이 그들을 데리고 간 곳은 유니온의 가장 큰 병원인 '서울병원'이었다.

0115 채널에서 따온 이름으로, 이주자들을 위해 일부러 익숙한 이름으로 지었다.

강서준은 준수한 외모의 남자와 함께 돌아왔다.

"환자분들? 잠시 확인할게요."

그렇게 잠시 한태성 일행을 둘러본 그는 짧게 한마디를 이었다.

"치료됐고요. 신체를 최적화하려면 앞으로 일주일에 한 번씩은 들러 주세요. 일곱 번이면 끝납니다."

끝이었다.

도대체 뭘 어떻게 한 건지 영문도 모르겠고, 한태성은 멀어지는 남자의 뒷모습을 볼 뿐이었다.

그때 의사 가운을 걸친 한 여자가 종전의 남자에게 다가가
말을 걸고 있었다.

"김훈 선생님. 급히 도와주셔야 하겠는데요?"

"연 쌤의 부탁이면 뭐든 들어드려야죠."

그 말에 한태성은 또 한 번 혀를 내둘렀다. 김훈. 전쟁영
웅 중 하나이자, 천외천에 속하는 이다.

현재는 의료계에서 가장 저명한 존재감을 보여 주어, 수많
은 난치병을 치료했다고도 들었다.

'잠깐, 그럼 저 연 쌤이란 분은.'

김훈이 편하게 연 쌤이라 부를 만한 사람은 아마 서울병원
에 단 한 명뿐일 것이다.

플레이어, 연희연.

제2의 성녀라고도 불리는 그녀는, 이미 수차례 기적을 행
하여 많은 사람들에게 우상처럼 받들여지기도 했다.

한태성은 헛웃음을 흘렸다.

"과연…… 유니온이란 건가."

교과서에서만 보았던 전설적인 존재들이 살아 숨 쉬는 땅.

지루하게만 느껴졌던 책 속 내용들은 현실로 마주하니 더
더욱 범상치 않았고 위대했다.

비록 나도석과 링링처럼 독특한 사람도 있었지만, 김훈이
나 연희연처럼 마주한 것만으로도 감탄이 흘러나오는 자들

도 많았다.

그때였다.

쿠구구구궁!

땅이 흔들리고 어디선가 커다란 폭음이 울렸다. 갑자기 생겨난 지진에 사람들은 이리저리 넘어지고 주춤대다 이내 균형을 잡았다.

한태성도 잠시 당황할 수밖에 없었다. 그리고 이내 정신을 바짝 차리기로 했다.

이젠 그도 이곳에서 살아가야 한다. 매번 이런 일에 놀라선 곤란할 따름이다.

여긴 멸망하는 세계, 지구의 도시인 '유니온'이다.

아마 지진 또한 흔한 일일······.

"다들 내 뒤로 와."

어라?

"한태성이라 했나?"

"네?"

"정신 차려. 여긴 현실이다. 나서지 말고 무조건 네 목숨부터 지키는 거야. 알았지?"

"네? 네."

도통 이해할 수 없는 상황 속에서 강서준의 몸 위로 무언가가 덧씌워졌다.

그건 교과서나, 너튜브 영상 속에서만 보았던 강서준의 코

스팀과 같았다.

'도깨비?'

그는 도깨비가 되어 있었다.

한태성의 머릿속으로 의문이 가득 떠올랐다.

무슨 일이 벌어져도 별일 아닌 것처럼 흘려보내던 유니온
에서의 분위기.

그 모든 것이 한순간에 변했다.

"전원 로그인부터 하고, 정해진 구역으로 이동한다. 지금
부터 서울병원은 봉쇄한다."

"빨리 움직여! 시간이 생명이다!"

하얀 가운을 걸쳤던 의사들의 복장 위로는 다양한 갑옷이
생성되었다.

간호사들은 의료 차트가 아닌, 기다란 검이나 묵직한 메이
스를 손에 쥐었다.

심지어 환자들도 힘겨운 와중에 전투 태세를 갖추어 만에
하나를 대비했다.

급변한 상황에 적응하지 못하는 건, 한태성을 비롯한 플레
이어 대학의 학생들뿐이다.

지진으로 인해 온갖 잡기가 바닥을 나뒹구는 가운데, 한태
성은 황망한 눈으로 물었다.

"무, 무슨 일이 벌어진 거죠?"

구태여 답이 필요한 질문이 아니었다. 머지않아 한태성도

병원 창밖에서 일렁이는 어둠을 발견할 수 있었으니까.

"……카오스."

단번에 모든 상황이 이해가 됐다.

빌런.

이 세상엔 무어라 형용할 수 없는 '악(惡)'이 존재한다.

그들은 타인의 것을 빼앗길 서슴지 않고, 해하는 데에 두려움을 느끼지 않는다.

누군가를 죽이며 쾌락을 느끼는 족속도 있고, 괴로운 비명에 환희를 느끼는 사이코패스도 존재한다.

그리고 현시대에 이르러, 지구의 가장 큰 해악이 되는 빌런은 바로 '컴퍼니'라 할 수 있을 것이다.

'예나 지금이나 바퀴벌레 같은 놈들…….'

공교롭게도 드림 사이드를 복구하는 과정에서 기어코 부활하고 만 '컴퍼니'는, 이전처럼 플레이어의 '악'이 되어 활동하고 있었다.

'아니, 그때보다 더 악랄하지.'

그나마 게임 속에서는 '선택의 기로'로 올라간다는 공통분모를 가진 집단이었다.

근데 오늘날의 컴퍼니는 어떤가?

누구는 신인류가 된 NPC야말로 지구의 진짜 주인이라면서 관리자를 향한 테러를 자행한다.

누구는 여전히 NPC를 배척하고, 그들을 가짜라 매도하면서 무자비한 공격을 감행한다.

목적도, 방향도, 행동도 다르다.

막말로 죄다 컴퍼니의 이름을 쓰고 있을 뿐, 그 내용은 전부 다른 범죄 조직이다.

'그중 가장 악질은 역시 그놈이지.'

컴퍼니의 근원과도 같으면서, 가장 큰 규모를 가진 집단이 하나 있었다.

바로 배후로 '기록자'를 둔 곳.

드림 사이드의 복구 과정에서 되살아난 '기록자'는 여전히 '데이터베이스'를 보유하고 있었다.

게임 속 모든 기억을 가진 그 괴물은 그 힘을 빌미로 현실로의 진출을 꿈꿨다.

이유는 단 하나였다.

'기록하기 위해서.'

맹목적으로 오직 세상을 기록하기 위해 움직이는 그 녀석은, 터무니없지만 그 행위를 위하여 스스로 신이 되고자 했다.

게임이 아닌 현실을 기록하려면…… 그 모든 일을 데이터베이스에 담으려면.

지구를 다시 '게임'으로 만들어야 한다면서…….

카오스로 뒤덮인 지구를 차지하여 그 위에 시스템을 두고, 이전의 드림 사이드처럼 관리하려는 것이다.

몇 번을 생각해도 역시 이놈이 제일 까다롭고 골치 아프다.

"이참에 뿌리를 뽑아야지 원."

강서준은 하늘에 수를 놓은 수많은 어둠을 의식했다.

숱한 작업 끝에 유니온의 근방을 침식하던 카오스를 어떻게 밀어냈는데…….

그새 하늘은 카오스로 가득 찼다.

그리고 그 카오스는 일반적인 현상으로 보기엔 어려웠다.

서서히 일그러진 형태로 변하더니, 그 속에서부터 무수한 몬스터가 쏟아져 나왔다.

"카오스 포탈이라……."

말하자면 저건 기록자에 의해 재탄생된, 현실과 게임을 잇는 새로운 통로였다.

현재 링링이 가장 활달한 연구를 진행 중이었고, 안전이 보장된다면 앞으로는 유리관을 통하지 않아도 NPC들을 현실로 데려오는 게 가능해진다.

키아아아악!

강서준은 쏟아져 나온 온갖 S급 몬스터의 향연에 나지막이 혀를 내둘렀다.

문제는 저것이다.

굳이 안전을 신경 쓸 필요도 없이 꺼내 놓은 카오스 포탈은,

몬스터들이 현실로 빠져나오게 돕는 악질적인 도구가 된다.

이처럼 원한다면 유니온으로 온갖 S급 몬스터를 풀어 테러도 가능한 것이다.

"강서준 씨."

완벽하게 전투 준비를 마친 최하나가 강서준의 곁으로 나란히 섰다.

올려다본 하늘엔 수를 헤아릴 수 없는 몬스터가 득실거리며, 이쪽을 향해 포효하고 있었다.

비록 유니온의 방어 마법진이 제때 기동하여, 저들의 침입을 막고 있을 뿐이었다.

최하나가 말했다.

"오래 버티진 못할 거예요."

지독하게도 많은 숫자다.

제아무리 단단한 방벽도 수백, 수천에 달하는 몬스터를 상대로 버텨 낼 도리는 없다.

하지만 이내 빛살 같은 속도로 어둠을 가르고 새하얀 인영이 정면에 드리웠다.

리트리하와 마일리였다.

"빛이 있으라!"

웅장한 외침과 함께 하늘로 솟구친 방패는 새하얀 신성력을 머금어 유니온을 감쌌다.

몬스터들의 흉포한 공격을 겨우 막아 내던 방어 마법진 위로 한 겹의 방어벽이 생겨났다.

한층 상황은 안정적으로 변했다.

리트리하는 가까이 다가와 말했다.

"오랜만입니다."

"네, 그간 잘 지냈어요?"

"보다시피 썩 잘 지내진 못했네요."

리트리하의 허름한 갑옷은 여기저기 부서졌고, 마일리의 상태도 썩 좋질 못했다.

지구를 떠돌며 생존자를 구출하고, 카오스를 조사하는 데에 전념했던 그들이다.

쉬운 나날은 없었을 것이다.

"같이…… 같이 가자니까요?"

한쪽에서 숨을 거칠게 내뱉으며 나타난 건, 던전 상인 잭. 그러니까 지상수다.

"너도 같이 있었냐?"

"어, 형? 누나? 언제 왔어요? 왔으면 왔다고 연락을 줄 것이지!"

지상수는 여전히 상인으로서의 역할을 다하면서 떼돈을 벌어들이…… 아니, 유니온을 되살리는 데에 일조하고 있었다.

그가 최근에 해낸 업적 중 가장 큰 건은 '이동 던전'에 준하는 '안전한 전철'의 부활이다.

드림 사이드 2에서 어지간히도 돈맛을 봤는지, 녀석은 유

니온의 지하에서 발견한 철로를 모조리 복구하는 데에 성공
했다.

"……파파와아아앙!"

그리고 카오스 포탈의 한쪽에서부터 별안간 모습을 드러
낸 한 여자가 순식간에 강서준을 향해 달려들었다.

유니온의 거주권을 가지고 있는 한, 방어 마법진이 활성화
된들 진입에 방해될 일은 없다.

푸른 물결이 일렁이듯 신비로운 머리카락. 하얀 모래사장처
럼 뽀얀 피부의 그녀가 활짝 웃으며 강서준의 허리에 안겼다.

['고롱이'가 환하게 웃으며 꼬리를 좌우로 흔듭니다!]

강서준은 그녀를 내려다봤다.

"파랑이?"

"보고 싶었어! 그간 어디 있었어?"

"어디 간 건…… 너였잖아."

그 뒤로 카무쉬가 착잡한 얼굴로 걸어왔다. 강서준은 그를
응시하며 물었다.

"어떻게 된 거야? 너희들이 왜 카오스 포탈에서 나와?"

"……그건 내가 묻고 싶은 말이다. 어째서 이곳으로 연결
된 거지?"

자초지종을 들어 보니, 지구를 수색하던 중 우연히 컴퍼니

의 잔당을 발견했다고 한다.

그 뒤를 추적한 결과, 놈들의 본진을 털 수 있었고…… 그곳에 숨겨진 포탈을 통해 넘어오니 바로 이곳이었다는 이야기.

강서준의 눈살이 찌푸려졌다.

"카오스 포탈이 현실과 게임뿐만이 아니라, 현실과 현실도 잇는단 얘기인가……."

현실 지구에서는 포탈을 열어 이동하는 것 자체가 여러모로 힘든 일이 되었다.

곳곳에 '카오스'가 산재했고, 오가는 동안 정보가 변질되어 버리면 온전한 신체를 보유하기 어렵다.

공간이동도 S급 스킬을 각성한 김훈 정도 되어야 해낼 법한 일. 어지간해선 불가능했다.

한데 이걸 '카오스'를 통해 열어 버린다면 어떨까?

무궁무진한 가능성을 가진 카오스라면, 그간 고민했던 모든 것들의 해결 방안이 될 수 있었다.

강서준은 나지막이 혀를 찼다.

그리고 한쪽에서 작지만 힘이 있는 목소리가 들려온 건 그때였다.

"그러고 있을 때가 아니야. 적합자. 지금, 게임에서도 난리가 아니라고!"

피로에 찌든 얼굴로 나선 이루리와, 그 곁에서 연신 콘솔을 조작하는 일행이 보였다.

샛별과 몰모트는 이루리와 함께 드림 사이드를 운영하는 일을 수행하고 있었다.

　강서준이 물었다.

　"밀트는 어쩌고?"

　"걔 지금 뭐 빠지게 작업 중이야. 말했잖아? 게임도 지금 난리가 아니라고."

　밀트 또한 기록자였던 전직을 살려, 드림 사이드의 운영자로의 행보를 잇고 있었다.

　정확히는 강제적으로 이루리에게 종속되어서 노예처럼 부려 먹히고 있다는 게 맞는 표현일 것이다.

　이루리는 강서준을 향해 말했다.

　"드림 사이드로도 카오스 포탈이 열렸어. 현실의 몬스터와 카오스가 몰려들고 있다고."

　"……뭐?"

　"당장은 백신으로 어떻게든 대처하고 있긴 한데…… 얼마나 버틸지는 모르겠어."

　컴퍼니 녀석들이 아주 대대적으로 준비한 모양이었다.

　사태는 생각보다 훨씬 심각했다.

　하지만 강서준은 어깨를 으쓱했다.

　"괜찮아. 우리도 가만히 있진 않아."

　이에 맞장구치며 나타난 건 링링이다.

　"맞아. 게임 속은 걱정하지 않아도 돼. 거긴 모든 준비가 완벽하게 되어 있어."

컴퍼니의 수상한 행적을 조사한 지는 오래되었다. 만에 하나를 대비한 방법도 이미 구비해 둔 것이다.

유니온이나 게임 속으로 카오스 포탈을 동시에 열어 습격할 줄은…… 솔직히 예상하진 못했지만.

'잠시 당황했을 뿐이지.'

이루리는 하늘을 올려다보며 말했다.

"그런 것치고는 저거 부서질 것 같은데?"

"응. 앞으로 42초 후면 부서져."

카오스의 압력마저 더해져 방어 마법진의 균열은 걷잡을 수 없이 커지고 있었다.

머지않아 유니온은 최소 S급 이상으로 구성된 몬스터 웨이브를 맞이할 예정이었다.

최하나가 중얼거렸다.

"라그나로크 때 같네요."

0115 채널의 마지막 퀘스트에서 펼쳤던 처절한 전쟁은 아직도 전설처럼 회자된다.

당시에 죽었던 사람들도 전부 되살아났지만, 그때의 트라우마로 미쳐 버린 사람도 꽤 있었다.

막말로 수천만이 죽고, 고작 천 명이 살아남았던 극악의 생존율을 자랑하는 퀘스트였다.

그리고 이젠 죽어도 더는 부활할 방법 따위는 없다. 현실의 지구는 '세이브 데이터' 따위 없으니까.

강서준은 쓰게 웃으며 답했다.

"아뇨. 달라요."

"네?"

"지금은 제가 있잖아요."

강서준의 의지에 화답하며 유니온의 곳곳으로 푸른 불꽃이 일렁였다. 생성된 수많은 영혼 부대가 하늘을 올려다봤다.

백귀들도 각자의 자리를 잡고 다가올 전투를 대비했다.

라이칸, 오가닉, 로켓, 알리…… 최근에 구한 리자드킹까지.

정령화를 마친 켈이 말했다.

"빨리빨리 안 다녀?"

"……아까부터 있었거든요?"

꽤 중후한 얼굴이었지만 익숙함이 남은 진백호와, 그보다 어리지만 성숙한 느낌이 물씬 풍기는 유리나.

곁으로 안센마저 망치를 쥐고 섰다.

그리고 공간을 가르고 나타난 김훈이 합류하는 것까지 확인한 강서준은 다시 시선을 하늘로 돌렸다.

쩌저저적!

유리에 금이 가듯 깨짓 방벽 너머로 무수한 몬스터의 울음이 들려왔다. 그 너머로 처음 보는 녀석이지만 낯설지 않은 인간의 형상도 보이고 있었다.

강서준은 바로 알아봤다.

'기록자.'

이번 일의 원흉이다.

"세상은 오늘을 기록할 것이다."

마력을 담았는지 묵직하게 울린 목소리는 유니온의 전역으로 흩어졌다. 강서준은 이에 짧게 혀를 찰 수밖에 없었다.

불현듯 떠오른 말이 있었다.

'분명 끝이 아니라고 했지.'

시스템과 결합된 몬스터 '카오스'는 소멸 직전, 강서준을 향해 저주처럼 그런 말을 퍼부었다.

「어리석은 플레이어여. 나는 다시 돌아올 것이다.」

강서준은 헛웃음을 지었다.

'그래. 혼돈은 끝나지 않아.'

인간은 이기적이고 이타적이다.

무언가를 희생하고, 또 무언가를 지킨다.

누구는 선택을 위해 포기하고,

누구는 선택을 위해 집착한다.

그래서 지구 멸망이라는 극단적인 오답을 만들어 낸 것 또한 인간이기에 가능하다.

오늘처럼 단 하나의 목적을 위해 세계를 정복하려는 빌어

먹을 악당이 생겨나도 이상하지 않다.

그런 의미에서 카오스는 돌아온다.

'근데 그게 뭐…….'

엔딩을 봤다고 게임이 끝날까.

드림 사이드 3, 4, 5…….

계속 나올지도 모르는 일이다.

산다는 건 원래 그렇다.

끝이 있으면 다시 시작된다.

쿠구구궁!

강서준은 별처럼 쏟아지는 무수한 몬스터 떼를 올려다보면서 씨익 입꼬리를 올려 웃었다.

새삼스러운 위기였지만 괜찮았다.

"공략을 시작하죠."

우린 늘 정답을 찾아낼 테니까.

상위 0.001% 랭커의 귀환 마칩니다